전장의 저격수

전장의 저격수 10

요람 장편소설

초판 1쇄 찍은 날 § 2018년 8월 16일
초판 1쇄 펴낸 날 § 2018년 8월 23일

지은이 § 요람
펴낸이 § 서경석

총괄팀장 § 최하나
편집책임 § 신보라
디자인 § 신현아

펴낸곳 § 도서출판 청어람
등록번호 § 제387-1999-000006호
등록일자 § 1999. 5. 31
어람번호 § 제1-2945호

주소 § 경기도 부천시 원미구 부일로 483번길 40 서경B/D 3F (우) 14640
전화 § 032-656-4452 팩스 § 032-656-4453
http://www.chungeoram.com
E-mail § chungeorambook@daum.net

ⓒ 요람, 2017

ISBN 979-11-04-91805-6 04810
ISBN 979-11-04-91580-2 (세트)

FUSION FANTASTIC STORY
요람 장편소설
전장의 저격수
10
[완결]
도서출판 청어람

전장의 저격수

Contents

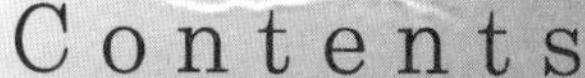

episode 73
광견 휘안

끈적끈적하다는 게 딱 어울리는 기세. 아니, 이 정도면 기의 파동이다.

"나오지?"

석영은 마치 자신을 자극하듯 기파를 쏘아 보내는 이가 있을 곳으로 시선을 돌린 뒤 조용히 말했다. 그러자 '흐흐……' 하는 굉장히 거슬리는 웃음소리 뒤, 부스럭거리는 소리와 함께 새까만 인영이 툭 튀어나왔다.

혼자가 아니었다.

총 다섯.

여자 둘, 남자 셋.

석영은 가장 정면에 서 있는, 리더로 보이는 남자에게 시선을 뒀다. 나이는 많아봐야 고작 스물 전후로 보였다. 고딩이라고 해도 믿을 수 있을 정도로 앳된 얼굴이었다. 치렁치렁한 금발의 곱슬머리에, 특이하게도 한쪽 눈에 안대를 하고 있었다. 마치 양아치처럼 건들건들 걸어 나와 침을 찍! 뱉고는 석영을 향해 그가 입을 열었다.

"저격수? 맞나?"

역시 나이에 걸맞는 앳된 목소리였다.

하지만 그건 그거고.

"예의가 없군."

"그건 애초부터 없었고. 맞아? 저격수?"

"대답해 줘야 하나?"

"해줘. 먼 길 찾아왔는데."

먼 길?

석영은 무슨 말인지 바로 파악을 못 해 고개를 갸웃했다. 하지만 남자는 진한 웃음으로 석영을 바라보곤 다시 한 걸음을 걸어 나왔다. 다시 말문을 열기 전, 뒤에 있던 굉장히 사무적으로 생겨 노엘과 비교할 만한 차가움이 돋보이는 미녀가 앞으로 나서며 그의 말을 잘랐다.

"쉬……."

"반갑습니다. 암스테르담 수도 방위군 소속, 예나체리 대위입니다."

대위.

아주 익숙한 명칭이다.

예전 휘드리아젤 대륙사를 알기 위해 책을 볼 때, 암스테르담의 군 체계에 대해 적혀 있는 책을 본 적 있었다. 그때도 그랬다. 병사 계급이 한국군의 계급과 똑같았다. 정말 토씨 하나 다르지 않고 말이다.

석영은 먼저 나서서 자기소개를 하니, 무시할 수도 없어 그 말에 대답을 했다.

"반갑습니다. 정석영입니다. 저쪽이 물어본 저격수는 제가 맞습니다."

"후우, 그렇습니까. 다행입니다. 리안으로 향하다 왕도로 올라간다는 소식을 듣고 급히 달려왔는데, 잘 찾아왔군요."

"저를 찾아왔습니까?"

"네, 여기… 휘안 소령이 꼭 만나봐야겠다고 해서."

휘안?

당연히 처음 듣는 이름이었다.

하지만 알스테르담에서 왔다고 하니 짐작이 가는 인물은 있었다. 이번 전쟁에서 서로를 찾을 만한 인물은 석영과, 마법국 요하네스의 가디언, 그리고 미친개. 아마도 저자는 세 번째 인물일 것이다. 석영은 그렇게 판단했다.

석영이 시선을 돌리자 자신을 바라보며 씩 웃고 있는 미친개 휘안이 보였다. 그의 웃음은 이상하게도 신경을 거슬리게 하는 뭔가가 있었다.

"당신, 한국인?"

"맞는데? 당신도?"

“아… 그런 셈이지. 군대 전역하고 이곳으로 날아왔거든.”

석영은 고개를 갸웃했다.

날아왔다고?

접속이 아니라?

“유저가 아닌가?”

“유저? 그게 뭔데?”

“…….”

석영은 더더욱 고개를 갸웃했다.

‘유저를 모른다?’

그럴… 리가?

대한민국만이 아닌, 전 세계가 아는 단어가 유저란 단어다. 각 나라마다 히어로, 빌런, 각성자 등등 여러 가지로 불리지만 의미는 하나다. 이전의 라니아, 지금의 휘드리아젤 대륙의 접속 권한을 가진 이들을 통틀어 일컫는 말이다. 그런데 한국에서 왔다는 미친개가 유저라는 단어를 모른다?

이는 말도 안 되는 일이었다.

“그게 뭐냐니까?”

“정말 모르나?”

“몰라, 그딴 거.”

마치 토라진 것처럼 대답하는 그를 보며 석영은 눈을 가늘게 좁혔다. 진짜 모르는 것 같았기 때문이다.

“그럼 어떻게 이곳에 있지?”

“이고깽이라고 들어봤어? 소설의 트렌드 중 하난데.”

"들어야 봤지."

"내가 그 케이스야."

"음……?"

카악, 퉤!

침을 뱉은 그가 바닥에 삐딱하게 선 채 말을 이었다.

"군대 전역 하고, 전역빵으로 친구들이랑 만나 술을 거하게 마셨지. 아주 그냥 부어라 마셔라, 처마시다 집에 간 것까진 기억에 있는데……. 눈떠보니 여기더라고. 그것도 지랄… 전쟁터 한복판에 떨어졌어. 그거 알아? 눈뜨니까 미친, 칼이며 창이 목을 노리고 날아오는 거?"

알 리가 있나.

자신은 그런 경험이 없는데.

하지만 저 말이 진짜라면 기분이 더럽긴 하겠다는 생각이 들었다.

"게다가 병장 제대 한 지 얼마나 지났다고 시발… 이병부터 시작인 건데? 하아, 생각하니까 또 빡치네."

그는 그렇게 말하곤 품에서 담배를 꺼내 입에 물었다. 그러곤 손가락을 탁 튕기자 신기하게도 담배 끝에 치익! 타오르기 시작했다.

"후우. 어쨌든 아등바등 살아서 진급도 좀 했고… 했는데, 거지 같은 각성. 아, 당신도 각성했지? 어쨌든 그 과정에서 또 뒈질 뻔하고. 살아남았더니 뭔 종말인지 뭔지 지랄을 하고 있고."

치익. 후우…….

석영은 그에게 좀 애 같은 구석이 있지만 심성이 나쁜 것 같지 않단 생각이 들었다. 그런데 왜 미친개라는 별명을 얻게 됐는지 궁금해졌다. 하지만 묻지 않았다. 아직 찾아온 의도도 모르는데 그걸 물을 수는 없었기 때문이다.

"계속 서서 얘기할 건가? 그래도 먼 길 온 손님인데. 적당히 바람 피하는 곳에서 얘기 좀 하지?"

"…따라와."

틀린 말은 아니었다.

석영은 천천히 돌아섰다. 물론 아직 적인지 아군인지 확실하지 않아 통합 감각은 완전히 열어둔 상태였다. 그런데 그때였다.

"오… 재미난 기술이네. 이건 일종의 감각 레이더인가?"

석영은 천천히 다시 멈췄다.

은밀하게 펼친다고 했는데, 그걸 휘안은 곧바로 느꼈다. 이 감각을 훈련하면서 석영은 한지원을 비롯한 각성자들에게 펼쳐 본 적이 있었다. 석영이 작정하고 펼치면 정말 은밀하게 감각이 퍼지는데, 그건 똑같이 통합 감각계로 집중하고 있지 않은 이상 알아차리기 힘들었다. 그런데 이자는 그걸 단번에 알아차렸다. 얘기를 들어보니 집중하고 있던 것도 아닌데 말이다.

"느껴졌나?"

"신기한 기술이네. 영역 안에서 벌어지는 모든 행동을 감지하는 건가?"

"…비슷하지."

"재미난 기술이네. 자, 가자고."

“…….”

석영은 그냥 말없이 다시 걸음을 옮겼다.

통합 감각은 물론 회수한 뒤였다. 대신 무전기로 신호를 넣었다. 아마 이 신호에 웃고 떠들던 모든 이들이 날카롭게 정신을 벼릴 것이다. 야영지로 돌아오자 무전에 깬 한지원이 나와 있었다.

“누구?”

“미친개.”

“미친개? 아아, 알스테르담의?”

“응, 우릴 찾아왔다는데?”

“그래? 왜?”

“그건 이제 들어봐야지. 적당히 얘기할 만한 곳이 있을까?”

“회의실로 쓰는 막사는 항상 비니까 거기로 가자.”

석영은 바로 회의실로 그들을 안내했다.

마침 딱 테이블을 중심으로 열 개의 의자가 있었다. 그들은 먼저 휘안을 중심으로 쭉 나눠 앉았고, 덩치가 거대한 흑인만 휘안의 뒤에 섰다. 석영은 그를 보며 미친개의 전설에 등장하는 철벽 빅터를 떠올렸다.

잠시 기다리자 노엘과 아리스가 자다 말고 정신을 차리곤 막사로 들어섰다. 그리고 마지막으로 정복을 갖춰 입은 오렌 공작이 들어서자, 다들 자리에 앉았다. 얘기의 시작은 자신을 대위라 소개했던 여자가 열었다.

“암스테르담에서 온 예나체리 대위입니다. 이쪽은 휘안 소령,

그 옆은 테일러 대위, 옆은 그리터 중사, 저 뒤에 서 있는 이는 빅터 대위입니다."

깔끔한 소개였다.

그 인사는 오렌 공작이 받았다.

"반갑습니다. 나는 프란 왕국의 오렌 공작입니다."

오렌 공작이 석영부터 주르륵 소개를 했고, 잠시 어색한 기류가 감돌았다. 사전에 예약되지 않은 만남이니 이런 어색함은 사실 당연했다. 아니, 약속을 하고 만났어도 시작은 분명 이랬을 것이다.

"큼큼."

그래도 가장 연장자인 오렌 공작이 정적을 깨고, 다시 말문을 열었다.

"일단 갑작스러운 만남이지만 위명이 쟁쟁하신 분들을 만나게 되니 영광입니다. 하지만 밤이 늦었으니 일단 본론을 들을 수 있을까요?"

"이번 방문은 전적으로 옆에 휘안 소령의 생각으로 이루어졌습니다. 소령님?"

예나체리라는 여자가 그렇게 말하자 어쩜 저리 양아치 같을까 싶은 자세로 앉아 있던 휘안이 자세를 고치고 상체를 테이블에 턱 기댔다.

"별거 없고… 그쪽도 전부 각성자인가?"

존대는 없다.

막나가자는 건 아닌 것 같고, 아마 천성이 이런 자일 것이다.

석영이 대답하려는 찰나 이번엔 한지원이 입을 열었다.

“혓바닥이 반 토막이라 좀 짜증 나긴 한데… 뭐, 초면부터 치고받을 필요는 없으니까. 각성이라, 다들 했지. 근데 그게 왜 궁금하지?”

“후후, 성깔 마음에 드네. 그걸 물은 거야 우리도 각성자니까 그렇지. 그쪽도 거지 같은 각성 과정에서 다들 봤잖아? 곧 대륙이 멸망한다는 거.”

“봤지. 하지만 여기도 그러리란 보장은 없지.”

“그 미친 새끼 능력 보고도 그런 말이 나오시나?”

“그럼 질질 짤까? 아니면 바짓가랑이라도 잡고 납작 엎드려? 좀 살려달라고?”

“당신 성깔에 퍽이나.”

“시비 걸러 온 게 아니라면 본론을 꺼내. 자꾸 사람 툭툭 건드리지 말고, 꼬마야.”

“꼬마… 아, 빡치게 하네…….”

“꼬우면 덤벼. 모가지를 갈라줄 테니까.”

피식.

그녀의 말에 미친개가 피식 웃자, 석영도 덩달아 피식 웃음을 흘렸다. 하여간 이렇게 티가 나는 설전은 또 처음이었다.

도발은 의도적이었다. 그리고 그걸 알면서도 한지원은 그 도발을 받아쳤다. 아마 적당한 탐색전의 의미도 있을 거고, 잘 풀리면 한번 붙어보자는 계산도 들어간 그런 도발이었다.

사실 석영도 좀 궁금하긴 했다.

자신의 통합 감각을 시전 즉시 알아챈 저 미친개의 능력이. 그리고 정말 범상치 않은 기세를 자연스레 풍기고 있는 저 4인의 능력도.

'싸움꾼 다 됐네.'

임신 전의 호전적인 아영이나, 나창미가 있었다면 아마 대놓고 들이박았을 수도 있었다.

"소령님."

그때 음산하다 싶을 정도로 쫙 깔린 예나체리 대위의 말에 휘안은 두 손을 번쩍 들었다.

"알았다, 알았어. 이건 뭐 마누라도 아니고……."

"흥."

이후 그녀는 꾸벅 고개를 숙였다.

"죄송합니다. 전쟁 중에 머리를 다쳐서."

"야!"

픕…….

"아하하! 하하하!"

아리스가 웃음을 터뜨리자 휘안의 얼굴이 벌겋게 변했다. 예상치 못한 반응이었다. 그리고 어째 좀 익숙한 광경이기도 했다. 한참을 웃은 아리스는 웃음이 어느 정도 가시자 노엘을 보며 말했다.

"노엘, 꼭 너랑 차샤 같지 않아? 아하하!"

"……."

아.

맞다.

노엘과 차샤.

생각과 동시에 몸이 움직이는 차샤를 제어하는 유일한 카드
인 노엘. 둘의 관계가 꼭 저랬다.

적당히 분위기가 풀리자 예나체리 대위가 다시 입을 열었다.

"찾아온 이유는 하나입니다."

"뭔가요?"

한지원이 도발적인 기세를 풀고 답하자, 그녀는 다시 석영을
비롯한 이들을 모두 한 번씩 바라본 이후 대답했다.

"적아(敵我)의 구분."

"적아? 아아……."

이 작업은 석영이나 한지원도 하고 있었다. 마법국 요하네스
에 간 차샤도 그런 이유로 떠난 것이다.

이는 세상에 환란이 오기 전에 반드시 필요한 작업이라고 생
각했다. 미쳐 날뛰는 흉황도 무섭지만, 안에서 사고를 치고 딴
마음을 품은 아군은 더더욱 무서웠다. 그래서 이런 귀찮고 시
간이 많이 필요한 작업을 하고 있었다. 그런데 그건 이들도 마
찬가지였던 것 같았다.

게다가 빨랐다. 알스테르담에서 이곳까지 적지 않은 거리이
고, 전쟁이 끝난 지 더더욱 얼마 되지도 않은 상태인데도 벌써
이곳에 있었다.

한지원은 씩 웃고는 물었다.

"아군이면?"

"군사동맹을 맺을 생각입니다."

"그럼 적이면?"

"죽일 겁니다."

그녀의 두 번째 질문에 예나체리 대위는 한없이 차갑고, 아주 단호한 어조로 대답했다.

"……."

"……."

그녀의 대답에 막사 안에 싸늘한 침묵이 감돌았다. 도발? 아니었다. 그녀는 솔직하게 자신들의 입장을 내놓았을 뿐이다. 그리고 그 생각은 석영이나 한지원의 생각과 같았다. 석영이 각성자들과 접촉하려는 이유는 저들과 마찬가지로 적아의 구분, 이거 하나였다. 잔인한 말이지만 죽인다는 생각을 석영도 최악의 경우로 염두에 두고 있었다.

"자신감이 넘치는데?"

"우리에게는 충분히 그럴 만한 능력이 있습니다."

"그렇겠지. 각성까지 했으니. 하지만 예나체리 대위, 빼놓은 게 하나 있어."

"경청하겠습니다."

"당신들도 각성자지만, 다른 각성자들도 '각성'을 했다는 것."

"…알고 있습니다."

괜히 각성자란 타이틀이 붙는 게 아니었다.

본인들이 각성으로 인간의 한계를 벗어났다면, 악한 성향을 가진 인간도 각성으로 인간의 한계를 벗어났을 것이다. 즉, 전력의 차이는 없다는 뜻이었다.

이 말을 다시 해석하면 괜히 적이라고 제거하려 들다가는 자신들도 제거당할 수도 있다는 뜻이었다.

"하지만 위험을 감수하고 진행해야 한다고 우리는 판단했습니다."

"뭐… 그 부분에서는 의견이 같네."

"네, 그 부분은 저희도 확인했습니다."

"확인했다고?"

한지원의 입가에 서늘한 웃음이 걸렸다.

확인했다는 것은 곧 지켜봤다는 뜻이다. 그런데 말이 지켜봤다는 거지, 실제는 감시다.

석영은 드넓은 대륙 전체를 대상으로 첩보를 벌인다는 제국 첩보대가 떠올랐다. 그들의 첩보 능력은 대륙 제일이며, 작전 도중 정체를 들킨 경우는 정말 손에 꼽을 정도로 적다고 했다. 그런 이들이 작정하고 감시를 펼쳤으면 프란 왕국의 여왕이 아침에 뭘 먹었는지 정도는 우습게 알아낼 것이다.

하지만 이러한 사실을 굳이 따지고 들 필요는 없었다. 왜? 한지원의 팀도 이미 발키리, 레이첼 용병단과 팀을 짜 정보 수집을 위해 대륙 각지로 흩어졌기 때문이다. 그러니 어차피 서로 똑같았다.

"뭐, 그건 그냥 넘어가지. 어차피 피차일반이니. 그래서? 당신들이 지금 보고 있는 우리는 어떻지? 제거 대상인가?"

"모르겠습니다."

“모르겠다니… 건방을 떠네.”

역시 그냥 넘어갈 한지원이 아니었다. 예전부터 몇 번이나 봐왔지만 그녀는 본인에게 넣는 압력을 정말 싫어한다. 군인들이 찾아왔을 때 죄다 박살 낸 것도 그녀가 그런 걸 극히 싫어했기 때문이다.

“그건 니들도 마찬가지잖아? 썅, 폼 잡기는… 뒤지려고.”

그리고 그녀의 말을 이번엔 다시 미친개가 받았다. 비릿한 조소를 걸고 있는 그는 다분히 도발적인 기세를 풍기기 시작했다. 극과 극을 오가는 대화 때문에 막사 안의 공기는 다시 순식간에 변했다.

일촉즉발까지는 아니더라도, 도화선에 누군가 불을 붙일 준비는 하고 있는 정도는 됐다. 분위기가 마치 널뛰기하는 것처럼 왔다 갔다 하지만 누구 하나 그 부분을 이상하게 생각하는 사람은 없었다.

다만 그저 이 상황을 조용히 지켜봤다.

까닥까닥.

한지원은 테이블 아래로 주먹을 쥐었다 폈다를 반복하고 있었다. 누가 봐도 몸을 푸는 것처럼 보였다. 하지만 석영은 그녀가 먼저 주먹을 날리는 일은 없을 거라고 봤다. 그저, 만약을 위한 준비일 뿐이었다.

“질질 끌지 말고 용건을 확실히 하지.”

“더 이상 어떻게 더?”

석영의 말에 미친개가 히죽 웃으며 대답하자, 석영도 눈을 가늘게 좁혔다.

"그걸 왜 내가 고민해야 하지? 날 찾아온 건 당신들인데."

"흐흐, 그런가? 그래도 같이 좀 고민 좀 해주지?"

드륵.

석영은 자리에서 일어났다.

이자들은 적도, 아군도 아니다.

석영은 그렇게 결론을 내렸다.

"앉지? 아직 말 안 끝났는데."

"꺼져."

"앉으라고……."

석영은 휘안을 내려다봤다. 한쪽만 남은 눈에서는 짙은 광기가 넘실거리고 있었다. 뭘까? 왜 이렇게 도발을 해오는 걸까? 피아의 구분을 하러 왔다면 그냥 그것만 하고 사라지면 된다. 그런데 굳이 몸을 쓰고 싶어 발정난 개처럼 달려들고 있었다. 그런 장단을 맞춰주는 것도 한두 번이지, 계속되면 참아주기 힘든 법이었다.

석영은 그냥 미련 없이 걸음을 옮겼다.

"앉으… 라고!"

쉭!

감각에 걸리는 경고와 함께 석영은 신형을 돌리며 바로 타락천사의 활을 꺼내 시위를 당겼다.

스슥!

석영의 머리 위, 새파란 빛을 내뿜고 있는 검이 멈춰 있었다.

휘안의 미간 앞, 새까만 어둠의 화살이 자신을 놓아주기만을 기다리고 있었다.

"……."

둘 다 끝까지 갔으면? 반드시 둘 중 하나는 죽었을 것이다.

서늘한 살기가 감도는 휘안의 눈빛은 이상하게도 제정신이 아닌 것 같았다. 게다가 입꼬리를 실룩거리는 게 마치 지금 이 상황을 기꺼워하는 것 같았다.

왜 미친개라고 하는지 석영은 아주 확실하게 깨달았다.

"하아."

그의 부관인 예나체리가 일어나 미친개의 목덜미를 잡고 질질 끌었다.

"아, 왜!"

"한 번만 더 이러면 부관이고 나발이고 다 때려치울 거라고 말씀드렸을 텐데요?"

"내 말 쌩 까고 가잖아! 못 봤어?"

"입 열지 마세요."

끌어다가 다시 제자리에 앉혀놓자 한지원이 그제야 킥킥거리면서 웃기 시작했다.

"이야… 이거 참 걸출한 또라이일세."

"죄송합니다. 전투 중에 머리를 다쳐서 가끔 제정신이 아닐 때가 많습니다."

"고생이 많겠어요."

"후우, 하루 수백 번씩 때려치울까 고민합니다."

"그렇겠네. 다행히 우리 리더는 정상인이라."

"부럽습니다."

"흥!"

콧방귀를 뀐 휘안은 이후 토라진 것처럼 고개를 돌렸다.

"석영 씨? 얘기는 끝내자고."

"……."

한지원의 말에 석영도 다시 자리에 앉았다. 다시 정상적으로 대화가 진행이 되면 굳이 자리를 파할 필요는 없었다.

"그래서 결론은 뭐야. 동맹이야, 아니면 적이야?"

"후자입니다. 물과 기름 같은 두 사람이 있으니 공조는 어렵 겠지요."

"후후, 동감이야."

물과 기름은 아마 석영과 휘안을 두고 하는 얘기일 것이다. 석영은 차라리 저런 결과가 나온 것을 다행이라 생각했다. 잠시 말을 섞었는데도 골이 아플 정도로 막나가는 모습을 보이는 휘안. 이자와 팀을 맺느니, 차라리 혼자 전투에 임하는 게 훨씬 낫겠다는 생각이 들 정도였다. 아무리 실력이 대단해도 손발이 안 맞으면 차라리 내치는 게 낫다.

"그럼 서로 터치하지 않기로 하지. 단, 다른 부분은 협력하는 게 어때? 우리야 따로 움직여도 좋지만 괜히 다른 부분에서 부딪치면 좀 그렇잖아? 예를 들어 정보원 피습이라든가. 이런 일이 없도록 말이야."

"네, 황도로 지급으로 서신을 보내 상호간 동맹 협의서를 보내도록 하겠습니다.”

“그대와는 말이 잘 통하네.”

“같은 생각입니다. 그리고 부럽기도 합니다. 흠… 리더가 정상이라서.”

“야!”

휘안이 짜증을 버럭 냈지만 그녀는 들은 척도 안 했다.

“각성자 조사는 어디까지 했어?”

“오는 길에 우르크의 혈전사는… 죽였습니다.”

“음? 그를?”

“네, 우연히 마주쳤는데 피에 젖은 자였습니다. 마을을 습격하고 있는 걸 발견, 죽였습니다.”

“그런 인간이라면 도움이 될 리가 없지. 고생했네. 그자의 실력은 어땠지?”

“이쪽 테일러 혼자 붙었습니다만, 상대하는 데 어려움은 없었습니다. 아마 그는 이차 각성은 거치지 않은 것 같습니다.”

“흠… 그런가. 마법국 인물들은 현재 프란 왕국으로 오고 있어. 그들은 우리가 만나지.”

“네. 부탁이 있습니다.”

“부탁?”

“그쪽의 판단에 따라, 그들이 도움이 될 이들이면 동맹서에 이쪽 이름도 넣어주십시오.”

“괜찮겠어?”

“네, 오면서 황녀에게 전권을 위임받았습니다. 따로 준비도

해야 하는데 일일이 다 만나러 다닐 시간이 안 됩니다."

"하긴."

언제 흉황이 강림할지 그건 아무도 모른다. 다만 강림의 때가 다가오면 세계수가 나서서 알려주지 않을까 하는 생각은 들었다.

"참 악시온 제국의 귀산자는 각성자야. 우리와 같은."

"…그렇습니까? 그래서 그들도 같이 물러난 거군요."

"그렇지. 곧 종말의 날이 다가오는데 여기서 치고받으면서 서로 피 흘릴 필요가 없다는 것 정도는 안 거지."

"발바롯사의 지휘관도 각성자입니다."

"발바롯사라면……."

"철갑 기마대주. 이런 명칭으로 불리는 특수군 지휘관입니다. 그가 각성자입니다. 동료들과 같이."

"흠… 성향은?"

"야생의 늑대 같은 자입니다. 오직 동료들과 움직이며 일체의 협력도 기대하긴 어려울 겁니다."

"골치 아픈 스타일이네……."

"네. 하지만 이미 이야기는 되어 있습니다. 상호간 무력전은 전면 금지 하자고."

"그 정도면 뭐……."

사실 조금이라도 힘을 모아야 하는 시기였다. 하지만 각성자들의 개성이 워낙에 센지라, 시작부터 삐걱거리고 있었다. 석영은 이들을 보고 나니 제발 마법국 요하네스의 각성자들은 정상이길 바랐다.

이후의 대화는 별거 없었다.

서로 지킬 조약만 몇 가지 정하고, 회의는 파했다. 그들은 하루 쉬고 가라는 말에도 고개를 젓고는 바로 야영지를 떠났다. 떠나기 전 휘안이 석영을 매우 아니꼽게 바라보고 갔지만 석영은 그냥 깔끔하게 무시했다.

그들이 떠난 뒤 석영과 일행은 다시 막사로 모였다. 짧은 시간 정신적인 피로가 상당했으니, 그녀는 술을 가지고 들어왔다.

쪼르르.

"미친개라더니, 완전 딱 어울리는 별명이네."

"동감. 참, 노엘?"

석영이 노엘을 부르자 그녀가 안경을 고쳐 쓰며 네? 하고 대답했다.

"한마디도 안 하던데?"

"그냥 어떤 사람들인지 관찰만 했습니다."

"그래? 어땠어?"

"적이 아니어서 다행이지만, 아군으로는 들이기 싫은, 그런 느낌이었습니다. 통제가 안 될 거예요, 분명."

"하긴……."

석영이 보기에 휘안이란 인간의 진짜 모습은 저 정도로 끝이 아닐 것이다. 저게 끝이라면 적도, 아군도 치를 떠는 미친개라는 악명을 쩌렁쩌렁 울리진 못했을 것이다. 그러니 분명 제대로 돌면 저것보다 훨씬 더 막나가는 자일 것이다.

"그나저나 각성자들이라더니 확실히 만만치는 않네요."

아리스의 말에 석영도 고개를 끄덕였다.

도발에 응해줬더니 아주 시원하게 몸을 날려왔다. 조금만 대처가 늦었어도 미친개의 검이 먼저 석영의 머리에 도달했을 것이다. 그들은 그 정도의 힘이 있었다.

"누가 돋보였어?"

한지원의 물음에 석영은 잠시 생각해 봤다. 도합 다섯의 파티. 석영은 그중 예나체리란 군인 말고, 한마디도 꺼내지 않은 테일러라는 여성에 주목했다.

'굉장한 실력자.'

석영은 거의 본능적으로 느꼈다.

미친개보다, 그 뒤에 철벽처럼 서 있던 사내보다, 예나체리라는 군인보다, 어딘지 음침해 보이는 사내보다, 테일러라 불린 여자가 가장 강하다는 것을 말이다.

"금발의 푸른 눈, 그 여자 맞지?"

"당신도?"

"응, 붙으면 아주 재밌겠던데?"

천하의 한지원이 그 정도로 평가를 내렸다면 진짜 대단한 사람이 맞았다. 쪼르르. 술을 따른 그녀는 아쉬운 표정을 지었다.

"근데 좀 아깝네. 미친개 그 인간만 좀 정상이었으면 협력을 맺어도 됐을 건데. 보니까 다른 각성자들은 전부 정상인 것 같았고."

"그러게."

그 부분은 석영도 아쉬웠다.

　머리를 다친 것 때문인지, 아니면 원래 꼴통이었는지 알 길은 없지만 저 상태면 뭘 할 때마다 사사건건 부딪칠 게 분명했다. 그렇게 부딪치면서 서로 감정 싸움을 하느니, 그냥 쿨하게 포기하는 게 나았다.

　"그럼 알스테르담 쪽은 마무리된 거고, 마법국 요하네스 각성자들만 만나면 당분간은 찾으러 돌아다닐 일은 없겠네."

　"아영이 두고 먼 길 가는 것 때문에 좀 찝찝했는데 잘됐지, 뭐."

　"후후, 그러게."

　아무리 아영이가 무사히 출산을 한다고 해도, 어린 아기와 아영이만 두고 알스테르담까지 갔다 오는 건 아무래도 마음에 좀 걸렸다. 그런데 그들이 먼저 찾아오면서 그 부분이 깔끔하게 해결이 되자 석영은 그래도 유익한 만남이라는 생각이 들었다.

　"오늘은 여기까지 하고, 쉬는 걸로 하자."

　그녀의 말에 모여 있던 이들은 고개를 끄덕이고 다들 하품을 하며 막사를 떠났다. 석영도 자리에서 일어났다. 막사를 나온 석영은 새까만 밤하늘을 잠시 올려다보다가 자신의 숙소로 걸음을 옮겼다.

episode 74
예열

비가 왔다.

미친개가 떠날 때쯤 몰려오던 비구름이 천지가 쪼개질 것 같은 우렁찬 굉음과 함께 굵은 장대비를 사정없이 쏟아냈다. 한 치 앞도 보이지 않는 어둠이 대낮에도 이어졌고, 맞으면 피부가 따가울 정도로 굵은 장대비가 몰아쳤다.

그래서 자연히 왕도로 이동하던 석영과 일행은 발길이 묶일 수밖에 없었다. 막사에서 내리는 비를 보던 석영은 한숨을 내쉬었다.

이 그림, 어째 예전에도 본 적이 있는 것 같았기 때문이다. 이렇게 한 치 앞도 안 보이게 비가 오던 날, 석영은 목숨을 걸고 적과 싸웠다. 그 싸움의 승자는 석영이었다. 하지만 그 자체로 유쾌한 기분은 아니었다.

발이 묶이자 할 수 있는 게 너무 없었다.

"하늘에 구멍 난 것 같아, 오빠."

두꺼운 옷을 입고, 배를 어루만지면서 아영이 말하자 석영은 무심코 고개를 끄덕였다. 진짜 하늘에 구멍이라도 난 것처럼 비가 쏟아붓고 있었다. 이 비 탓에 스케줄은 올 스톱 됐고, 하루를 그냥 빈둥거리는 것밖에 할 수 있는 게 없었다.

"나와 있어도 괜찮아?"

"웅! 조금씩 움직여 줘야 아가한테도 좋아! 가만히 있으면 희망이가 막 발버둥 쳐. 좀 움직이라고. 히히."

희망이.

석영과 아영이의 첫 아이의 태명이었다. 종말의 때를 기다리고 있는 인류. 그래서 지은 태명이었다. 석영은 자신이 지었지만 참 잘 지은 태명이 아닌가 싶었다.

"얼마나 남았대?"

"글쎄. 지원 언니가 정밀 검사 기계가 없어서 잘 모르지만 한두 달 이내에 아마 나올 거래. 더 빠를 수도 있고."

"그래?"

석영은 기대가 됐다.

곧 태어날 아이. 남자인지, 여자인지 모르지만 성별은 아무래도 상관없었다. 그저 건강하게 태어났으면 했다.

"이름은 정했어?"

"나? 생각해 둔 건 있지."

“뭔대?”

“은성!”

“은성?”

“응. 아들딸 상관없이 그 이름으로 했으면 좋겠어. 오빠는 어때?”

“좋다. 어감도 좋고.”

“히히, 그치? 그리고 사실은 배우로 전향하고 한창 욕먹다가 첫 대박 난 작품 속 내 이름이었어, 강은성.”

“괜찮네, 의미도 있고. 그 이름으로 하자.”

“오빠는 생각해 둔 이름 없었어?”

“나? 음…….”

특별히 생각해 둔 이름이 없는 것 같았다. 그동안 너무 정신이 없던 것도 있지만, 사실 이런 부분은 좀 무책임했던 석영이었다.

“없네, 하하.”

“뭐야, 자기 아이 이름도 생각 안 하고. 오빠 그렇게 안 봤는데!”

“미안, 미안. 근데 은성이란 이름이 너무 예뻐서 다른 이름은 오히려 싫은데?”

“흐흐, 요즘 칭찬이 늘었다?”

“사실을 말한 거야.”

우르릉!

움찔!

갑자기 몰아친 뇌성에 아영이 움찔하며 몸을 숙였다. 몸이 절로 움찔할 정도로 강한 뇌성이었다.

“으으, 아가도 놀랐나 봐. 좀 전에 발로 빵! 찼어…….”

“괜찮아?”

“응, 그냥 잠깐 놀란 거야. 어휴, 그보다 이 비는 언제 그치려나 모르겠네. 비오면 꿉꿉해서 싫은데.”

“불 피워줄까?”

“응, 그래주라.”

석영은 고개를 끄덕인 후 일어나 한쪽에 쌓아둔 장작을 가져와 불을 지폈다. 원래도 춥진 않았지만 좀 습한 감은 있었는데, 불을 피우자 금세 사라지고 훈훈한 열기가 그 자리를 대신했다.

“흐음, 이제 좀 살겠다.”

“빨리 피워달라고 하지.”

“흐흐, 깜빡했어.”

아영이는 기분이 좋은지 의자에 깊게 누워 눈을 감았다. 스윽, 안으로 들어온 한지원이 아영이를 보더니 씩 웃었다.

“살판났네?”

“아, 언니. 어? 어디 가요?”

한지원 때문에 바로 눈을 뜬 아영은 그녀의 상태를 보고 눈을 동그랗게 뜬 뒤 물었다. 군복에 위장 크림까지, 게다가 군장도 메고 있었다.

“훈련 가려고. 놀면 뭐 하니?”

"와… 이렇게 비 오는데요?"

"산악 훈련은 이런 악천후 속에서 하는 게 가장 효율이 좋단
다."

"그래도 몸 상할 텐데."

"이 정도로 몸 상했으면 이 언니 이미 예전에 죽었다. 걱정
마렴."

"아… 그래도 조심하세요."

"그래, 그래. 그보다 석영 씨?"

그녀의 시선이 이번엔 석영에게 넘어왔다.

"응?"

"이따가 대항군 한 번만 해줘."

"대항군?"

"응, 이따가 해 지면 야간 기습 모의전 할 건데, 그때 좀 부탁
할게."

"음… 알았어."

석영에게도 나쁘지 않은 훈련이 될 것 같았다.

"저녁 먹고 좀 쉬다가 보라 보낼 테니까, 그때 와주면 돼."

"응."

그렇게 용건을 전한 한지원이 나가고, 석영은 인벤토리를 확
인했다. 훈련용 화살을 찾아봤지만 역시 없었다. 아무래도 예
전에 쓰고 처분한 것 같았다.

"음……."

"왜?"

"훈련용 화살이 없어서. 그거 안 쓰면 부상 크게 나거든."

"아… 만들면 되지 않아?"

"내가 조각에는 자신이 없어, 하하."

"후후, 오빠도 못하는 게 있네?"

"그럼. 내가 무슨 만능인 줄 아냐?"

"요리 잘해. 살림 잘해. 싸움 잘해. 돈 잘 벌어. 한 여자만 바라볼 줄도 알고. 그럼 거의 만능 아닌가?"

"……."

듣고 보면 또 그렇긴 한데, 그걸 저렇게 들으니 어딘가 민망했다. 그래서 얼굴이 빨개진 석영을 보며 아영은 깔깔 웃었다.

"이렇게 순진한 구석도 있고. 내가 남자는 잘 골랐단 말이야?"

"그만해. 어디까지 날리려고 그러냐?"

"후후, 걱정 마. 떨어져도 내가 착! 받아서 안아줄 테니까."

"…됐거든."

석영은 피식 웃고는 무전기를 꺼내 들었다.

치직.

"송? 송 있어?"

대답은 잠시 뒤 들려왔다.

치직.

—네! 있어요!

치직.

"지금 막사에 있는데, 잠시 올 수 있어?"

치직.

―바로 갈게요!

대답이 들려오고 10분쯤, 쫄딱 젖은 송이 들어왔다. 아영이 얼른 일어나 수건을 가지고 다가갔다.

"왜 비를 맞고 왔어?"

"에헤헤, 오빠가 부르니까 괜히 기뻐서……."

"어허, 임자 있는 남자다?"

"동생 포지션은 포기 안 했어요!"

얍!

두 주먹을 불끈 쥐는 송을 보며 아영이 다시 깔깔 웃었다. 그러곤 석영을 바라보며 말했다.

"내 남자는 인기도 많네?"

"그만 좀……."

"아하하!"

아영이 다시 배를 잡고는 웃었다. 쓴웃음을 지은 석영은 송을 손짓으로 불렀다.

쪼르르!

달려온 송이 눈을 반짝이며 석영의 앞에 섰다.

"혹시 연습용 화살 있어? 촉 뭉뚝한 걸로."

"연습용 화살이요? 어… 몇 개 안 챙겨 다니는데. 많이 필요해요?"

"이따 저녁에 한지원 팀 연습 도와주기로 했거든. 못해도 서른 개 정도는 필요해."

“아… 그럼 만들어야겠는데요?”

“만들 줄 알아?”

“그럼요! 제 화살은 다 제가 손수 만든 거예요!”

“그럼 부탁 좀 할게.”

“넵! 일반 화살이 아니니 그리 오래 걸리지도 않아요. 두 시간? 후딱 만들어 올게요!”

다시 도도도 달려서 송이 나가자 석영도 그냥 피식 웃고 말았다. 라이칸에게 물렸을 때 구해준 이후로 그녀는 석영을 정말 잘 따랐다. 실제로도 석영보다 어린 송은 거의 친오빠처럼 석영을 따랐는데, 가끔가다 부탁을 하면 지금처럼 의욕이 넘치다 못해 활활 불타올랐다. 처음엔 부담스러웠지만 그것마저 적응이 된 상태였다.

“예쁜 동생 생겼네?”

“너무 부담스럽게 따르는 게 문제긴 하지만, 송이 예쁘긴 하지.”

“휘린 그 아가씨는? 동생 후보 탈락이야?”

“…후보는 무슨 후보. 내가 뽑아야지만 동생 되는 것도 아닌데.”

“후후, 쟤들은 그렇게 생각 안 할걸?”

“그만. 이제 그만 놀려라.”

“알았어, 알았어.”

아영은 싱긋 웃고는 다시 모포를 두르고 의자에 앉았다. 그러곤 하품을 늘어지게 했다.

"또 졸리다. 오빠야 나 잔다. 아영이 잘 지키셈."

피식.

"그래. 이따 저녁 시간 되면 깨워줄게."

"웅……."

대답하기 무섭게 잠에 빠져든 아영이를 잠깐 보던 석영은 장비를 꺼내 점검을 시작했다. 꼼꼼하게 장비를 살피고 나자 어느새 밖은 더 어두워져 있었다. 슬슬 해가 지고 있었다. 하지만 야영지는 저녁 준비로 분주해졌다. 곳곳에서 연기가 피어올랐고, 고소한 음식 냄새가 올라오기 시작했다.

준비가 된 저녁을 막사로 가져와 아영이를 깨워 함께 저녁을 먹고 좀 쉬는 중, 문보라가 석영을 찾아왔다. 석영은 바로 장비를 갖춘 뒤 송에게 연습용 화살을 받고는 그녀를 따라 산으로 올라갔다.

나레스 협곡.

석영과는 악연으로 묶인 장소로 들어서자 몸이 자연스레 긴장하기 시작했다.

쏴아아…….

조금도 약해지지 않은 장대비가 쏟아지는 협곡 아래의 산은 음산했다. 귀기가 서린 것 같은 기분도 느껴졌다.

"팀은!"

석영은 옆에 걷는 문보라에게 물었다.

"지금 개인 잠복 시작했을 겁니다!"

"그럼 나는 뭘 하면 되는데! 아까 지원 씨가 대항군이라고 했지만 자세한 건 전달 못 받았어!"

"게릴라전이라 생각하고 움직이면 됩니다!"

"맞추면 아웃이고?"

"네!"

연습용 화살에 한 대 맞는다고 어디 부러지진 않을 테니, 석영은 오랜만에 제대로 움직여 보기로 했다. 산 아래 막사가 하나 쳐져 있었고, 한지원이 안에서 기다리고 있었다. 쫄딱 젖은 꼴로 입에 담배를 물고 산을 올려다보던 그녀는 석영이 도착하자 반가운 표정으로 다가왔다.

"왔어?"

"시작은 언제야?"

"삼십 분쯤 있다가 시작하려고."

"지원 씨도 모의전에 나와?"

"후후, 내가 나가면 밸런스가 안 맞잖아? 창미 언니도 쉴 거고. 오늘은 애들만 상대해 주면 돼."

그녀의 대답에 석영은 고개만 끄덕이고 포켓에서 담배를 꺼냈다.

치익.

"후우……."

길게 연기를 내뿜은 석영은 어둠에 잠겨 있는 산을 바라봤다. 잠시 뒤, 석영은 담배를 비벼 끄고 산으로 들어갔다. 김선아가 특수 맞춤 제작으로 만들어준 스킨 덕분에 비는 그리 문제가 되지 않았다.

하지만 비 때문에 통합 감각에 이상이 생겼다.

'소리가……'

빗소리가 산속의 모든 소음을 잡아먹어 석영이 원하는 건 거의 들리지 않았다.

석영은 적당한 곳에 자리를 잡았다.

그러곤 눈을 감고 감각을 넓게 펴뜨렸다. 석영은 여기서 더 집중했다. 수풀 흔들리는 소리, 나뭇잎이 비에 맞아 떠는 소리, 빗방울이 바닥에 떨어지는 소리, 감각에 잡히는 건 이러한 소리가 전부였다.

석영은 이 훈련은 자신에게도 충분히 도움되는 훈련이라는 걸 깨달았다.

'고작 빗소리에 감각계에 교란이 올 정도면……'

전장의 시끄러움에서도 상황은 비슷할 거다.

치직.

─지금부터 모의전을 시작한다. 팀은 수비에 집중, 대장은 문보라다. 마찬가지로 반대쪽 대장은 저격수다. 저격수는 팀의 수비를 뚫고 문보라를 사살하거나, 혹은 전멸시키면 승리, 반대로 팀은 저격수만 잡으면 승리다.

삑, 삑삑.

알았다는 신호가 울리자 석영도 무전기 버튼만 눌러 신호를 보냈다.

치직.

─승패가 갈릴 때까지 모의전은 계속 이어진다. 지금부터 시

작한다.

한지원의 무전은 그걸로 끝이었다.

석영은 무전이 끝났지만 바로 움직이지 않았다.

저쪽은 이런 전투에 아주 익숙한 사람들이다. 진짜 스페셜리스트 중에 스페셜리스트라고 해도 과언이 아니었다. 섣부르게 움직였다간 단칼에 목에 칼자국이 새겨질 것이다.

차근차근, 하나씩.

저쪽은 방어조니 먼저 움직이진 않을 것이라 판단한 석영은 일단 차례대로 수를 줄여 나가는 방법을 선택했다.

감각을 유지한 채 천천히 몸을 웅크리고 이동하던 석영은 10분쯤 이동하다가 걸음을 멈췄다. 감각계가 적 팀 인원 하나를 발견했다.

'허.'

그리고 그 위치를 파악한 석영은 속으로 헛웃음을 흘렸다. 석영이 발견한 첫 번째 적은 전방 20미터 앞 수풀, 그 아래 땅을 파고 숨어 있었다.

허, 기가 막혔다.

땅을 파고 숨어 있는 것도 놀라운데, 통합 감각을 아주 세밀하게 펼치지 않으면 아예 감지조차 되지 않을 정도로 기척을 완전히 없애고 있었다. 이게 가능해? 이런 의문은 필요하지도 않았다.

왜?

지금 석영이 두 눈으로 똑똑히 보고 있는 중이었기 때문이다. 석영이 보기에 저들의 은신은 정말 신기함을 넘어선 신기(神技)에 가까웠다. 석영은 고민했다. 이미 통합 감각이 은신을 찾아냈다. 그와 동시에 은신은 의미가 없어졌다. 이미 위치를 알고 있으니 기습의 이점이 사라진 것이다.

기습을 못 하는 은신?

그건 할 필요도 없었다. 제아무리 게릴라전에 특화된 그녀들이라고 해도 이미 위치가 탄로 난 상태면 싸움 자체가 성립이 되지 않았다.

'그렇다고 끌 수도 없고……'

이 모의전이 석영에게 도움이 되는 이유는 지금처럼 장대비가 쏟아지며 불규칙한 소음을 만들어낼 때 더 익숙하게 통합 감각을 사용하기 위해서였다. 이후 어떤 전투가 펼쳐질지 모른다. 그냥 흉황 혼자와 붙을 수도 있었고, 아니면 흉황이 거느리는 권속과 붙을 수도 있었다. 그러니 대인전이든 집단전이든 훈련할 필요가 있었다.

하지만 통합 감각을 펼쳐서 이미 적의 위치를 다 알고 나니 훈련의 의미가 없었다. 탐지나 저격으로 이루어지는 석영의 공격을 저들은 그냥 은신한 채 얻어맞고 아웃될 게 분명했기 때문이다.

이는 석영도 석영이지만, 그녀들에게도 의미가 없는 전투였다.

'후… 어쩔 수 없지.'

한숨과 함께 석영은 통합 감각을 다시 회수했다.

사박.

그러곤 그 자리를 벗어났다.

솔직히 저격만 하면 하나는 잡지만 굳이 그러고 싶지 않았다. 살금살금, 예전에 한지원이 알려준 대로 이동하는 석영은 용케도 조금의 소음도 흘리지 않고 있었다. 이것만으로도 일단 장족의 발전이었다.

통합 감각을 펼치지는 않았지만 각성 전에도 원채 감각이 좋던 석영이었다. 석영은 5분쯤 이동하다가 걸음을 멈췄다.

간질간질한 느낌에 이어, 피부의 솜털이 올올이 일어서는 이 느낌. 근처에 자신을 노리는 자가 있다는 신호였다.

살기는커녕 기척조차 느껴지지 않았지만 석영은 확신했다.

'적어도 둘.'

분명히 주변에 숨어 있다는 확신이 들었다.

석영은 시위를 천천히 당겼다.

송이 만들어준 훈련용 나무 화살이 시위에 걸리면서 당겨졌다.

두, 드드드득.

석영은 시위가 팽팽하게 당겨지는 소리에 눈살을 찌푸렸다. 작다. 분명히 작은 소리지만 설마 그녀들이 이 소리를 놓쳤을 거라고는 조금도 생각하기 어려웠다.

석영은 일단 숨을 죽인 채 호흡을 골랐다. 그러곤 정신을 집중했다.

쏴아아……

여전히 폭우가 내리고 있어 빗소리 외에는 다른 소리가 거의 나지 않았지만 집중도가 높아지면 높아질수록 석영의 청각은 쓸모없는 '소음'을 알아서 제거하기 시작했다.

쏴아…….

소리가 죽고 나니 그제야 마음에 안정이 찾아왔다.

이 상태면 누가 먼저 움직이더라도 반드시 대응을 할 수 있었다. 석영은 기다렸다. 예전에 한지원이 했던 말이 생각났기 때문이다.

그녀는 그랬다.

이렇게 대치 상태가 벌어지면 절대로 먼저 움직이지 말라고. 상대가 다가오는 걸 기다렸다가 받아치라고. 애초에 이런 종류의 전투는 익숙지 않으니 그게 최선이라고. 석영은 그래서 기다렸다.

지금부터는 끈기 싸움이었다.

그렇게 시간이 흘렀다.

빗소리의 제거로 강제적인 고요를 얻은 석영은 마음이 편안한 상태였기 때문에 조금씩 여유가 생겨났다. 하지만 그것도 잠시였다.

부스슥.

굉장히 작은 소리였다.

하지만 석영은 분명히 그 소리를 들었다.

수풀이 밟힌 소리. 물론 저 소리가 흘러나온 건 실수가 아닐 것이다. 실수를 하기에는 그녀들의 실력이 너무나 좋았다. 그렇다면? 어쩔 수 없이 밟은 것이다. 그것도 최소한의 소음만 내면서.

다시 소리가 들려오지 않았다.

석영은 좀 전에 움직인 사람이 자신의 존재를 눈치챘고, 대치 상황이 벌어지자 차라리 뒤로 물러나 버렸음을 깨달았다.

'이거… 길게 가겠는데?'

이 정도로 조심스럽게 움직이면 사실상 석영이 할 수 있는 게 매우 제한이 되어버린다. 게다가 통합 감각까지 거둬들인 마당이라 온전히 육감에만 의지해야 하기 때문에 석영조차도 조심스럽게 움직일 수밖에 없었다.

석영은 시위를 다시 풀고 시계를 확인했다.

벌써 30분이 훌쩍 지나 있었다.

한지원의 팀 전원이 숲속에 숨었으면 20명 정도, 나창미와 한지원이 빠졌으니 18명. 적은 수가 아니었다.

'밤을 꼬박 새야겠네.'

전투는 어느 한쪽에서 미션을 클리어하지 않는 이상 끝까지 간다. 그러니 석영은 이번 모의전은 아주 길게 갈 거라는 예감을 받았다.

석영은 천천히 자리에서 일어났다. 영역을 정해놓지 않았으니 일단은 움직일 생각이었다.

사박.

사박.

쏴아아…….

빗소리에 석영의 발소리가 살짝 묻어 나왔다.

쇄애액!

무언가가 바람을 가르는 소리도 거의 묻혔다. 석영은 등골이 오싹한 기분을 느꼈다. 그래서 본능적으로 몸을 앞으로 굴렸다.

쉭!

푹!

좀 전까지 서 있던 자리의 흙이 뚫리는 소리에 석영은 그대로 몸을 세우며 신형을 돌렸다. 새까만 위장복에 똑같이 새까만 얼굴. 석영은 곧바로 시위를 당겼다.

파박!

그러자 대원이 곧바로 몸을 날려왔다.

빨랐다.

순식간에 거리를 좁히는 속도는 거의 각성 전 차샤와 비슷했다.

'빨라!'

진검이 아닌 뭉뚝한 나무 검이 석영의 손끝을 노리고 휘어들어 왔다. 석영은 당기던 자세 그대로 몸을 뒤로 날렸다.

쉬익!

핑!

퍽……!

간발의 차로 피한 석영의 활에서 날아간 훈련용 화살이 대원의 가슴 어림에 부딪쳤다가 그대로 떨어졌다.

“아…….”

바닥에 떨어진 화살을 바라본 대원이 아쉬운 탄성을 흘렸다. 그러나 그것도 잠시, 금방 정신을 추스르고 꾸벅 인사한 다음 등을 돌렸다.

아웃이었다.

실제 석영이 타천 활을 들었다면 대원의 목숨은 무조건 날아갔다. 그러니 이는 확실한 아웃이었다.

바닥에 떨어진 화살을 챙겨둔 석영은 속으로 안도의 한숨을 내쉬었다. 완전히 몰랐다. 그렇게 감각이 좋은 석영도 설마 나무 위에서 기척을 완전히 숨기고 공격해 올 거라고는 조금도 예상하지 못했다. 게다가 실제로 바람을 가르고 떨어질 때쯤에나 알았지, 그 이전까지는 기척도 아예 못 느끼고 있었다.

소름이 돋았다.

통합 감각 이전에 석영의 감각이 예민하지 않았다면 빗소리에 스며든 바람 갈라지는 소리를 듣지도 못했을 것이고, 모의전은 그 순간 끝났을 것이다.

‘이 정도구나…….’

그동안 함께 싸워오면서 한지원, 나창미, 그리고 전간대대가 얼마나 대단한지는 직접 겪어서 잘 알고 있었다. 하지만 바로 눈 앞에서 보니 이건 정말 상상 이상이었다. 적으로 만났으면? 석영은 생각했다. 한지원과 나창미까지 갈 것도 없이, 어쩌면 이들에게도 목숨이 간당간당했을 거라고.

둘 중 한 사람이 끼면?

석영은 무조건 목숨을 잃을 것이다.

다시 한번 그녀들의 무서움을 실감한 석영은 심호흡 몇 번을 통해 정신을 다잡았다. 다시 정신을 바짝 차린 석영의 눈빛은 매서웠다. 처음에 가졌던 여유? 그건 이미 사라졌고, 그 자리를 대신 긴장이 메웠다.

이후 석영의 움직임은 극히 조심스러웠다.

날카롭게 벼려진 감각이 석영을 또 다른 세계로 인도하기 시작했다.

쏴아아…….

스윽.

아주 미세한 움직임. 하지만 전방의 나무 뒤에서 옷자락이 구겨져 있다가 펴지면서 나는 소리를 석영은 확실하게 캐치했다.

핑!

당겨놓은 화살이 비바람을 뚫고 날아갔다.

쇄애액!

나무 오른쪽으로 날아가던 화살이 갑자기 급격하게 궤적을 꺾었다. 그 각이 거의 90도에 가까웠다.

픽!

"윽."

짧은 신음 소리.

어디에 맞았는지 모르지만 일단 육신에 석영의 화살이 닿는 순간 아웃이다. 실제 타천 활이었으면 아예 팔이든 다리든 엄청난 회전력으로 관통하면서 사지를 끊어버렸을 테니 말이다.
그러니 어디에 맞아도 아웃이다.

잠시 어깨를 문지르며 대원이 걸어 나와 바닥에 화살을 내려
놓고는 조용히 사라졌다.

'둘······.'

이제 열여섯 남았다.

석영은 바로 화살을 주우러 가지 않았다. 어쩌면 저기서 잠
복하고 있었던 것 자체가 미끼일 수도 있다는 생각 때문이었
다. 석영은 눈을 감고 바로 감각을 최고조로 열었다. 활짝 열린
감각은 주변의 소리와 기척을 샅샅이 분석해서 석영에게 다시
전달해 줬다.

역시, 있었다.

그것도 무려 셋이나.

나무 위, 수풀 아래, 그리고 자신의 뒤로 은밀히 다가서고 있
는 대원까지. 석영은 지금 자신의 위치가 굉장히 애매하단 것
을 느꼈다. 뒤에서 조여오는 인원은 분명 일정 거리까지 접근,
더 이상 다가오지 않을 것이다.

'음.'

이걸 어떻게 풀고 지나가나.

은신 둘, 뒤에 하나.

'잠깐.'

더 늘어나고 있었다.

최소 셋 이상이 방위를 잡고 은밀하게 다가오고 있는 것 같

았다. 석영은 일단 한쪽을 뚫기로 했다. 타천 활이 아니라 시위에 화살을 거는 데 한계가 있어 난사는 불가능했다. 그러니 일시에 달려들면 둘, 많아야 넷까지는 잡겠지만 남은 둘에게 몸이곳저곳을 난자당할 게 분명했다. 그러니 차라리 빠지는 게 낫다.

결정을 내린 석영은 곧바로 몸을 날렸다.

파바박!

첨벙첨벙!

석영이 대놓고 땅을 박차고 달리자 곧바로 주변에서 소란이 일었다. 물이 튀고, 비는 여전히 지랄 맞게 오고 있지만 석영은 멈추지 않았다. 희끗하게 새까만 그림자가 옆을 스쳐 가는 게 보였다.

핑!

하지만 그 정도면 석영에게는 충분했다.

쇄애애액!

시위를 떠난 화살은 정확하게 그림자를 쫓아 궤적을 바꾸며 대원의 등에 꽂혔다.

픽!

"큭……."

달리던 대원은 등에서 느껴지는 묵직한 통증에 천천히 제자리에 멈춰 섰다.

쉬이익!

바람을 가르고 또 뭔가가 날아왔다. 석영은 바로 고개를 숙였다. 석영이 피하자 그 위를 암기가 스쳐 지나갔다.

펙! 나무로 만든 단도 같은데도 얼마나 강한 힘이 실렸으면 나무를 조금이지만 뚫고 박혔다. 달리면서도 그걸 확인한 석영은 솜털이 곤두서는 것 같았다. 정확히 뒤통수를 노렸다.

작정하고 뿌린 것이다.

하지만 이 정도는 이해해야 했다.

애초에 초인과 비초인의 싸움이었다.

저들도 작정하고 덤벼들지 않으면 애초에 게임이 되지 않으니, 석영은 이 정도는 이해하기로 했다.

화악!

갑자기 정면의 흙이 비산했다.

쉭!

올라오는 흙을 뚫고 평소 쓰는 길이의 나무 대검이 정강이를 베어 왔다. 급소를 노리지도 않는다. 가장 먼저 행동에 제약을 걸 수 있는 부위만 노렸다. 석영은 그대로 몸을 날렸다.

부웅!

옷이 젖어 좀 무겁긴 했지만 그 정도야 그리 큰 제약은 아니었다.

쉬익!

석영이 몸을 띄우자 곧바로 세 군데서 암기가 날아들었다.

'와……'

누가 보면 석영이 몸을 띄우기만을 기다렸는지 알 정도로 타이밍이 예술이었다. 하지만 이 정도에 당할 석영도 아니었다.

석영은 마치 액션 영화에 나오는 장면처럼 몸을 비틀었다.

쉭!

쉬익!

그러자 아슬아슬하게 암기가 몸을 스쳐 지나갔고, 뒤튼 몸의 중심으로 바로 잡으려는데 갑자기 정면에서 흙이 솟구쳐 올랐다.

환상적인 타이밍이었다.

'이걸 노렸나……?'

오늘 몇 번이나 올라왔던 소름이 다시금 등줄기를 타고 내달렸다. 하지만 이 정도로 당하면 초인의 이름이 운다. 석영이 각성 이후 개척한 권능은 통합 감각 하나가 아니었다. 비산하는 흙을 뚫고 나오기 시작한 검을 보며 석영은 의식을 집중했다.

쇄애액!

석영이 있던 자리를 목검이 허망하게 가르고 지나갔다.

고속 이동.

잔상이 생겨날 정도로 순간적인 가속도를 극한으로 끌어올리는 권능을 쓴 석영은 이미 한참이나 멀리 빠져나온 상태였다.

쉬애액!

그리고 그 자리로 다시금 암기가 날아들었다.

석영은 고민했다.

쳐낼까, 피할까.

아주 짧은 고민 끝에 선택은 후자가 되었다. 옆으로 물러나면서 화살을 시위에 걸어 당겼다.

핑!

쇄애액!

퍽!

두 번째 기습자가 돌아서는 순간 화살은 복부를 때리고 바닥에 떨어졌다. 부위가 부위이니, 역시 아웃이었다. 공격은 끝나지 않았다. 사방에서 마치 타잔처럼 로프를 타고 넷이 동시에 석영에게 쇄도했다. 딱 쏘기 좋은 각이지만 석영은 뇌리를 간질거리는 느낌에 그대로 장소를 이탈했다.

'이거⋯⋯.'

저 공격은 실전이라면 목숨을 내놓고 덤벼드는 것과 다름없었다. 생존을 최우선으로 하는 한지원의 팀이 이런 공격법을? 석영은 그제야 깨달았다. 이들은 최악의 상황일 때, 적의 초인을 반드시 죽인다는 상황을 가정하고 모의전에 임하고 있다는 것을 말이다.

휙!

바닥에 내려서자마자 암기를 뿌려댔고, 석영은 다시금 옆으로 빠졌다. 물론 시위를 당기는 건 잊지 않았다.

핑!

시위 팅기는 소리와 함께 바람이 갈라지는 소리, 그리고 화살이 몸에 맞는 둔탁한 소리가 연달아 들렸다. 화살은 무릎 위를 때렸으니 역시 아웃이었다. 아웃된 한 명을 제외하고 셋이 일시에 달려들었다. 지그재그, 갈지자를 그리며 페인팅 모션과 함께 들어왔지만 석영은 그 장면을 전부 시야에 넣고 있었다.

휙!

정강이, 반대쪽 허벅지, 그리고 사각에서 등을 노리고 날아오는 암기들을 전부 피해냈다. 육탄전. 온몸을 던져 자신을 잡아두려는 의지가 번뜩이는 눈빛에 석영은 입술을 꾹 깨물었다. 그러곤 바로 뒤로 빠졌다. 의도가 보이는 상황이니 최대한 간격을 만들어놔야 했다. 안 그러면 한 방에 아웃이다.

그런 생각에 물러나면서도.

핑!

쇄애액!

휘어들어 간 화살 한 발이 달려들던 대원의 가슴을 강타했다. 피했지만 소용없었다. 석영은 타천 활이 아니더라도 추적 샷을 쏠 수 있으니까.

그렇게 한 명을 더 아웃시킨 석영은 몸을 돌려 수풀로 그대로 내달렸다. 속도는 빨랐다. 압도적인 스피드라고 해도 될 정도까지는 아니지만 한계를 넘어선 육체는 한계를 넘지 못한 이들이 쫓아오는 걸 허락하지 않았다.

쉭!

하지만 역시 한지원의 팀도 호락호락하지 않았다. 이미 자리를 잡고 있던 대원 하나가 덤불 속에서 불쑥 튀어나오며 석영에게 달려들었다. 이번엔 무기가 아닌 맨손 박투였다. 쉬익! 빗방울을 가르며 팔꿈치가 어깨를 노리고 날아들었다.

석영은 달리던 그대로 상체를 틀었다.

그러자 대원은 팔꿈치를 후려치던 원심력을 그대로 이용, 상체를 그대로 구르며 몸을 띄웠다. 몸이 저공 회전 하며 발뒤꿈치가 무릎을 노리고 떨어졌다. 순간적인 동작이었을 텐데도 연결이 엄청나게 매끄러웠다.

퍽!

팔을 들어 발뒤꿈치를 막은 석영은 은은하게 느껴지는 통증에 눈살을 찌푸렸다. 훈련이지만 아픈 건 아픈 거다.

철퍽, 등부터 바닥에 떨어진 대원이 기이할 정도로 빠르게 상체를 세웠다. 마치 오뚝이가 일어나는 것 같았다.

얼씨구?

하지만 이번에도 석영이 빨랐다. 막고, 바닥에 떨어지는 순간 이미 시위에 화살을 걸어 당기고 있었다.

핑!

퍽!

거의 1미터밖에 안 되는 거리라 화살은 시위를 떠나자마자 대원의 가슴팍에 맞고 바닥에 떨어졌다.

이걸로 다섯째 아웃.

석영은 그대로 다시 몸을 날렸다.

쉬이익!

푹! 푸북!

석영이 서 있던 자리로 이번에도 뒤늦게 암기가 박혔다. 나무로 만들어졌고, 끝이 뭉뚝하지만 비 때문에 뭉개진 바닥이라 너무나 쉽게 파고들어 갔다. 살상력은 없다. 하지만 맞으면 부위에 따라 아웃될 수도 있으니 피하는 게 상책이었다. 공격이 점차 거세졌다. 마치 목숨을 도외시하고 달려드는 것 같은 기분까지 느껴졌다.

극단적인 전략.

그러면서도 석영은 사실상 비초인이 초인을 잡을 수 있는 방법은 이런 극단적 전술밖에 없음을 알았다.

저격수의 활에서 화살이 떠나는 순간 하나씩 죽는다는 걸 아니 그녀들은 아예 석영이 공격에 들어갈 틈을 줄이고자 했다. 전술 자체는 나쁘지 않았다. 아니, 애초에 방법은 그것밖에 없었다.

하지만 상대가 너무 안 좋다.

석영에게 권능이 명중률 100%의 저격만 있는 건 아니었기 때문이다. 스윽. 이미 아까 한번 보여줬던 고속 이동이 다시금 펼쳐졌다. 예비 동작이 없는 이동에 달려들던 대원들이 움찔하며 제자리에 멈춰 섰다. 그러곤 바로 각자 사방을 살펴봤다.

"위!"

그때 숲 쪽에서 누군가가 외쳤다.

달려들었던 대원들이 급히 고개를 치켜들었다. 외침처럼 석영은 공중으로 이동했다. 워낙에 빨리 솟구쳤고 사위가 어두웠던지라 순간적으로 석영의 신형을 전부 놓치고 말았다. 그 대가는 아웃으로 돌아왔다.

핑!

피빙!

실 팅기는 소리가 빗소리를 뚫고 경쾌하게 울렸다.

세 발의 화살은 급히 올린 가드들을 유유히 피해, 옆구리, 등, 허벅지에 맞고 떨어졌다.

“…….”

“…….”

“후.”

쏴아아.

한숨과 침묵이 울릴 때쯤 남은 대원이 내려서는 석영을 타이밍에 맞춰 공격해 왔다. 쉭! 하지만 석영은 곧바로 회전을 걸었다. 빙글 도는 그 아래를 스쳐 가는 목검. 석영은 그때 이미 바닥에 착지했고, 신형을 튕겼다.

텅!

“큭!”

방패로 친 것도 아닌데 북 터지는 소리와 함께 대원의 신형이 쭉 날아갔다. 철퍼덕 바닥에 떨어지는 대원은 바로 일어나려다가 그대로 축 누웠다. 자신이 아웃된 걸 깨달았기 때문이다. 세게 때린 건 아니었다. 충격보단 밀어냈기 때문이다.

석영이 작정하고 쳤으면 저렇게 움직이지도 못했다. 내부 장기와 뼈가 전부 으스러졌을 테니 말이다.

석영은 지체하지 않고 다시 몸을 날렸다.

목표는 아까 목소리가 들려온 곳이었다.

‘찾았다…….’

문보라의 목소리였다.

거리가 있었던 만큼 문보라는 석영이 좀 전에 고속 이동으로 뛰어오른 걸 확실히 봤고, 아웃되는 걸 방지하기 위해 저도 모르게 소리를 내고 말았다. 그건 실수였다. 석영이 수풀을 아예 공간 이동 하는 것처럼 건너뛰고 넘어갔다.

발끝에 실이 걸렸지만 석영은 아랑곳하지 않았다.

올라오는 트랩을 그대로 피한 뒤, 이미 저 멀리 달리고 있는 문보라를 향해 더더욱 질주를 했다.

찰팍거리는 소리가 들릴 정도로 발이 바닥을 뚫고 들어갔지만 석영이 달리는 속도는 조금도 죽지 않았다. 20초가 지나기도 전에 석영은 문보라를 따라잡았다. 그녀는 급히 돌며 역으로 목검을 내려찍어 왔다.

하지만 석영은 그걸 버드나무처럼 흔들리는 상체의 움직임으로 그대로 피해내고, 문보라의 손목을 잡아 그대로 돌렸다.

원심력에 당해 그대로 돌아간 문보라가 바닥에 철퍽 소리를 내며 떨어졌고, 석영은 그대로 주먹을 내려찍었다.

퍽!

얼굴 바로 옆의 흙을 때린 주먹.

당연히 실수는 아니었다.

"……."

"……."

"하아."

짧은 침묵 끝에 문보라는 한숨을 내쉬었고, 석영은 그 한숨을 듣고는 팔을 놓아주고 상체를 세웠다.

삐이이익!

그러자 마치 기다렸다는 것처럼 피리 소리가 울렸다.

석영은 피식 실소를 흘렸다.

저 피리 소리 자체가 이렇게 어두운데도 어디선가 지켜보고 있었다는 뜻이었기 때문이다. 하지만 워낙에 대단한 두 사람이라 석영은 이제는 익숙했다. 문보라가 자리에서 일어나 고개를 푹 숙였다.

적당한 나무 아래로 움직인 석영은 품을 뒤졌다.

치익.

"후우."

하얀 연기가 모락모락 피어오를 때쯤 어둠을 뚫고 한지원과 나창미가 모습을 드러냈다. 둘의 얼굴은 딱딱하게 굳어 있었다. 빠르게 걸어온 둘이 문보라 앞에 설 때쯤 주변에 있던 대원들이 모두 모습을 드러내 그녀의 뒤로 도열했다.

분위기는 삭막했다.

석영이 저도 모르게 나무에 기대고 있던 등을 뗐을 정도였다.

"……."

"죄송합니다."

두 사람의 침묵에 문보라는 고개를 숙이며 입을 열었다. 하지만 굳은 두 사람의 얼굴은 펴질 줄을 몰랐다. 석영이 설마 따귀를 날리는 거 아냐? 하고 생각할 때쯤, 한지원이 크게 한숨을 내쉬었다.

"하아. 너 이거 대령님 있었으면 어떻게 되는지 알지?"

"네, 제가 잘못했습니다."

"바보야, 섬멸전이잖아. 다 죽어도 초인 하나를 잡는 데 중점을 두는 훈련에 멍청하게 소리를 내면 어떡해? 그것도 리더라는 년이!"

"……."

문보라의 고개는 더더욱 숙여졌다.

시작할 때 승리 조건이 석영의 아웃, 그리고 한지원 팀의 전멸, 혹은 문보라 사살이었다. 그렇다면 그녀는 최후의 최후까지 기다렸다가 일격을 먹이는 방법을 택했어야 했다. 실제로 그러한 방법으로 나갔고, 그녀는 잘했다.

대원들이 하나둘씩 아웃되어 나갔지만 끝까지 자신의 위치를 숨겼다. 석영도 그녀가 소리를 내기 전까지는 문보라의 위치를 모르고 있었다. 그리고 소리가 난 다음, 곧바로 문보라를 잡으러 달려들었다.

그 결과 문보라는 제대로 공격도 못 해보고 아웃당했다. 석영이 생각하기에도 이는 매우 초보적인 실수였다.

"보라는 애초에 마음이 너무 착하다니까? 그래서 이런 모의전에서 대장 역할은 안 어울린다고 했잖아, 내가."

나창미의 말에 겨우 올라오던 문보라의 고개가 다시 쑤욱 내려가기 시작했다.

"그래도 언니나 나 빼면 보라만큼 팀 운영 잘하는 애가 없어. 그리고 얘가 우리 둘 빼고 가장 상급자인데 그 밑에 애를 리더로 세울 수도 없잖아, 모양 빠지게.”

“모양이 밥 먹여줘? 살고 보는 거지.”

“규율은 규율이야. 리더의 재목이 안 되면 어떻게 해서든 갖춰주면 돼. 그게 언니랑 내 역할이고.”

“에휴, 난 모르겠다.”

나창미가 고개를 절레절레 저었다.

한지원은 그녀의 행동에 다시 한숨을 내쉬었다.

“하아, 그리고 얘가 좀 실전 스타일이잖아? 우리 둘 각성에 들어갔을 때도 애들 잘 이끌었고. 그러지 말고 언니가 교육 좀 다시 해봐.”

“끙… 나한테 맡기면 재 곡소리 날 텐데?”

나창미의 대답에 그녀는 침묵과 함께 다시 문보라를 바라봤다. 서늘한 눈빛. 문보라는 곧바로 자세를 바로 했다.

“똑바로 배우겠습니다!”

“그치? 그럴 거지?”

“네!”

“다행이네. 계속 시무룩하고 있었으면 아주 발라 버리려고 했는데.”

“아닙니다!”

바짝 든 군기.

그걸 보며 석영은 그녀들이 군인은 군인이구나, 하는 생각이 들었다.

"고생했고, 내려가서 씻고 쉬어. 그리고 보라야."
"네!"
"페널티를 안 줄 수는 없겠다. 실수는 실수니까. 왕도까지 완전군장으로 가."
"네!"
"가봐."
척!
경례를 올린 문보라가 팀을 이끌고 내려갔다.
그녀들이 사라지자 둘은 석영에게 다가왔다.
"움직임이 좀 굼뜨던데? 탐지 안 열었어?"
"그걸 열면 승부가 되나? 어디 있는지 다 알고 시작하는데."
"하긴."
그녀는 고개를 끄덕이곤 좀 전의 석영처럼 포켓을 뒤졌다.
치익.
"후우……."
세 사람이 나란히 나무 밑에서 너구리를 잡았다. 제일 먼저 너구리를 잡고 꽁초를 그냥 바닥에 내던진 나창미가 석영을 향해 물었다.
"붙어보니까 어때? 실전이었다면."
"실전이었다면."
석영은 대답하지 않았다.
물어볼 것도 없었다.
그녀들은 대단하다.

이런 전투에 특화된 이들인 건 부정할 수 없는 사실이었다. 하지만 한지원과 나창미가 빠져 있다면, 석영은 자신할 수 있었다. 그녀들이 어디에 숨어 있든 10분이면 전부 찾아내 죽일 수 있었다.

하지만 두 사람도 자신의 팀에 대한 애착이 있으니 석영은 굳이 얘기하지 않았다. 그리고 괜히 문보라가 더 혼나는 것도 보기 싫었고. 그러나 석영의 침묵 자체가 이미 대답이었다. 무언의 대답을 들은 두 사람은 쓴웃음을 머금었다.

"수고했어. 종종 부탁할게. 다음에는 전장을 바꿔서."

"……"

석영은 말없이 고개를 끄덕였고, 야영지로 향해 걸음을 옮겼다. 비가 계속 내려 옷은 다 젖었지만 그와는 반대로 기분은 상쾌했다. 아마 간만에 몸을 제대로 움직여 땀을 흘린 것 때문일 것이다.

야영지에 도착한 석영은 가볍게 몸을 씻고, 막사로 들어가 바로 잠을 청했다.

episode 75
전쟁상인

비는 무려 일주일이나 더 내렸다.

세상에, 이틀째의 비는 첫날보다 훨씬 강력했다. 폭풍이 오는 것처럼 엄청난 강풍을 동반한 비바람이 천지를 강타했다. 게다가 머리에 맞으면 일반인들은 큰 부상이 입고도 남을 굵은 우박까지 떨어뜨렸다.

비는 그렇게 6일째 되어서야 조금씩 잦아들었고, 딱 일주일이 되자 그쳤다. 하지만 석영은 바로 왕도로 향할 수가 없었다. 바닥이 워낙에 개판인지라 말도 움직이기 힘든 상태였기 때문이다. 이런 진창은 오히려 체력만 갉아먹을 거란 수뇌부의 판단에 이틀을 더 기다리기로 했다. 다행히 비가 그치고 나선 해가 쨍쨍하게 떴다.

하지만 진창은 금방 복구되지 않았다. 비가 그치고 3일이 더 지나고 나서야 좀 이동할 만해졌다. 이후 협곡을 넘자 잘 닦여진 관도가 나타나 이동은 수월했다.

태풍에 쓰러진 농작물을 세우는 백성들의 환영을 받으며 이동하길 한참, 왕도 프란에 도착했다.

프란은 저번에 왔을 때보다 훨씬 활기가 넘쳤다.

다른 왕국은 속수무책으로 당한 전쟁을 이겨냈다는 자부심들이 얼굴 곳곳에 스며들어 있었다. 멀리 떨어져 있어 별로 도움이 안 된 것 같지만 실상은 그러지 않았다. 리안 성 방어전이라 명명된 이 전쟁에 숨은 공신이 바로 프란 왕도 백성들이었다. 이들은 최소한의 먹고살 정도의 일만 하고, 리안 성에 필요한 모든 물품을 제작, 수송하는 일을 도맡아했다.

전쟁이 한번 터지면 필요한 게 무기류만 있는 게 아니었다. 물론 제일 중요한 물품 자체가 식량과 무기류지만 그 외에 생필품과 원재료 등이 엄청나게 많이 들어갔다. 이걸 모두 제작하고, 수송을 맡았다.

여왕의 명이 있었지만 진심으로 나서서 그 일을 한다는 것 자체가 쉽지 않았다. 그래서 이들의 얼굴에는 전쟁 승리에 한몫을 했다는, 그런 자부심이 있었다. 그런 이들이니 석영이 성문을 지나 서자 엄청난 환호를 보냈다. 아니, 애초에 일도 안 나갔는지 석영의 일행을 길 양쪽으로 나눠 서서 꽃가루와 함께 환호했다.

전쟁 영웅.

영웅의 발자취를 좇는 것처럼 석영의 일행이 지나가고 나서도 발걸음을 돌리지 않았다. 왕성 문이 굳게 닫히며 시야에서 사라졌는데도 오히려 더 크게 저격수의 이름을 연호했다.

"워… 오빠 인기 장난 아닌데?"

안으로 들어서고 나서야 굳은 얼굴을 편 아영이 농담을 건넸다. 석영도 그 농담을 듣고 나니 좀 안정이 됐다.

처음 외성문을 들어설 때만 해도 솔직히 예상하지 못했다. 오렌 공작이 어깨를 두드리며 '긴장 좀 하게' 라고 했지만 그게 그 뜻인지는 시가지에 들어선 이후에 알았다.

이제 예닐곱 살쯤 되었을까?

작은 꼬마 숙녀가 다가와 꽃목걸이를 석영에게 걸어줬다.

그게 시작이었다.

가는 길마다, 보보마다 환호를 보내니 처음에는 얼떨떨하다가 나중에는 부담스러웠다. 사실 목적이 있었기 때문에 전쟁에 참여한 석영이었다. 그리고 그 목적은 그리 순수하지 않았다. 물론 첫 번째가 휘드리아젤 대륙의 지인을 구하기 위해서는 맞지만, 그 뒤로는 '보상'이 가장 큰 목적을 차지했다. 그래서 부담스러웠지만 나중에는 결국 받아들이고 체념했다.

성문에 들어서고 나서야 좀 살 것 같았다.

"오빠한테 보내는 눈빛들 봤어? 와… 오빠, 여기면 하렘도 차리겠던데?"

피식.

역시, 그 눈빛들을 그냥 지나칠 아영이 아니었다.

석영은 적당히 대꾸하기로 했다.

"동경의 눈빛이겠지."

"동경은 개뿔… 눈빛 한번 마주치면 아주 자지러지던데?"

"그 정도는 아니었거든?"

"그 정도였거든? 아주 그냥 오늘 밤 수청 들 사람은 나서라! 이렇게 외치면 죄다 나오겠더만."

"……"

석영은 이제는 대답하지 않기로 했다.

아영이의 작정하고 놀려오면 솔직히 석영으로서는 그걸 받아치기가 쉽지 않았다. 그리고 사실 아영이의 말이 틀린 게 아니었다. 실제로 석영을 바라보던 여인들의 눈빛은 매우 부담스러웠었다.

사내, 아이들, 중년이 지난 이들의 시선은 경외와 호기심 등 영웅을 보는 눈빛이었다. 하지만 성에 눈뜬 여인들의 시선은 끈적끈적했다. 그래서 정말 아영이의 말처럼 석영이 손짓하면 바로 달려들 것 같은 그런 분위기가 강했다.

워워.

마침 선두의 오렌 공작이 말을 멈추고, 바닥으로 내려갔다. 그와 동시에 왕성으로 들어서서도 한동안 이동하던 행렬도 전부 멈춰 섰다. 석영도 바닥으로 내려섰다. 저 멀리 마리아 여왕이 서 있는 게 보였다.

여왕은 차분한 걸음걸이로 다가왔다.

그러곤 여왕답지 않게 위엄을 버린 모습을 보였다.

“억……”

“헉!”

사방에서 놀라 헛바람을 집어삼키는 소리가 울렸다. 석영도 여왕의 행동에는 조금 놀랐다. 그녀는 허리를 숙였다.

그것도 아주 깊게.

다소곳한 인사가 아니라, 은인에게나 보일 정도로 깊은 인사였다.

“여왕님……”

오렌 공작이 놀라 허겁지겁 달려가고 나서야 여왕은 굽혔던 허리를 폈다. 석영은 그녀의 표정을 보며 참 대단하다고 느꼈다. 그녀는 사람의 감정을 만질 줄 아는 천생 정치인이었다. 애초에 왕가의 핏줄이 아니었더라도, 어느 왕국이나 제국에 태어났다고 하더라도, 그녀는 분명히 사람을 지배하는 위치에 섰을 것이라는 생각이 들었다.

‘더 무서운 건 저게 본 모습과 가식적인 모습이 적당히 믹스됐다는 점이겠지……’

그러니 때에 따라 원하는 가면을 뒤집어쓸 줄 알았다. 게다가 반란 당시 공작파 일당을 하나도 남기지 않고 모조리 숙청해 버린 걸 보면 철혈의 기질마저 있었다.

여왕이 석영에게 다가왔다. 그러곤 옆의 아영을 보며 환한 미소를 짓고는 축하한다는 인사와 왕국을 구해줘서 감사하다는 인사를 같이했다. 다음은 한지원 일행과 인사를 했고, 장소를 이동했다. 대화는 별것 없었다.

감사하다는 인사.

별것 아니라는 겸손.

이 두 가지가 섞인, 영양가가 그다지 없는 대화만 이어지다 끝났다. 어차피 본론은 오렌 공작이 먼저 전달할 테니, 굳이 여기서 꺼낼 필요는 없었다. 저녁은 조촐한 만찬회가 열렸지만 아영이의 컨디션이 별로라 석영은 불참했다.

그렇게 왕도에 도착해 며칠이 더 지나고, 마법국 요하네스의 각성자들이 왕성에 도착했다.

*　　　　*　　　　*

응접실에서는 딱 초인들만 모였다.

석영, 한지원, 나창미, 이틀 전에 먼저 프란에 도착한 차샤와 아리스, 그리고 노엘. 석영을 제외한 전원이 여성이지만 이 부분을 이상하게 생각하는 사람은 여기에 아무도 없었다.

"단장, 그 사람들 어때?"

"누구, 요하네스 각성자들?"

"응."

무릎 위에 애도를 올려놓은 채 차를 홀짝이며 묻는 아리스. 석영은 물론 다른 사람도 귀를 슬쩍 열고 집중했다.

"음… 좀 어리긴 한데, 산전수전 다 겪은 느낌?"

"애늙은이?"

"어어! 딱 그런 느낌! 근데 가식적인 모습은 아니더라고. 되게 진중하고."

"성향은?"

"음. 정도에 가까운?"

"흠……."

정도라.

오면서 만났던 미친개는 아주 확실한 사도였다. 그는 백성을 위해서도, 제국을 위해서도 움직이는 게 아니었다.

오직, 자신.

본인의 생존을 위해서 움직이는 이였다. 그리고 그 목적을 이루기 위해서라면 무슨 짓이든 할, 딱 그런 성향이었다. 석영도 그와 비슷하지만 선은 넘지 않았다. 하지만 그는 선을 넘어야 하는 필수적인 상황이 오면 반드시 그 선을 넘을 것이다.

"말은 잘 통해?"

"응, 잘 통해. 거기도 여자가 대부분이라, 비슷한 것도 많고."

"그래?"

"응, 가디언 빼고는 전부 여자던데? 이제 스물 좀 넘었나? 그 정도의."

"음……."

요하네스의 각성자는 총 네 명이다.

실전된 공격 마법을 구사한다는 마법사와 정령과 계약을 맺었다는 정령술사, 그리고 검술로 적을 상대하는 기사 각성자와 마법사와 정령술사를 보호하는 가디언, 이렇게 넷이었다.

"괜찮더라고. 왜, 오면서 만났다던 인간들이랑은 정반대니까 너무 걱정은 안 해도 될 듯!"

"단장 언니가 그렇게 봤으면 괜찮은 사람들이겠네."

덕분에 기다리던 이들은 한결 여유를 찾았다.

석영은 시간을 확인했다.

여왕을 알현하러 갔다는 소식이 온 지가 30분 전쯤이니까, 이제 슬슬 끝날 때가 됐다. 그들의 목적도 어차피 석영 일행이니 그리 긴 시간을 끌지 않을 것이다.

과연 잠시 뒤에 시녀가 알현이 끝났고, 이쪽으로 오고 있다는 얘기를 전해주고 갔다.

10분쯤 지나자 각성자들이 도착했다.

확실히 차샤의 말대로 앳된 얼굴들이었다.

아무리 많게 잡아줘도 20대 전후였다.

특히 키가 아주 작은 여성 한 명은 중학생으로 봐도 무방할 정도로 어려 보였다. 가장 정면에 서 있던 청년 말고, 그 옆에 있던 푸른 머리카락의 여성이 나섰다. 사무적인 얼굴. 노엘과 그때 만났던 예나체리라는 여성이 떠오를 정도로 냉막한 얼굴이었다.

"안녕하세요. 자유 무역도시 요하네스의 라블레스 가문 소속 클레어라고 합니다. 다른 이름으로는 마법사라 불리고 있습니다. 이쪽은 베르데, 이쪽은 린, 그리고 이쪽이 소랑, 라블레스 가문의 가주입니다."

라블레스라……

석영은 좀 놀랐지만 단순히 동명의 가문일 가능성이 높아

크게 의미를 두진 않았다. 자신과 비슷하다는 걸 알아챈 걸까?

상대의 인사에 여태 조용하던 노엘이 나서 석영과 일행을 소개했다. 소개가 끝난 후 반갑다는 인사와 함께 자리에 앉았다.

자리에 앉은 석영은 건너편에 앉은 각성자들을 살펴봤다. 솔직히 말해 특별한 건 없어 보였다.

기세야 각성자들은 숨기는 게 가능하니 느껴지지 않아도 이상할 건 없었지만 저들에게는 특별한 뭔가를 느낄 수 없는 석영이었다.

'뭐랄까… 고요함?'

마치 태풍의 중심에 있는 이들처럼 차분하고, 고요했다.

특히 리더로 보이는 소랑이란 청년은 석영처럼 자신의 앞에 있는 각성자들을 살펴보고 있었다. 그 눈빛은 특별히 거슬리는 감정 같은 건 없었다. 문자 그대로, 보는 것뿐이기 때문이었다.

다만 아까 봤던 어려 보이는 여성만 붉은 머리카락의 여성의 옆에 찰싹 달라붙어 겁먹은 표정을 짓고 있을 뿐이었다.

그렇게 불편하지 않은 이상한 침묵이 이어졌다.

서로 말문을 열지 않기를 10분쯤, 중간의 적금발의 청년이 먼저 말을 꺼냈다.

"반갑습니다. 전쟁상인 소랑입니다."

전쟁상인?

그 말에 한지원과 나창미의 눈매가 꿈틀거렸다.

'아이고.'

석영은 그 이유를 잘 알고 있었다.

그녀들이 뛰었던 작전의 반은 중동, 아프리카다.

그곳의 반군들을 상대하는 임무가 많았던 만큼, 그놈들에게 무기를 공급하는 놈들을 극도로 혐오하는 게 두 사람이었다. 각국에서 처분하고, 전쟁상인을 통해 흘러간 무기는 이제 막 10살, 11살 어린아이들의 손에도 쥐어졌다. 그게 바로 악명 높은 AK소총이다. 그리고 그 총은 무수히 많은 이들의 목숨을 앗아갔다.

두 사람은 그런 경우를 너무나 많이 느꼈기 때문에, 전쟁상인이란 직업을 가진 이들을 당연히 경멸했다.

그리고 사실 전쟁상인의 악명은 이곳에서도 여전했다.

휘드리아젤 대륙이라고 이번 전쟁 이전에는 과연 평화롭기만 했을까? 절대로 아니었다. 하루가 멀다 하고 대륙 이곳저곳에서 국지전이 일어났고, 영지전이 벌어졌다. 무기의 수요는 당연히 필요했고, 그걸 공급하는 게 전쟁상인이란 피도 눈물도 없는 직업을 가진 이들이었다.

그렇기 때문에 이곳 대륙에서도 전쟁상인에 대한 인식은 매우 좋지 않았다. 석영이 뭔 말을 꺼내려는 찰나, 차샤가 이번엔 먼저 말문을 열었다.

"전쟁상인이긴 한데, 그렇게 벌어들인 돈으로 전쟁고아들을 거둬 먹여주고, 재워주고, 입혀준다더라고. 너무 고정관념에 사로잡히진 말자."

"……"

차샤에게 시선이 갔다가, 다시 소랑에게로 넘어갔다.

신기했다.

석영은 부모를 해친 전쟁을 이용해 번 돈으로 그 전쟁의 피해자를 돕는 소랑을 새삼스럽다는 눈으로 바라봤다. 그리고 눈빛이 그렇게 변한 건 비단 석영뿐만이 아니었다. 노엘과 아리스는 물론 한지원과 나창미도 변한 눈빛으로 그를 바라봤다. 그러자 그 시선에 소랑은 뒷머리를 긁으면서 어색한 웃음을 흘렸는데 그때 지은 미소는…….

세상, 세상 순한 미소였다.

저 세상 순박한 미소를 보다 보니 정말 상인 중에서도 최악의 상인이라는 전쟁상인이 맞나 의심스러웠다. 게다가 어리숙한 이미지까지 있었다. 딱 바보 역할을 하면 어울릴 것 같은, 그런 미소였다.

하지만 석영은 속지 않았다.

상인. 좀 나쁘게 말하면 장사치다.

석영은 장사치만큼 속이 시꺼먼 이들도 없다는 걸 잘 알고 있었다. 위화감 제로의 순박한 미소지만, 초인이다. 어수룩하고 모자란 자가 초인으로 각성했을 리가 없었다.

"다행이네요."

부드럽게 나온 소랑의 말에 석영은 고개를 갸웃했다.

다행? 뭐가?

석영의 반응을 본 그는 다시 한번 웃더니 천천히 말을 이어갔다.

"여러분들은 정상인 것 같아서요."

“흠, 다른 초인들을 만났습니까?”

“오다가 우연히 마주쳐서 몇 마디 말을 주고받았습니다. 그쪽 리더는 좀… 정상이 아닌 것 같더군요.”

“……”

그의 말에 석영을 포함한 전원이 고개를 끄덕였다. 그 반응을 보고 그는 다시 말했다.

“혹시 만났습니까?”

“우리를 먼저 찾아왔었습니다.”

“아아, 그랬군요.”

왕궁의 메이드가 들어와 다과를 내려놓고 조용히 사라졌다.

“흠. 향이 좋군요. 프란 왕국의 특산품인 마린 차인가 보군요.”

차에 대한 조예가 없는지라 석영이 침묵하자, 노엘이 그 말을 받았다.

“상인이라 바로 알아보시는군요. 맞습니다.”

“진한 꽃 향에 깊은 맛이 나니 누구든 알아볼 겁니다, 하하.”

여전히 부드러운 모습을 보여주는 소랑.

석영은 그런 소랑을 흥미롭게 봤다.

위화감 제로의 미소지만, 어딘가 걸리는 게 분명 있긴 했다. 하지만 처음 본 상대에게 그걸 물어볼 정도로 석영은 어리석지 않았다. 아마 지금 석영이 느끼는 것들은 동료들도 전부 느끼고 있을 것이다.

차를 내려놓은 소랑이 다시 입을 열었다.

“악시온 제국과의 전쟁, 승전을 축하드립니다.”

"감사합니다."

"각성이 끝난 이후 종전을 했으니… 그쪽에도 각성자가 있었 던가요?"

"네, 군을 이끄는 귀산자가 각성을 했더군요."

"흠, 어쩐지. 그렇다면 휴전에 들어간 발바롯사와 알스테르 담에도 각성자는 존재하겠군요. 아, 알스테르담의 각성자는 만 났으니 발바롯사만 남은 건가요? 하하."

슬쩍 떠보는 것.

석영은 그냥 대답해 주기로 했다.

"네, 그들은 알스테르담의 광견이 만났다고 했습니다. 악시온 제국에는 귀산자 혼자이지만, 아마 분명 더 있을 겁니다."

"그렇군요. 각성이라… 혹시 다들 보셨습니까?"

"세계의 멸망 말입니까?"

"역시, 보셨군요. 흠. 이게 무슨 난리인지……."

그의 혼잣말에 석영은 고개를 끄덕였다.

난리? 난리도 진짜 이런 난리가 없었다.

아니, 난리 정도가 아니라 이 정도면 아예 날벼락이다.

진짜 뭔 말도 안 되는 날벼락이 천지를 쪼갤 예정이었다.

"사실 이곳에 온 이유는 프란 왕국의 각성자들을 만나보고 싶은 마음도 있었고, 마음이 맞으면 전략적 동맹을 맺기 위해 섭니다."

"그건 저희도 바라는 바입니다. 혹시 전권을 받고 왔습니 까?"

“아닙니다.”

예상외로 소랑은 고개를 저었다.

다시 차를 한 모금 마시면서 호흡을 끊고는 잔을 내려놓음과 동시에 바로 이어 붙였다.

“자유 무역도시 요하네스는 생각보다 복잡한 정치를 품은 곳입니다. 그래서 이곳에 올 때도 전권은 위임받지 못했습니다.”

“흠…….”

복잡한 정치를 품고 있다고 하니, 그게 뭐냐고 묻기도 뭐했다. 다만 전권을 위임받지 못했다면 이야기가 궤를 좀 달리해야 했다.

“길게 끌 것 없이 일단 본론을 얘기하겠습니다. 저, 그리고 우리는 우리가 돌보고 있는 아이들의 이주를 원합니다.”

“…….”

끔뻑, 끔뻑끔뻑.

아이들?

옆에 있던 한지원이 불식간에 탄식을 흘렸다. 그리고 석영도 이건 예상하지 못했다.

“그… 아이들이 그쪽에서 거둔 고아들 말하는 거죠?”

석영 대신 한지원이 물었고, 소랑은 고개를 천천히 끄덕였다.

“몇이나 돼요, 아이들이?”

“만 조금 안 됩니다.”

“…네? 몇 명요?”

“일만입니다.”

"……."

석영은 순간 자신이 잘못 들었나 싶었다.

일만?

"일, 십, 백, 천 다음, 그 일만?"

나창미가 불쑥 묻자 소랑은 말없이 고개를 끄덕였다.

"대박."

한지원이 감탄을 흘렸다.

근데 석영은 한지원이 그랬다는 게 더 대박이었다. 워낙에 평정을 잘 유지하는 그녀가 이 정도까지 반응했다는 건 정말 크게 놀랐다는 뜻이었다.

"언니, 만이래, 만."

"응, 들었어. 와… 대박."

사실 석영에게도 놀라운 숫자였다.

전쟁고아, 그도 아니면 버림받은 고아들도 있을 거고, 어쨌든 부모의 보살핌을 받지 못하는 아이들을 무려 만 명이나 책임지고 있었다. 이건 솔직히 예상도 못 했다. 한창 자라나는 아이들의 식비, 의복, 교육으로 나갈 비용은 진짜 어마어마할 것이기 때문이다.

"그럼 대체 돈을 얼마나 번다는 거야……?"

"대기업은 게임도 안 되겠네."

"그것보다 그렇게 아이들을 보살피는 마음씨가 더 대단한 거지."

"그것도 그렇네."

두 사람은 소랑을 새삼스럽다는 눈으로 바라봤다.

이렇게 두 사람이 놀라는 이유를 석영은 잘 알고 있었다. 둘 다 고아였다. 아니, 한지원의 팀과 장세미가 이끄는 이들 전부가 고아였다. 특수한 목적 때문에 받아들인 아이들이라는 사실은 부정할 수 없지만 그녀들이 양부라고 생각했던 이는 정말 진심으로 그녀들을 대했다. 그게 아니라면 양부를 위해 군에 입대, 처절한 작전을 펼칠 생각은 꿈도 못 꿨을 것이다. 석영은 그 안에 사실, 세뇌에 가까운 작업이 있었을 거라 판단했다.

아직 여물지 않은 어린아이의 정신에 분명 그러한 작업을 했을 거고, 그래서 그녀들이 그렇게 양부를 따르는 게 아닌가 싶었다.

'하지만 성인이 되어서도 양부에 대한 존경심과 애정이 남아 있다는 건 그러한 단계를 뛰어넘었다는 뜻도 되겠지.'

여하튼 두 사람은 고아였기 때문에 고아를 돌보는 소랑이 새롭게 느껴진 것이다. 게다가 그 아이들을 챙기는 방식이 특이했다.

지원을 받는 것도 아닌 것 같았다.

전쟁상인은 모두가 손가락질하는 직업이기 때문이다.

'그럼 오직 거기서 나오는 수입금으로만 아이들을 돌본다는 뜻인데… 여러모로 대단하네.'

석영도 소랑이 다시 보였다.

"큼큼."

노엘이 헛기침을 했다.

대화를 다시 본 궤도로 올리자는 신호였다.

"그 아이들을 프란 왕국으로 이주시켜 줬으면 한다는 뜻인가요?"

노엘이 핵심을 짚자, 그는 고개를 끄덕였다.

"자유 무역도시 요하네스는 부유합니다. 하지만 영토는 매우 한정적이라 그 아이들에게 내어줄 땅이 없습니다. 제가 아무리 큰돈을 지불한다고 해도요."

"흠."

석영은 그 말에 고개를 끄덕였다.

자유 무역도시이자 마법국인 요하네스는 도시국가에 가까웠다. 요하네스라는 도시 하나와 그 주변에 영지를 조금 가지고 있는, 성안의 인구 밀집도가 워낙에 어마어마한 곳으로 비교하자면 뉴욕이나 서울 같은 곳이었다.

그러니 고아를 위해 내어줄 땅이 없다는 말이 거짓은 아니었다. 아직 손길이 필요한 아이들이다.

그런 아이들을 그냥 방치하면?

'몰살이지.'

지금도 안 챙기는 아이들을 멸망의 시기에 과연 누가 챙길까? 아무도 안 챙길 것이다. 그러니 그 아이들에게는 조치가 필요했다.

"하지만 프란 왕국도 결국에는 흉황의 손길이 닿을 겁니다. 이곳도 안전한 곳은 아닙니다."

"그야 그렇겠지요."

"그런데 이곳으로 이주를 원하는 겁니까?"

"……."

소랑은 노엘을 빤히 바라봤다.

프란 왕국은 다들 알다시피 대륙의 중부에 위치해 있다. 어디서부터 전쟁이 시작될지 모르나, 분명한 건 프란 왕국은 지형상 절대로 피해갈 수 없었다. 그런데 이곳으로 아이들을 데리고 온다?

그건 안 될 말이었다.

"이곳으로 오는 건 아무런 의미가 없습니다."

"네, 그래서 세상의 끝으로 보내려 합니다."

"세상의 끝……?"

노엘도 처음 듣는지 고개를 갸웃했다.

석영도 이곳을 공부하면서도 그런 지명은 들은 적이 없었다. 당연히 다른 사람들도 마찬가지였다. 그러자 이해한다는 듯이 소랑이 웃었다. 그 미소에는 상대를 자극하는 감정 따위는 쌀한 톨만큼도 들어 있지 않았다.

"전에 의뢰 때문에 갔던 곳입니다. 혹시 로아나프라 군도라고 아십니까?"

소랑의 질문에 노엘은 생각에 잠겼다.

비단 그녀뿐만이 아닌 석영을 포함해 전부가 생각에 잠겼다.

'로아나프라, 로아나프라 군도라. 들어본 것 같긴 한데.'

군도(群島)는 크고 작은 섬이 밀집된 곳을 말한다.

그러니 육지가 아닌, 바다일 것이다.

생각날 듯 말 듯, 계속 그랬다.

"아… 혹시 청룡왕의 유산이 잠들어 있다는?"

노엘이 가장 먼저 생각해 내고 말하자, 석영도 아, 하고 짧은 탄성을 흘렸다. 맞다, 그곳이. 옛날에 초인에 대한 전설을 읽었을 때 본 적이 있는 것 같았다.

"근데 그곳은 전설의 유적지가 아니었나?"

석영이 혼잣말을 하자 소랑은 다시 부드럽게 웃으며 고개를 저었다.

"실제로 있습니다. 제가 갔다 왔으니까요."

"그렇습니까?"

"네. 그곳은 악시온 제국의 북동쪽, 대협곡을 넘어 위치해 있습니다. 짙은 안개와 환영 마법진이 깔려 있어 방법을 모르면 접근조차 할 수 없는 곳입니다."

"음."

"게다가 주변은 망망대해이고, 군도 자체가 적지 않습니다. 토양도 좋아 농사도 가능하고, 주변에 해산물 자원도 풍부하니 전문가들과 함께 보내면 충분히 자급자족이 가능한 곳이지요."

소랑의 말에 거의 전부가 고개를 끄덕였다.

자급자족.

이는 굉장히 중요한 일이었다.

농부, 어부, 광부, 목수 등등 생활 전반에 필요한 인재들을 같이 보내 교육을 병행하면 일이 년이 지나면 충분히 자급자족의 기틀을 마련할 수 있을 것이다.

석영은 소랑의 의견이 나쁘지 않았다.

그래서 한지원을 바라보자, 그녀는 씨익 웃었다.

"무조건 찬성이지."

한지원의 대답으로 의견의 한 축은 나왔고, 석영은 다시 차샤와 아리스, 노엘을 바라봤다. 그녀들은 석영의 시선에 피식 웃더니 고개를 끄덕였다. 이걸로 결정은 났다. 하지만 바로 수락하기엔 당연히 문제가 있었다.

"그 아이들을 위해 이동한다고 치면 무엇을 도와줘야 합니까?"

석영이 묻자 소랑은 그 옆에 있던 여인에게 손을 뻗었다. 그러자 그녀는 어깨에 메고 있던 가방에서 석영 일행의 사람 수에 맞춰 종이를 꺼내 내밀었다. 종이 안에 담긴 내용은 이송 계획이었다.

거리, 인원, 호위, 필요한 물품과 이동 후 필요한 최대한의 식량과 자재가 가장 먼저 적혀 있었다. 1차부터 시작해 10차까지 적혀 있는 계획서. 상단에는 멸망 대비 인류 보존 계획서, 라고 적혀 있었다. 참 한숨이 나오는 계획서 제목이었지만, 부정할 수 없는 제목이기도 했다.

"일단 예상안을 만든 정도이기 때문에 실제로는 달라질 수밖에 없습니다. 게다가 그 아이들을 옮기게 되면, 아마도 프란 왕국의 아이들도 같이 이동하게 되겠지요."

"음."

뒷말에는 석영도 고개를 끄덕였다.

만약 저 일을 도와주게 된다면 당연히 프란 왕국의 아이들도 그곳으로 보내게 될 것이다. 그럼 수는 기하급수적으로 늘어날 것이다. 석영은 소랑이 왜 찾아왔는지 이유를 알 수 있었다. 복잡한 정치를 품고 있는 요하네스는 소랑의 의견을 절대 들어줄 수 없는 입장이었다. 그러나 그가 하고자 하는 일은 반드시 왕국 단위의 지원이 필요했다. 여기서 문제가 발생했다.

대륙 멸망.

이걸 믿어줄 사람이 몇이나 될까?

프란 왕국이야 마리아 여왕이 워낙에 석영에게 도움을 많이 받아, 석영의 말이라면 거의 의심을 하지 않으니 다행이지만 다른 왕국은 절대로 아니었다. 아마 멸망에 대해 얘기를 하면, 각성하더니 정신이 나갔다고 손가락질할 것이다. 그게 아니라면 아이들을 데리고 가 왕국을 세우려고 한다고, 역도로 몰아갈 가능성도 있었다. 이는 절대로 무리한 추론이 아니었다. 그래서 온 것이다.

저격수와 동맹을 맺고, 프란 왕국의 도움을 받으려고.

소랑의 입장에서는 프란 왕국을 '이용'하려는 것이지만, 석영은 그 자체가 나쁘지 않다고 봤다. 자신의 이기적인 마음이 아니라, 혹시 모를 멸망에 대비해 아이들만큼은 그 화(禍)를 피하게 해주기 위한, 옳은 마음에서 나온 이용이기 때문이었다. 이런 건 그냥 모른 척 넘어가 줄 수 있는 부분이었다.

"우리가 해줄 일은 호위 병력의 충원입니까?"

"네, 각성자가 있으니 이유를 굳이 설명하지 않아도 좋고, 제

부탁에 여러분들이 편승할 수도 있고, 프란 왕국이 제격이라고
생각했습니다."

"그럼 프란 왕국의 아이들도 대상에 넣었으면 좋겠는데요."

"괜찮습니다. 다만, 그리된다면 강림의 시기가 언제인지 모르
니 지금 바로 준비해야 할 겁니다."

지금 바로 준비라……. 사실 그건 그리 쉽지 않았다. 갑자기
아이들을 부모의 곁에서 떼어낸다? 당연히 반발이 일어날 것이
다. 또한 이유를 아무리 잘 풀어 설명한다 한들, 그게 제대로
와닿을 리도 없었다. 교육 수준이 낮은 건 아니지만, 이는 그것
과는 별개의 문제였다.

'한국에서 갑자기 전쟁이 일어날 예정이니 이민 가라는 것과
똑같은 반응이 나오겠지.'

그저 시큰둥할 것이고, 에이 설마? 그럴 것이다.

그만큼 일반인들에게 멸망이라는 단어는 현실성이 없었다.
실제로 석영도 운석이 지구를 때리기 직전까지도 지구 멸망을
피부로 느끼지 못했다. 산속에서 살았던 것도 이유 중에 하나
지만, 석영이 그런 것에 공감을 잘 못 하는 성격이기도 했다.

"중요한 건 서로 합의하느냐, 이 부분이겠군."

"네, 아이들에게는 미안한 말이지만… 강제적으로라도 보내
야 합니다."

"……."

석영은 침묵했다.

사실 이 부분이 제일 걸렸다.

왜?

석영도 곧 있으면 '아빠'가 되기 때문이었다.

산부인과 전문의 자격이 있는 한지원 팀의 대원 한 명이 전문적인 장비가 없어 확신은 힘들지만 지금의 아영은 언제 출산을 시작해도 이상하지 않을 시기라고 했다. 그러니 석영은 곧 아빠가 된다.

그런데 지금 소랑이 건넨 제의에 합의를 하면? 곧 태어날 아이와 아영도 보내는 게 맞다. 자신은 곁에 두면서, 다른 아이들은 생이별을 시킨다는 것 자체가 말도 안 되기 때문이었다.

"석영 씨, 아영이 생각하지?"

"응, 곤란하네. 아영이한테 가라고 해봐야 절대 안 갈 건데."

"당연하지. 벌써 나 싫증 났냐고 따지고 들걸?"

"……."

한지원의 대답에 석영은 아영이 실제로 그렇게 따지는 장면을 상상했고, 저절로 진저리가 쳐졌다. 싫어서가 아니었다. 절대 싫어서가 아니라… 그냥 그 상황 자체가 천하의 석영도 무서울 뿐이었다.

"아영이 일은 나중에 해결하고, 지금 이 일부터 해결하자. 정말 우리가 본 게 맞다면 대륙 멸망은 기정사실인데 아이들이라도 살릴 수 있다면 그렇게 해봐야지."

"흠."

"사실 나도 생각하고 있었던 부분이기도 했어. 애들만이라도 살길을 마련해 주는 그런 방향을."

시기가 얼마나 남았는지는 아직 아무도 몰랐다.

하지만 그 안에 할 수 있는 모든 준비는 해놓는 게 나았다. 전투적인 준비 말고, 생존 자체에 대한 준비도 가능하면 최대한 해놓는 게 맞다. 지금 소랑의 제안은 그걸 생각하면, 아주 적절한 타이밍에 온 최고의 제안이었다.

게다가 서로의 이치가 딱 들어맞는 상황이니, 이보다 더 좋을 수도 없었다.

석영은 이쯤에서 확답을 내놓기로 했다.

"좋습니다. 일단 최대한 빠르게 진행하는 걸로 하죠."

"후우, 고맙습니다."

"하지만 이건 저희의 의견일 뿐, 여왕님께는 따로 승낙을 받아야 할 겁니다."

"여왕님께는 아까 슬쩍 언질을 드리니 이쪽에서 승낙하면 자신도 승낙한 거나 다름없다는 답을 주셨습니다."

"흠… 그럼 세부적인 사항은 오렌 공작님과 저기 노엘과 함께하면 될 겁니다."

"저희 쪽에서는 클레어가 나설 겁니다. 클레어?"

"네, 상단주님."

"딱딱하긴. 편하게 하자니까?"

"공적인 자립니다, 상단주님. 시키실 일은?"

"에휴, 고집은. 세부 사항 논의 좀 부탁할게."

"네."

드르륵.

클레어라 불린 여인은 바로 자리에서 일어났다. 그러자 노엘도 자리에서 일어났다. 석영은 순간 묘한 기분을 느꼈다. 저 두 사람과 미친개의 동료인 예나체리까지 불러서 한 공간에 모아 놓으면 진짜 볼만하겠다는 생각이 들었다.

완전히 똑같은 캐릭터들이다, 진짜.

차가움, 도도함을 가득 품은 만능 비서 같은 그런 캐릭터.

근데 서로도 서로를 알아봤는지, 파지직! 전기가 튀고, 불이 붙은 것 같았다. 그렇게 냉기를 풀풀 풍기며 두 사람이 나가자, 석영과 소랑이 동시에 한숨을 내쉬었다.

"죄송합니다. 일에는 워낙에 철저한 성격인 친구라……."

"…저희 쪽도 마찬가집니다."

큭큭.

두 사람의 사과에 나창미와 소랑의 일행 중에 타오르는 적발의 여인이 같이 큭큭거리며 웃음을 흘렸다.

"어떻게 저렇게 캐릭터가 똑같냐?"

"신기하긴 하네. 그보다……."

한지원은 대답 이후 소랑에게 시선을 돌렸다.

"실례지만, 나이를 물어봐도 될까요?"

"아, 실례라니요. 괜찮습니다. 저희는 전부 올해 스물둘 됐습니다."

"스물둘이라."

어린 나이였다.

스물둘이면 한국에서는 대학교 3학년의, 갓 사회에 나가거나

하는 그런 나이였다. 근데 그럴 나이에 이들은 이미 대륙 제일의 전쟁상인이 됐고, 그렇게 벌어들이는 막대한 이윤으로 아이들을 돕고 있었다.

"스케일이 다른데?"

석영이 저도 모르게 떠오른 생각을 불쑥 말하자, 거기에 일행들은 전부 동의하는지 고개를 끄덕였다. 저 어린 나이에 벌써 저런 모습을 보이는 건 솔직히 쉽지 않았다. 그것도 순수한 호의로만 일을 벌였다는 건 존경해야 마땅한 일이었다.

"대단하네요."

"대단하긴요. 그렇게 인사받을 일은 아닙니다, 하하."

"아니요. 충분히 대단해요. 전쟁상인이 된 이유는 가장 단기간에 욕을 먹더라도 큰돈을 벌기 위해서였죠?"

"네, 그건 맞습니다. 모두가 기피하지만 이윤은 가장 크게 남는 사업이 전쟁을 이용한 무기, 식량, 자재 거래니까요."

"그 이유가 아이들을 돕기 위해서고?"

"네."

소랑은 순순히 한지원의 말을 인정했다.

아닌 게 아니라 그의 말이 진짜라면 소랑이란 인간은 진짜 대단한 인간이었다. 솔직히 석영은 물론 한지원과 나창미, 차샤나 아리스, 그리고 노엘도 일단 모든 행동의 원칙은 자신들의 '생존'에 있었다.

이는 이들에겐 절대 명제나 다름없었다.

생존.

말 그대로 살아남기.

석영이 움직였던 퀘스트, 토벌 작전도 전부 '보상'이 기본적으로 받쳐주니 시작한 것이다. 구원? 그런 거창한 이유는 안타깝게도 이들 사전에 들어 있지 않았다. 성향 자체가 '자기중심적'이니, 이는 어쩔 수 없었다.

그래서 소랑과 석영은 궤가 완전히 달랐다.

물론 소랑이 대단하다고 해서 석영은 스스로를 부끄럽게 생각하진 않았다. 절대 명제는, 아직까지도 절대 명제였기 때문이다. 그러나 대단한 건 대단한 거다. 이는 부정할 수 없었다.

한지원은 전에 없이 따뜻한 미소를 지었다.

"그 나이에, 그런 위험과 타인의 멸시와 조롱을 이겨내고 그런 업적을 이룬 것 자체가 대단한 거예요. 그리고 보니 제가 태어나서 누군가를 이렇게 칭찬한 것도 거의 처음이네요."

"하하, 그렇습니까? 그렇다면 영광입니다."

상인이다 보니 사람도 잘 상대했다.

어떻게 보면 낯 뜨거운 말인데도 그걸 저렇게 무난하게 받아넘기는 걸 보니 말이다.

'하긴, 상인이 말발이 없는 것도 웃긴 일이지.'

석영은 그래도 이들의 성향이 선에 가까워서 다행이라고 생각했다. 안 그래도 멸망에 맞서 싸울 동료도 없는데, 이들마저 이상했으면 진짜 온전히 자신들만의 힘으로 상대해야 한다. 근데 적은 너무나 강력하다. 모든 힘을 합쳐도 조금이라도 버틸 수 있을지 없을지를 장담할 수 없는 상황이다.

“언제 돌아가나요?”

“급하게 오느라 피곤이 좀 쌓였습니다. 며칠 여독을 풀고 올라갈 예정입니다.”

“흠… 그래요. 자리가 길었으니 오늘은 이만 파하고 저녁이나 함께할까요?”

“그거 좋네요, 하하.”

“고생했어요. 그리고 우리를 찾아와 줘서 고마워요.”

“별말씀을. 저야말로 훌륭한 분들을 뵙게 되어 영광입니다, 하하.”

씩.

한지원은 조용히 웃었다.

말끝마다 보는 사람이 기분이 좋아질 정도로 순한 미소를 내보이니 듣기에 한결 편했다.

다들 자리에서 일어났을 때였다.

“저…….”

그때 여태껏 조용히 하고 있던 붉은 머리 여인이 처음으로 입을 열었다. 그러자 당연히 모두의 시선이 그녀에게 쏠렸다. 시선이 몰리자 씩 웃은 여인, 베르데가 천천히 말문을 열었다.

“혹시 몸 근질근질거리는 사람 없습니까?”

“…….”

“…….”

그 말에 석영도, 한지원도 그냥 조용히 입을 다물고 있자 소랑은 당황은 표정으로 얼른 그녀를 말렸다.

“베르데, 또 그럴래?”

“왜? 이 좋은 기회를 놓치자고? 초인이잖아. 각성자잖아? 이런 존재들과의 대련이 얼마나 실력 증진에 도움이 되는지 몰라서 그래?”

“아니, 알아도 그건 아니지!”

“왜? 뭐가 아닌데?”

“아, 어쨌든! 아닌 건 아니야!”

“칫… 또 치사하게. 그때 미친개 만났을 때도 말리고, 오늘도 말리고, 그럼 난 언제 실력을 키워? 혼자 심상 수련도 이제 한계라고!”

“하아, 그만, 어쨌든 오늘은 안 돼.”

소랑은 베르데의 입을 막고 얼른 돌아섰다.

그러곤 어색한 웃음을 흘렸다.

“하하, 죄송합니다. 이 친구가 검만 휘둘러 와서 때와 장소를 잘 못 가리거든요. 하하하.”

피식.

“야!”

석영 일행이 웃자 베르데는 얼굴을 붉히고는 버럭 화를 냈다.

“괜찮겠네요. 안 그래도 요즘 답답했는데.”

“네?”

“음… 가볍게 한번 붙어볼까요?”

그러자 소랑의 얼굴에는 난처함이, 베르데의 얼굴에는 화색이 들었다. 한지원은 그런 그녀를 보며 웃었다. 초인, 각성자.

끓는 피, 그걸 이해하고 있었기 때문이다. 그녀는 베르데를 보며 다시 말문을 열었다.

"한번 봐요. 누구랑 붙어보고 싶어요? 딱 한 사람만 지정해봐요."

"진짜 그래도 되나요, 아무나? 내가 붙고 싶은 사람이면 무조건 붙어주나요?"

눈을 반짝이며 되묻는 그녀에게는 소랑과는 상반되는 순수함이 있었다.

"음."

턱을 괴고 그녀는 아리스부터 석영까지 쭉 한 명씩 살펴봤다. 그러곤 굉장히 예상외로 석영의 앞에서 고개가 딱 멈추더니, 눈에서 빛이 날 정도로 반짝반짝한 시선으로 석영을 바라봤다. 그러자 다들 의외라는 시선을 그녀에게 보냈지만 그녀는 꿋꿋하게 석영만을 바라봤다.

피식.

"축하해, 석영 씨. 당첨됐네?"

"……."

석영은 침묵과 동시에 난처한 웃음을 흘렸지만, 그녀의 시선을 피하지 않았다. 그렇게 초인 대 초인, 각성자 대 각성자의 대결이 성사됐다.

저격수.

베르데가 정한 대련 상대였다.

도대체 어떻게 된 건지 소문은 금방 퍼졌다.

“와… 이것들 다 몰려온 거 아냐?”

나창미의 혼잣말에 주변을 가득 메운 이들을 보며 석영은 장비를 점검했다. 석영은 타천 활을 꺼내지 않았다. 당연한 얘기지만 타천 활은 한 방, 한 방이 너무 강력했다. 그래서 제대로 맞으면 악! 하는 비명으로 끝나지 않을 것이다. 그러니 당연히 연습용으로 쓰는 활을 꺼냈다.

송이 전에 깎아준 훈련용 화살까지 점검하고 몸을 풀었다. 사실상 언제나 몸은 최적의 상태를 유지하긴 한다. 그래서 몸을 풀 이유는 없었지만 석영은 그냥 버릇처럼 풀었다. 그리고 그건 상대도 마찬가지였다.

베르데.

‘검을 든 전형적인 기사 타입의 각성자.’

정보에 의하면 가디언인 소랑과는 정반대로 엄청 공격적인 타입이라고 했다. 그럼 사실상 아영이나 노엘을 제외한 이들과 크게 차이는 없을 것이다. 그럼에도 석영이 이 대련을 수락한 건 보고 싶은 게 있기 때문이었다.

‘권능.’

어떤 방향의 권능을 개척했을까?

석영은 그게 궁금했다.

비슷할까? 아니면 전혀 다른 영역의 권능을 개척했을까?

10분쯤 뒤에 두 사람은 준비가 끝냈는지 넓은 공터 앞에 와서 섰다. 바람에 나부끼는 깃발처럼 붉은 머리카락이 마치 타오르는 불꽃처럼 일렁거렸다. 석영은 일단 천천히 특징부터 살폈다.

일단 신장이 매우 컸다.

딱 봐도 180은 넘어 보이는 엄청난 신장.

게다가 팔다리도 엄청 길었다.

'리치가 장난 아닌데?'

아까 몸을 풀 때 슬쩍 봤는데, 엄청나게 유연하기까지 했다. 그렇다는 건 곧 간격 싸움에 엄청 이점이 있다는 뜻이었다.

검은 큰 특징이 없었다. 무난한 장검이었다.

"두 사람 준비됐나요?"

한지원의 질문에 석영은 고개를 끄덕였다.

장검을 몇 번 휘두른 그녀도 고개를 끄덕이자, 한지원은 씩 웃고는 손을 들었다.

"시작할게요."

그러곤 손을 슥 내리고 환영처럼 그 자리에서 사라졌다. 그녀가 사라지자 공기가 점차 변하기 시작했다.

화르르. 그녀의 머리색처럼 요동치기 시작하는 공기지만, 석영은 크게 동요하지 않았다. 어차피 각성자가 마음을 먹으면 실제로 공간을 '얼리는' 것도 가능하기 때문이었다. 그게 바로 권능이라 부르는, 아직도 미개척 영역에 있는 기술들이었다.

스윽.

검을 들어 올리는 베르데의 동작은 빠르지도 느리지도 않은, 특별함이 전혀 없어 보였다. 하지만 정점에서 잠시 멈추었다가, 검을 내리 그었을 때 나왔을 때는 완전히 달랐다.

쇄애액!

검 끝에 순간적으로 돌풍이 일더니, 그 돌풍이 석영을 향해 쏘아졌다.

콰가가각!

지면을 파헤치며 날아오는 돌풍에 석영은 눈을 동그랗게 떴다.

'원거리?'

이건 전혀 예상하지 못했다.

검을 든 원거리 검사라니.

스윽.

쾅!

돌풍이 석영에게 지격하기 전, 그의 신형이 마치 연기처럼 흩어졌다. 이 보 옆에서 거의 동시에 나타난 석영은 돌풍이 휩쓸고 지나간 자리를 확인했다. 지면이 마치 칼에 그인 것처럼 파여 있었고, 돌풍이 부딪친 벽도 칼자국이 어지럽게 새겨져 있었다. 그리고 벽에 부딪칠 때 나는 소리로 보아, 폭발력까지 갖추고 있었다. 석영은 입꼬리를 말아 올렸다.

재미난 기예였다.

예상치 못했기 때문에 더욱 신기하기도 했다.

석영이 피하자, 베르데는 다시금 검을 들어 올렸다.

간을 보겠다는 뜻.

석영은 시위를 당겨 가볍게 났다.

핑……!

날카로운 소리와 함께 훈련용 화살이 하늘 높이 솟구쳤다가,

석영의 의지를 받고 그대로 유려한 궤적을 그리며 떨어져 내렸다. 그러자 검을 내리 그으려던 베르데는 그대로 화살을 반으로 쪼개 버렸다. 그렇게 느릿한 공격도 아니었는데, 너무나 쉽게 막히자 좀 허무한 생각도 들었다. 하지만 애초에 이 정도로 승부가 났으면 서로 각성자란 타이틀은 곱게 접어 쓰레기통에 처박아야 했을 것이다.

쉭!

엄청난 속도로 그어진 검.

그 짧은 순간, 검은 분명 두 번을 움직였다. 내려왔다가 다시 그어져 올라갔으니까 돌풍은 두 개가 만들어졌다.

콰가가각!

다시금 먼지를 품은 돌풍이 석영을 향해 쏘아져 왔다. 이번 공격은 좀 더 빨랐고, 좀 더 예리한 느낌이 있었다. 석영은 이번에도 고속 이동으로 돌풍을 피했다.

'어?'

하지만 돌풍은 석영이 사라지자, 잠시 속도를 줄이더니 그대로 팽이처럼 돌며 석영을 향해 진로를 바꿨다.

'얼씨구.'

쫓아온다?

그건 곧 석영처럼 조종이 가능하다는 뜻이었다. 석영은 이번엔 피하지 않고, 손바닥을 내밀었다. 그리고 정신을 집중하자 육안으로는 확인이 불가능한 투명 장벽이 전방으로 세워졌다. 석영이 난전을 대비해, 혹은 적의 저격을 대비해 개척한 '벽'이었다. 정신을 집중시킨 벽에 부딪친 돌풍은 그대로 흩어졌다.

화르르!

그리고 흩어지면서 마치 불이 꺼지는 것처럼 아주 명료한 효과음을 동반했다. 일단, 원거리 공격 권능을 개척한 검사, 정도만 확인되는 짧은 격돌이었다. 석영은 이 짧은 격돌 이후, 한 단어를 머릿속에 떠올렸다.

'전천후.'

적진을 쓸어버릴 수도, 반대로 아군을 지킬 수도 있는 전천후 각성자였다. 일반 병사들을 상대하면, 저 여자는 존재 자체로 '악몽'일 가능성이 아주 농후했다. 시선을 힐끔 돌려보니 한지원이 흥미로운 눈빛으로 베르데를 주시하고 있었다. 반짝반짝, 눈빛에 아주 호기심이 가득했다.

그녀도 전천후 전사다.

솔직히 그녀만큼 강한 인간은 어디서도 본 적이 없었다. 똑같이 각성을 했지만 차샤나 아리스도 그녀에게만큼은 고개를 절레절레 저었다. 애초에 각성 전에도 급이 다른 무력을 갖췄던 한지원이었다.

각성한 이후는?

그야말로 최종 병기라는 단어가 어울리게 되었다.

하지만 그녀도 지금 베르데처럼 원거리 공격을 개척하진 않았다. 그녀는 최소한의 체력으로 최대한의 적을 쓰러뜨리는 것에 집중했다. 실제로 한정된 공간에서 적을 맞이하면, 그녀는 무한대로 적을 부술 수 있었다.

자신과 다른 각성자의 전투는 그 자체로 매우 많은 자극이 된다. 그녀는 아마 이 전투로 인해 확실히 진화를 이룩할 것이다. 그리고 당연히 진화는 전쟁상인의 일행에게도 해당될 것이다.

'강해지면 강해질수록 좋지.'

석영은 씩 웃고는 전투에 집중하기로 했다.

툭툭.

베르데는 이제 발끝으로 땅을 툭툭 찼다. 지면의 강도를 확인하는 것 같았다. 석영은 이제 슬슬 그녀가 본심으로 나올 거라고 봤다. 확인을 끝냈는지, 그녀는 고개를 들어 석영을 바라봤다. 마치 의중을 묻는 것 같았다.

이제, 진심으로 해도 되나요?

이렇게.

석영은 천천히 고개를 끄덕여 줬다.

어차피 이렇게 서로 간만 보다가 끝낼 건 아니니까.

석영이 고개를 끄덕이자 검을 중단으로 겨눈 베르데의 신형이 어느 순간 사라졌다. 정말 흐릿해지는 것 같더니 그냥 사라져 버렸다. 하지만 석영은 이미 고개를 끄덕였을 때부터 통합 감각을 펼친 상태였다.

이미 오른쪽에서 쭈욱 꺾어 들어오는 생명체를 느낀 석영은 고속 이동을 한계까지 끌어 올렸다.

파박!

석영의 신형도 그 자리에서 사라졌다. 그리고 그 순간 핑! 화살이 정확히 베르데의 가슴을 노리고 날아들었다. 두 사람의 신형은 안 보이는데, 화살만 보이는 기묘한 광경이었다.

파삭!

날아오는 화살이 갑자기 땅바닥에 처박혔다.

쉭!

콰가가가각!

지면이 다시금 갈라졌다.

하지만 이번에는 좀 전과는 달랐다.

아무것도 보이지 않았다. 그냥 땅만 갈라지고 있었다.

파박!

석영의 신형이 어느새 베르데가 서 있던 곳에 나타났다.

핑! 핑! 핑!

그리고 삼 연사.

두 대의 화살은 좌우, 그리고 하늘로 솟구쳤다가 각기 시간 차를 두고 꺾여 베르데에게 향했다.

깡! 까강!

반대로 석영의 자리에 모습을 드러낸 베르데는 가볍게 검을 휘둘러 화살을 순차적으로 다 쳐냈다. 미묘한 시간 차를 뒀지만, 역시나 각성자에게는 통하지 않았다.

'흠.'

사실 이 정도면 각성 전의 차샤나 아리스 정도는 충분히 잡을 만한 일격이었다. 화살의 속도, 노리는 부위, 거기에 시간차까지. 한 번에 막기 힘들고, 피하기도 힘들게 노리고 들어간 일격이었기 때문이다.

그런데도 베르데는 너무나 쉽게 막아냈다.

물론 석영도 이 정도로 각성자를 잡을 수 있을 거란 기대는 하지 않았다. 하지만 조금은, 아주 조금은 곤란하게 만들 수 있을 거라는 생각은 했었다.

스윽.

베르데의 자세가 낮아졌다.

그러곤 이번에도 좀 전과 마찬가지로 사라졌다가, 눈앞에 나타났다. 굉장한 속도! 하지만 석영도 빨랐다.

그녀가 등장함과 동시에 반대로 석영은 사라졌다.

스가앙……!

석영이 있던 공간이 쭉 갈라지는 것 같은 착시가 일어났다. 마치 거울이 양단되는 것 같은 기묘한 착시였다.

휘릭!

빙글 돌아 베르데의 뒤로 이동한 석영은 그대로 백스텝을 밟았다. 퍽! 석영이 어깨로 등을 박았지만, 놀랍게도 베르데는 꿈쩍도 하지 않았다. 오히려 반대로 석영의 얼굴이 굳었다.

'뭐, 이런.'

작정하고 두들긴 석영은 제대로 느낄 수 있었다.

이번 공격으로 그녀가 조금도 흔들리지 않았음을 말이다. 정말 조금의 미동도 없이 공격을 막아낸 그녀는 오히려 반동을 준 다음 석영을 도로 튕겨냈다.

퍽!

신형이 앞으로 쭉 밀려 나갔다.

‘근접전은 안 되겠는데?’

밀려가는 와중에 그리 생각한 석영은 신형을 비틀었다. 그리고 바로 눈앞에 다시금 와 있는 베르데를 확인했다. 하지만 이미 통합 감각으로 그녀의 이동은 시작과 동시에 감지한 석영이었다.

스가앙!

다시금 검이 석영이 있는 공간을 갈랐지만, 석영은 이미 다시 사라진 채였다. 20보 거리를 두고 다시 나타난 석영은 목을 두둑두둑 꺾었다.

‘속도는 내가 위, 힘은 저쪽이 위.’

일단 육체적인 스펙의 차이는 이 정도였다.

하지만 아직 권능의 발현은 양쪽 다 몇 개 보이지 않았기 때문에 뭐라 판단을 내리기 애매했다.

‘원거리, 근거리. 밸런스가 무슨.’

너무 사기급이 아닌가, 하는 생각이 들 정도였다.

한지원과 나창미도 밸런스가 좋지만 둘은 총이라는 특수한 무기를 들었을 때만 가능했다. 하지만 이 여자는 오직 ‘검’ 하나로 이 정도를 보여주고 있었다.

석영은 잠깐 자신의 활을 바라봤다.

큰 특징이 없는 평범한 컴포지트 보우.

강화도 안 시켜놔서 검을 막아내긴 무리였다.

게다가 위력도 별로.

하지만 석영은 다른 활을 꺼낼 수가 없었다.

타천 활 말고도 두 개의 활이 더 있는 석영이지만, 이는 살상력이 강했다. 제아무리 훈련용 화살을 쓴다고 해도 맞으면 뼈 하나는 가볍게 부숴 버릴 것이다. 대련에 부상이야 감안해야 하는 사항이지만, 그래도 석영은 그 정도까지 부상이 크게 일어나는 건 원하지 않았다.

하지만 그거야 석영의 생각이고, 칼 위에서 살아온 베르데는 달랐다. 들고 있던 검을 던지더니, 품에서 장갑을 꺼내 끼고는 자신의 허리에 매달고 있던 검을 뽑았다.

휘유유.

"허."

새하얀 서리가 검신을 휘감고 있었다.

냉기가 풀풀 날리는, 심지어 바닥이 바로 하얗게 얼어붙어 갔다. 베르데의 장갑과 의복에도 마찬가지로 하얗게 서리가 꼈다. 반대쪽의 검도 뽑았다. 이번엔 불이었다. 타오르는 진홍빛의 불길, 간혹 그 안에 새파란 불길도 보였다.

얼음과 불. 증기가 피어올랐다.

"아."

석영은 짧은 탄성을 흘렸다.

검의 주인에게까지 영향력을 선사하는 마검(魔劍). 저건 평범한 활로는 절대로 대결 불가였다. 상대는 진심으로 승부를 볼 생각 같았다.

그렇다면? 잠시 고민하던 석영은 결정을 내렸다.

'받아준다.'

석영은 바로 활을 집어넣고, 타천 활을 꺼냈다.

새까만 어둠이 석영의 팔을 중심으로 몰려들었다. 그것은 안개 같기도 했고, 생명을 가진 미생물 같기도 했다. 그러나 잠시 뒤에는 활로써의 형태를 갖추기 시작했다. 새까만 검신, 빛을 머금지 않는 칙칙함이 깃 도는 활.

베르데는 그런 석영의 활을 보고 씩 웃었다.

진심으로 상대할 준비가 끝난 게 그리 기꺼웠나 보다. 하지만 석영은 웃지 못했다. 사실 타천 활을 꺼냈어도 이걸 그대로 사용할 순 없었다. 타천 활의 무형 화살은 어마어마한 관통력을 가졌다. 베르데가 초인이라고 해도 그 관통력을 막을 수 있을지는 의문이었다. 아니, 석영은 아마 불가능하리라고 봤다.

이는 한지원도 인정한 부분이었다.

둘이 적이 되었을 경우를 상정하고 얘기를 나눈 적이 있었다.

그런 상황에 만약 둘이 붙었다면?

승부의 추를 기울게 하는 조건은 딱 하나였다.

먼저 포착하느냐, 마느냐.

그걸로 전투의 승부가 결정지어질 거라고 석영도, 한지원도 동의했다. 그건 곧 그녀도 타천 활의 한 방을 막을 자신이 없다는 뜻이었다. 천하의 한지원도 그럴진대 베르데라고 다를 건 없을 거라고 봤다. 또한 몇 번 붙어본 결과 알 수 있었다.

베르데는 한지원의 적수는 아니었다.

아직 전력을 꺼낸 건 당연히 아니겠지만 그래도 감이란 게 있다. 그 감에 의하면, 베르데는 전력으로 나와도… 상대가 가능할 것 같았다.

휘익.

준비를 끝낸 베르데가 얼어붙은 마검을 두어 번 휘저었다.

'뭐지?'

석영은 눈을 가늘게 좁히고 주변을 살펴봤다. 한기가 촤르르 올라오면서, 공간 자체가 얼어붙어 가고 있었다. 정말 농담이 아니라 하얀 서리가 공기 중에 떠다니기 시작했다. 성가신 검이었다.

저런 게 존재한다는 것 자체가 신기하기도 했다.

작열하는 마검도 느낌이 좋진 않았다.

두 개의 검 모두 신성하기보다는 사이한 느낌이 더 가득 풍기는 검이었다.

'보통 저런 검은 소유자의 정신을 갉아먹기도 하는 검일 텐데……'

석영의 생각이 끝나기 무섭게 베르데가 움직였다.

촤르르르!

사슬 풀리는 소리가 들리더니 공간이 쭉 갈라지는 게 느껴졌다. 그리고 갈라진 공간으로 냉기가 몰아쳐 왔다. 석영은 잠시 고민하다가 일단 옆으로 피해보기로 했다. 그러자 피한 공간으로 즉각 다시 냉기가 몰아쳤다. 석영은 처음 서리를 끼게 만든 이유를 알 것 같았다. 석영의 고속 이동으로 서리가 깨지는 걸 보며, 위치를 파악하는 용도였다. 게다가 한기가 엄청났다. 이 정도면 웬만한 기사들은 움직임이 둔해지고도 남았다.

골치 아픈 전투법이었다.

하지만 이 정도로 석영을 잡을 수는 없었다.

파사삭!

몰아치는 얼음 폭풍은 석영이 만든 '벽'에 막혀 그대로 산산조각이 났다. 벽 옆으로 파편이 휘날렸지만 이 정도로는 석영에게 어떠한 대미지도 줄 수 없었다.

두드드, 퉁!

벽의 회수, 시위에 화살을 걸고 저격까지 딱 1초 정도 걸렸다.

쇄애애액!

화살은 정말 '어?' 하는 사이 공간을 갈라 베르데에게 향했다.

땅!

나무로 만든 화살인데 마치 쇠를 두들기는 소리가 들렸다. 화살에 담긴 힘이 만만치 않다는 뜻이었다.

손아귀가 저릿한지 인상을 슬쩍 찌푸리는 베르데를 보며 석영은 역시 초인은 만만치 않다는 생각을 했다. 적지 않은 힘을 담았다. 그런데도 베르데는 인상을 조금 찌푸리는 정도로 화살을 가볍게 쳐냈다.

게다가 화살이 직선의 궤적을 그리며 날아간 것도 아니었다. 마지막 앞에서 수직으로 꺾이며 허벅지에 떨어졌는데도 정확히 촉 부분을 때려 막아냈다. 시력과 감도 엄청 좋다는 뜻이었다.

'하긴, 초인이니까.'

두드드, 퉁!

이번엔 연달아 세 발의 화살이 날았다.

허리, 옆구리, 허벅지.

궤적은 전부 달랐다.

한 발은 하늘에서 떨어졌고, 또 한 발은 반대로 지면을 스치듯이 날았다. 다른 하나는 꽈배기처럼 나선형으로 날았다. 모두 석영의 의지가 듬뿍 담긴 화살이었다.

좌아악!

화살이 베르데에 직격하기 전 불의 장막이 치솟았다.

온도가 장난이 아닌 듯 불의 장막에 부딪친 화살들은 전부 힘을 잃고 떨어졌다. 부딪쳤던 끝은 순간 재가 되어 흩날렸다.

"허."

공격과 방어의 기술이 매우 조화가 잘되어 있었다.

석영은 이쯤에서 활을 내렸다.

이제 더는 의미가 없었다.

어차피 서로의 공격은 통하질 않는다.

그런 상황에 승부를 보려면, 피를 봐야 하는 단계까지 서로 작정하고 끌어올려야 하는데 그것만큼은 피하는 게 나았다. 다행히 베르데도 그걸 깨달았는지 검을 회수했다. 승부가 나지 않았지만, 지금은 승부를 내지 않는 게 가장 옳은 방법이었다.

"수고했어요."

어느새 다가온 베르데의 말에 석영도 고개를 끄덕이며 뻗어온 손을 맞잡았다.

"수고했습니다."

서로 인사는 그걸로 끝이었다.

베르데가 두둑, 두둑 목을 꺾으며 자신의 동료들에게 돌아가자 석영도 한지원이 있는 곳으로 향했다. 둘이 사라지자 모였던 이들도 자연히 연무장을 떠났다.

"어땠어?"

"강하더라."

"그래? 나랑 비교하면?"

"글쎄? 저쪽도 전력을 다한 게 아니라 뭐라 정의 내리기가 힘들어."

"전장을 지배하는 방식은 독특하더라. 멀리서 보니까 서리 깔고 나서의 석영 씨 움직임이 전부 보여."

석영은 고개를 끄덕였다.

그 부분은 석영도 생각했던 부분이었다.

"실제로 온도도 낮아져. 우리야 그 정도는 무시할 수 있는 수준에 있으니까 상관없는데, 일반적인 기사나 병사들은 갑자기 체온이 뚝 떨어져서 조금만 지나도 움직이기 힘들걸?"

"오… 그 정도였어?"

"응."

"신기하네."

한지원은 흥미가 가득한 눈빛이었다.

얼어붙은 마검, 작열하는 마검 두 가지로 이루어 낸 공격과 방어법이지만 그 자체로 그녀의 흥미를 끌긴 충분했던 것 같았다. 그리고 사실 석영도 흥미가 있었다.

"이렇게 하는 건가?"

멀찍이 떨어져 있던 아리스의 말에 석영이 시선을 돌려 보니, 그녀의 손바닥 위에서 작은 눈보라가 치고 있었다.

그러나 잠시 후 아리스는 주먹을 쥐며 눈보라를 멈췄다.

"아… 이거 안 되겠어요. 정신력 소모가 너무 심해요."

"그래요? 익숙하지 않아서 그런 게 아니라?"

"네. 한 십 초 정도 유지한 거 같은데 골이 지끈지끈거려요."

"음."

그럼 쓸모가 없다.

단지 익숙지가 않아서?

그건 아닌 것 같았다.

석영을 포함한 각성자들은 훈련을 한 번 시작하면 정신력을 한계까지 끌어 쓰며 매번 스스로를 탈진시켰다. 그러면서 정신력을 단련했다. 그래서 지금은 최소 반나절은 권능을 구사하며 전투를 치를 수 있는 수준이었다.

그런데도 골이 아프다는 건, 다른 이유가 있고도 남았다.

"검 때문에 그런가? 검이 권능을 증폭해 주는 효과를 가졌을 수도 있으니."

"오… 그럴 수도 있겠네."

석영의 말에 한지원은 고개를 끄덕이며 동의했다. 다른 사람들도 마찬가지였다. 누가 봐도 범상치 않은 검이었다. 그 검에 담긴 힘으로 권능을 구현했다면 충분히 이해가 갔다.

"뭐, 저건 각자 고민들 해보고, 이만 흩어져요. 이제 슬슬 바쁠 것 같으니 각자 준비도 하고요."

한지원의 말에 다들 고개를 끄덕이곤 해산했다. 석영은 숙소로 바로 돌아왔다. 산만 하게 부푼 배를 꼬옥 안고 잠들어 있는 아영이의 모습이 가장 먼저 보였다. 겉옷을 벗어 옷걸이에 걸자 아영이 몸을 조심스럽게 돌려 누웠다.

그리곤 부스스하게 눈을 떴다.

"깼어?"

"응… 근데 졸려."

석영은 가까이 다가가서 아영의 옆에 조심스럽게 앉았다. 그리곤 손바닥을 배에 가만히 가져다 댔다. 따듯했다. 생명을 품은 공간. 석영에게는 한없이 신비롭기만 했다.

"으음, 오빠 손 차가워."

"아, 미안."

석영은 얼른 손을 뗐다. 아니, 떼려고 했다. 아영이 잡아 다시 배에 대지만 않았으면 말이다.

"차갑다며?"

"시원하기도 해……. 나 다시 잘래. 잠들 때까지만 이렇게 있어줘."

"알았어."

다시 눈을 감은 아영은 색색, 고른 숨소리를 내기 시작했다. 석영은 자세가 불편했지만 그녀가 미동도 없을 때까지 가만히 있었다. 그리곤 완전히 다시 잠에 빠져든 아영의 볼을 조심스럽게 만졌다.

관리를 못 해 확실히 푸석해진 피부가 마음에 걸렸다. 배우인 아영은 피부 관리만큼은 엄청 철저했다. 뉴욕에서도, 러시아에서도 항상 피부만큼은 케어했다. 하지만 지금은 아예 놔버렸다.

전문적인 장비가 없으니 잘못 발랐다간 괜히 아이에게 안 좋은 영향이 갈까 봐서다. 아이를 위해 배우 김아영은 버린 상태였다. 그게 고맙고, 미안했다. 한참을 아영이의 볼을 만지던 석영은 자리에서 일어났다. 슬슬 저녁 시간. 아영이 좋아하는 음식을 준비하기 위해서였다. 여기서 한식을 만드는 건 꽤나 어렵지만 석영은 한 시간이 걸려도, 두 시간이 걸려도 요즘 아영의 저녁만큼은 직접 챙겼다. 그리고 오늘도 당연히 직접 챙길 생각이었다. 밖으로 나가는 석영의 얼굴에는 행복한 미소가 걸려 있었다.

솔직히, 지금만 같았으면 하는 석영이었다.

전쟁상인 소랑의 일행은 일주일간 수도에서 묵고, 마리와 여왕과 노엘, 바오르 백작과 함께 최종적으로 협의안을 체결한 뒤에야 떠났다. 올 때는 넷이 왔지만 갈 때는 넷이 아닌, 천이 넘었다.

모두 아이들을 호위하기 위한 파병 병력이었다.

물론 이 정도의 병력이 왕국 간의 경계선을 넘는 건 말도 안 되는 일이지만 이들은 가능했다.

초인.

대륙에 위맹을 떨쳐 울리는 초인이 무려 다섯이나 함께하고 있었다.

대류 중부 쪽의 각성자는 프란 왕국의 저격수 일행과, 요하네스의 전쟁상인 일행밖에 없는 걸 감안하면 마음에 들지 않더라도 그냥 통과시키는 수밖에 없었다. 그리고 현실적으로 막을 수 있는 방법도 없었다.

힘으로?

각성자가 다섯이다.

막았다간 그대로 개박살이었다.

정치, 외교로?

프란 왕국의 위상은 요즘 제국에 비해서도 꿀리지 않을 정도로 엄청났다. 한 나라의 왕이라고 할지라도 각성자를 막는 건 불가능했다. 실제로 그들이 가는 길을 막아선 왕국이 있었다. 호전적인 우르크 왕국이었다. 그들은 굳이 돌아갔는데도 후미를 잡고 쫓아왔고, 병사 삼천은 죽은 사람 없이 전부 곱게 박살 났다.

그 소문이 퍼진 이후부터는 그 어느 왕국도 앞길을 막지 않았다. 요하네스에 도착하고 나서도 쉽진 않았다.

무려 일만에 달하는 아이들이다.

이게 조용히 진행될 일이 아니었다.

일단 어린아이들은 장시간 걷는 건 무리니 마차나 짐수레 등을 이용해야 했다. 1차에 갈 인원만 무려 이천에 달했다. 이 아이들과 호송 병력이 먹고, 자고 할 식량과 물품들을 준비하는 것만 해도 상당한 시간이 들었다.

게다가 돈이 엄청나게 들었다.

하지만 전쟁상인은 굉장한 재력을 보유하고 있었다. 무슨 마르지 않는 금화의 샘이라도 있는 것처럼 모든 걸 현물로 그 자리서 즉각 해결했다. 그렇게 돈과 이동수단들이 준비가 착착 되어가자, 마지막으로 요하네스 그 자체가 나섰다.

아이들의 이주를 허락하지 않은 것.

당연히 그런다고 말을 들을 전쟁상인이 아니었고, 결국은 무력 분쟁으로 번질 조짐을 보이기 시작했다.

아니, 번져 버렸다.

그것도, 아주 제대로.

episode 76
명왕기사

피식.

차샤는 눈앞에서 오들오들 떨며 길을 막은 이들을 보며 같 잖다는 듯이 바라봤다. 1차 선발대의 이동은 차샤가 직접 지 휘하기로 했다. 전쟁상인 일행은 아직 이곳에 남아 할 일이 있 었고, 그렇게 때문에 이동 간에 지휘를 할 사람은 차샤밖에 없 었다. 그렇게 요하네스에서 출발해 국경 지역쯤에 도착했을 때 차샤의 앞을 일단의 무리가 막아섰다. 아니, 무리라고 부르기 엔 덩어리가 너무나 컸다.

대략 일천에 가까운 경보병 부대였으니 말이다.

현재 차샤와 함께 움직이는 프란 왕국의 병사는 약 오백 정 도. 적은 수는 아니었다. 게다가 이들 전부가 리안 성 전쟁을 통해 백전연마(百戰練磨)가 이미 끝난 상태였다. 무장도 제대로 안 갖춰진 저런 오합지졸 따위는 병사들에게만 맡겨도 충분했다.

하지만 차샤는 그러지 않았다.

안 그래도 몸이 근질근질하던 참이었다.

차샤는 아영만큼이나 호전적인 성격을 가지고 있었다. 그리고 생각하는 걸 그다지 좋아하는 편도 아니었다.

애초에 각성 전에도 수틀리면 그냥 부딪쳐서 깨고 보는 그런 성격이었다. 그래서 지금 앞을 막을 놈들을 보며 같잖다는 표정을 짓고 있지만 속으로는 흐흐흐, 슬슬 웃음이 나오는 중이었다.

"뭐야, 길은 왜 막고 지랄이야?"

차샤가 앞으로 걸어 나와 시니컬하게 묻자, 대장으로 보이는 자가 마주 나왔다.

"다, 당신들을 체포하겠소!"

"체포? 무슨 체포? 나를? 너희들이?"

"그, 그렇소! 순순히 투항하시오!"

피식.

이미 차샤에게 바짝 쫄아서 목소리도 떨리고 있으면서 용케도 말은 끝까지 하고 있었다. 차샤는 그런 놈을 재미있다는 표정으로 바라봤다.

"내가 무슨 죄를 지었는데? 어디 들어나 보자 죄목 좀."

"그… 이, 인신매매요!"

"엥……?"

"그, 그 뒤에 있는 아이들은 요하네스의 소중한 미래요!"

"아."

아하하!

아하하! 아하하!

차샤는 더 이상 참을 수가 없어 배를 잡고 웃음을 터뜨렸다.

깔깔깔깔……!

그녀의 웃음은 마치 천지와 공명하듯이 크고, 넓게 울려 퍼졌다. 어찌나 컸는지 근처에 있던 이들은 귀를 막았을 정도였다. 하지만 신기하게도 차샤의 뒤에 있는 이들은 아무런 영향도 받지 않는지 태연한 표정이었다. 이유는 차샤가 아이들 때문에 음파를 의도적으로 조절했기 때문이었다.

이는 그녀가 새롭게 각성한 워 크라이(War Cry)의 응용 버전이었다.

한참을 웃은 차샤는 비릿한 미소를 입에 걸고, 눈을 착 내리깔았다.

"그렇게 소중한 미래에게 먹을 것도 안 주고, 안에서 재워주는 것도 싫어서 성 밖 조잡한 텐트에서 살게 했어?"

"그, 그건! 계획 중이었소! 워낙에 수가 많다 보니 한 번에 할 수……."

"개소리 지껄이지 말지? 내가 너희들이 어떻게 하는지 며칠 간 성 안에서 다 확인했거든?"

"그, 그게."

사실이었다.

차샤는 도착하자마자 전쟁상인 소랑이 정말로 아이들을 거둔 건가 확인하기 위해 성 안으로 들어갔고, 기가 막힐 정도로 나뉘어져 있는 계급사회에 첫 번째로 놀랐고, 각 계급의 위에 있는 자가 밑에 있는 자를 어떻게 대하는지를 보면서 두 번째로 놀랐고, 노예보다 못한 삶을 사는 이들을 철저하게 외면하는 성 내 주민들을 보며 세 번째로 놀랐고, 이 모든 걸 조장하고 있는 지도부에게 네 번째로 놀라며, 분노했다.

소랑이 거둬들인 만 명에 가까운 아이들은 그가 보살피지 않았으면 전부 노예로 팔려가거나, 죽었을 거라는 계산쯤은 아무리 머리 쓰기 싫어하는 차샤도 단숨에 알 수 있었다.

그런데, 그걸 자신의 눈으로 직접 확인했는데 저 따위 개소리라니. 차샤의 눈에 분노의 불길이 확 치솟았다.

"전쟁상인이 저 아이들을 거두지 않았다면 다 죽었겠지… 아니면 너희가 잡아서 노예처럼 부렸거나. 안 그래?"

"우, 우린 그런 적 없소!"

"지랄하네. 그럼 왜 구역마다 성벽을 쳐놓은 건데?"

"그건."

"적의 침입에 대비해 어쩌구 저쩌구 이딴 개소리하지 마라. 병법에 문외한인 내가 보기에도 그건 앞에서 알아서 먼저 죽으라는 뜻밖에 생각이 안 나니까. 그리고 애초에 그런 용도도 아니지? 그냥 너희의 신분 과시용이잖아. 안 그래?"

"……"

"철저하게 나눈 신분으로 '사람'을 통치하기 쉽게 만들어놓은 작업의 결과물이잖아, 안 그래?"

"……."

"그런 요하네스라는 성에서 부모에게 버림받고, 사고에, 전쟁에 부모를 잃은 저 아이들을 감싸줬나? 뭐, 요하네스의 미래? 아주 개 같은 소리를……."

"오, 오해요!"

"오해?"

피식.

휘이잉……!

순간 바람이 불었다.

그리고 차샤는 어느새 놈의 목줄을 쥐고 있었다.

"어, 어?"

"노비스 님을 보호……!"

빡! 빠각!

달려들던 두 놈을 육안으로는 보이지도 않는 속도로 두들긴 차샤가 진득한 웃음을 흘렸다.

"어디, 나도 오해 좀 불러일으켜 보자. 난 네가 개새끼에, 날 성희롱한 놈으로 오해할거야. 그러니까 나중에 열심히 그 오해 풀어봐."

"크으."

손이 그리 크지 않은 차샤지만, 손끝으로 울대를 딱 움켜쥐고 있는 바람에 놈, 노비스는 조금도 꿈쩍할 수 없었다. 괜히 움직였다간 울대째 살이 뜯겨 나갈 것 같은 공포에 이미 푹 빠져 있기도 했다.

차샤는 그런 노비스를 향해 다시 비릿하게 웃었다.

"어머, 어디 여자의 손을 만져? 어? 요즘 시대에 여자 몸에 손대면 큰일 나는 거 모르나?"

"내, 내가 아니라."

"왜, 내가 잡고 있다고? 근데 어쨌든 닿았잖아? 살과 살이 부비부비 하고 있잖아, 응?"

"크으, 그, 그건 억지……."

"그럼 너도 억지 부리지 마. 어디서 개도 안 믿을 개소리를 지껄이는데? 뭐? 그리고 인신매매? 기가 막혀서. 너희들 뭔가 까먹고 있는 게 있는 것 같은데 내가 설사 진짜 인신매매를 한다고 쳐도 못 막아. 왜인 줄 알아?"

"……."

"내가 초인이고, 각성자이기 때문이지."

"……."

"감히 너희 따위가. 사람을 가축처럼 취급하는 새끼들이 비벼볼 급이 아니라고. 어? 알아들어?"

"제발."

"큭……."

노비스의 눈에 깃드는 간절함을 본 차샤는 다시 한번 조소를 흘렸다. 같잖았다. 정말 같잖았다. 이 새끼들은 저 뒤에 있는 아이들이 간절한 눈으로 먹을 걸 달라고 했을 때, 입을 걸

달라고 했을 때, 들어줬을까?

"아니겠지."

그랬으면 저 아이들을 소랑이 거둬들이지도 않았을 것이다. 그랬으면 한창 밝게 웃고, 뛰어놀아야 하는 아이들이 눈치를 보며 불안한 모습을 보이지도 않았을 것이다. 그녀는 처음 저 아이들을 봤을 때를 아주 확실하게 기억하고 있었다.

소랑, 전쟁상인의 일행과 같이 갔음에도 아이들은 차샤를 극도로 경계했다. 심지어 선발을 하고, 차샤와 함께 이동한다고 하자 자지러지게 울음을 터뜨리다가 거의 기절한 아이들까지 있었다.

트라우마였다.

이 아이들이 소랑의 품으로 오기 전까지 얼마나 많은, 얼마나 잔인한 짓을 당했는지, 너무나 처절하게 느낄 수 있었다. 차샤는 그때 정말 눈이 뒤집히는 줄 알았다. 당장 요하네스로 쳐들어가 이렇게 만든 권력자들의 모가지를 죄다 비틀고, 가르고, 따버리고 싶었다. 하지만 그럴 수 없음을, 그렇게 해서는 절대로 안 됨을 알았다.

요하네스와 전쟁이 터지면 죄 없는 아이들이 너무 많이 다치기 때문이었다. 그래서 울분을 참으며 조용히 1차 선발대와 함께 가고 있는데… 이렇게 앞을 막고 개소리를 하니 다시금 눈이 뒤집힐 것 같았다.

경보병 일천?

차샤가 독하게 마음먹으면, 이들이 끝까지 덤벼만 준다면 모

조리 죽일 수 있었다. 프란의 정예병 오백과 같이 말고, 혼자서
도 말이다. 그래서 차샤는 지금 고민 중이었다. 이놈의 목을 뜯
어내는 순간, 전투는 시작된다.

만약 평소의 차샤였다면 뜯었을 것이다.

하지만.

'아이들이…….'

뒤에 있었다.

아마 지금도 불안한 눈초리로 자신의 등을 바라보고 있을
거라는 걸, 그녀는 알았다. 그래서 망설여졌다. 살려둘 가치가
없는 놈인데, 권력자의 발을 핥아가며 저 자리에 올라갔을 게
분명해 보이는 놈인데.

'그런 놈인데.'

이 정도밖에 할 수 없다는 사실이 무한한 짜증을 불러일으
켰다.

"내가 갈 길이 멀어. 가는 동안 그 날도 올 거고, 짜증도 같
이 올라올 건데, 내가 여기서 너 때문에 짜증을 받아서야 되겠
어?"

그 짜증이 아무 말이나 막 나오게 만들었다. 그리고 그걸 차
샤도 알지만 크게 신경 쓰진 않고 있었다. 어차피 이제 이놈과
별로 하고 싶은 말도 없었다. 휙! 차샤는 노비스를 던지고 그냥
검을 뽑았다.

푸르스름한 예기가 감도는 차샤의 검에 검붉은 기운이 맺히
기 시작했다.

씨익.

그리곤 그녀가 웃자, 병사들은 사색이 됐다. 그들도 주워들은 게 있으니 지금 차샤의 검에 맺힌 게 뭔지 알아차렸을 것이다.

오직 초인만 가능한 기예.

돌은 우습고, 쇠도 두부 자르듯 가르는 비현실 기예, 이걸 막을 수 있는 건 오직 같은 초인의, 같은 기예밖에 없었다.

"이걸로 썰어줘? 아님 닥치고 길 비킬래. 선택해. 대신!"

쩌렁!

차샤의 외침이 마치 폭탄 터진 것 마냥 전방으로 터져 나갔다. 거기에 풍압까지 뒤따라 가니, 어안이 벙벙하다 못해 혼이 승천할 지경까지 몰렸다.

"선택에 대한 결과는 존중해 준다. 어떤 선택이든! 내가 최선을 다해 너희가 원하는 바를 이루어줄게."

"……."

차샤의 말은 해석해 보면 간단했다.

길을 비키면, 평화적인 해결을 원하는 거니 그 뜻에 따라주고, 길을 막으면 해보자는 거니 무력으로 죄다 죽여주겠다는 엄포였다. 일천의 경보병? 아까도 말했듯이 그 정도는 차샤에게는 식후 소화 운동 정도도 안 됐다.

"아… 대답이 늦네. 그냥 내가 선택해 줘? 난 후자가 끌리는데."

"비키겠소! 다들 비켜! 길을 열어라!"

차샤의 말에 노비스가 혼비백산하며 급히 소리치자 엉거주춤 서 있던 경보병 부대가 길을 좌우로 열었다. 그걸 본 후에야 차샤는 씨익 웃으며 검에 담겨 있던 기운을 회수했다.

"쯔, 진즉에 그럴 것이지. 확 그냥."

씩 웃은 차샤는 검을 다시 회수해 검집에 넣었다. 그리곤 신호를 주자 행렬이 다시금 이동하기 시작했다.

애초에 게임이 안 되는 대치였다.

그렇게 다시 시작된 행렬의 선두에 있던 차샤는 하늘을 올려다보고 눈살을 찌푸렸다. 새까만 어둠이 몰려오는 게 어째 한바탕 쏟아질 것 같았다.

"에이… 되는 게 없네. 송!"

네!

같이 왔던 송이 뒤에서 아이들과 놀아주다가 쪼르르 달려왔다.

"비올 것 같다. 적당히 쉴 곳 좀 찾아봐."

"네, 단장 언니!"

다부지게 대답한 송이 막 장비를 챙겨 나가려고 할 때, 차샤는 등골이 갑자기 싸해짐을 느꼈다.

'이 느낌.'

불길하다. 느끼는 즉시 소름이 돋고 식은땀이 맺히기 시작했다.

"송! 송! 돌아와!"

"네?"

벌써 한참 달려가던 송이 뒤돌아보며 되묻자, 등골이 서늘해지는 느낌에 차샤는 이를 악물고 몸을 날렸다.

쇄애애액!

갑자기 들려오는 파공성.

차샤는 전력으로 송의 앞으로 달리며, 검을 뽑아 들었다.

그리곤 날아오는 정체불명의 기운을 그대로 후려쳤다.

콰앙……!

격돌은, 천지가 개벽하는 소리로 시작됐다.

콰가각!

기운과 기운이 부딪친 장소를 중심으로 거대한 풍압이 일어나 사방으로 퍼져 나갔다.

"으아악!"

얼마나 강력했는지 아무리 작은 체구라지만 훈련받은 레인저인 송을 그대로 날려 버렸을 정도였다.

히히힝!

말이 놀라 거칠게 투레질을 했고, 아이들의 비명이 찢어질 듯 울렸다. 풀이 갈기갈기 찢어져 사방에 흩날렸고, 돌조각이 잘게 부서져 그 사이사이로 들어가 주변의 모든 것들을 위협했다. 하지만 차샤는 주변이 그렇게 엉망이 됐지만, 조금도 그걸 신경 쓸 수가 없었다.

기운이 걷히고 나자 기습을 걸어온 적의 모습이 보였기 때문이었다.

"와우."

차샤는 자신과 검을 맞대고 있는 새까만 갑주를 입은 적을
보며 씩 웃었다. 투구는 쓰고 있지 않았다. 갑주의 색과 매우
흡사한 칙칙한 잿빛 머리카락이 인상적이었고 얼굴로 유추되
는 나이는 대략 이십대 전, 후반으로 보였다.

즉, 굉장히 어리다는 뜻이었다.

“막았네? 각성자일 거라는 예상은 했지만 진짜 각성자였나?”

나오는 목소리는 한없이 낮았고, 불길했다.

“넌 뭔데 다짜고짜 칼질이냐?”

“그냥, 강해 보여서?”

“…개새끼가!”

훅!

힘을 주자 상대는 그 힘을 받아 그대로 뒤로 물러났다. 몸이
깃털처럼 붕 떠오르더니, 10m의 거리를 순식간에 날아가 바닥
에 착지했다. 거리가 벌어지자 차샤는 다시 씩 웃었지만, 속은
그러지 않았다.

일단 손이… 저릿저릿했다.

손아귀가 찢어졌는지 검병을 잡은 손 안쪽에서 축축한 느낌
이 들었다. 게다가 피 냄새까지 은은하게 나기 시작했으니, 무
조건 찢어진 게 맞았다. 차샤는 그럼에도 손을 확인할 수 없었
다.

좀 전에 상대는 빨랐다.

엄청, 정말 지나치게 빨랐다.

기습을 막은 건 순전히 감이었다.

불길함을 느꼈고, 뭔가가 날아온다고 느꼈다.

차샤는 망설임 없이 몸을 날렸고, 그 결과 상대의 검을 막긴 했다. 하지만 상대는 멀쩡했고, 차샤는 이 한 번으로 손아귀가 찢어졌다. 이는 실력의 차이를 의미했고, 육체 단련의 차이였다. 차샤가 낀 장갑도 충격을 흡수하는 용도로 제작된 거라 웬만해서는 손아귀가 찢어질 일이 없었다. 아리스의 검격을, 노엘의 총격을 막았을 때도 멀쩡했었다.

'어디서 이딴 괴물이.'

멀리 떨어진 상대는 무척이나 여유가 있었다.

하지만 차샤는 긴장이란 긴장은 죄다 퍼먹은 상태였다. 각성을 하고 난 이후, 처음으로 전신 솜털이 일어날 만한 강자를 만났다. 아리스나 노엘, 그리고 나창미야 당연히 해볼 만한 상대였다.

석영이나 한지원, 이 둘은 각성을 하고 나서도 넘을 수 없는 벽이었다. 하지만 둘은 동료이니 긴장을 하거나 두려운 마음이 들 정도는 아니었다. 전쟁상인 소랑의 일행도 마찬가지였다. 하지만 지금 눈앞에 있는 저자는… 두려웠다.

무서웠다.

불길하고, 또 불길했다.

새까만 갑주도 그렇고, 칙칙함의 끝을 보여주는 것 같은 저 잿빛 머리카락도 그랬다. 게다가 눈동자가, 눈동자가 정말 소름이 끼쳤다. 각성하면서 웬만한 일에는 끔쩍도 하지 않는 단단한 정신력을 보유하게 됐지만, 이번만큼은 정말 급이 달랐다.

차샤는 이 모든 걸 본능적으로 느꼈다.

"다, 단장 언니……."

"오지 마! 뒤로 애들 다 빼!"

"네……?"

"돌아가라고! 빨리!"

"네!"

정신을 차린 송이 급히 일어나 병사들을 인솔해 아이들을 뒤로 물리기 시작했다. 격돌만으로도 이 정도 풍압이 사방을 휩쓴다. 다시 한번 격돌이 일어나면 부상자 속출은 기정사실이었다.

스르릉.

차샤는 허리춤에서 도(刀)를 더 꺼냈다.

그리곤 역수로 단단히 쥐었다.

그런 차샤의 모습에 상대는 흥미로운 눈빛으로 지켜보다가, 차샤처럼 씨익 웃었다.

"이도류? 특이하네?"

특이할 것까지야.

차샤가 혼잣말처럼 대답을 하자, 그는 웃기게도 차샤처럼 검 하나를 더 꺼냈다.

두 개의 검.

차샤보다 훨씬 더 특이한 스타일이었다.

"나도 검 두 개 쓰거든."

쉬익.

가볍게 검을 움직였다.

위에서 이래로 긋고, 좌에서 우로 가르고, 지극히 평범한 검격이었다. 하지만 차샤는 바짝 긴장했다.

번쩍……!

눈앞에서 십자, 열십자의 검격이 순식간에 공간을 격하고 차샤에게 날아왔다. 그 속도는 엄청났다. 정말 눈 깜빡할 사이란 단어가 어울릴 정도였다.

차샤는 이를 악물고 감각에 의지한 채 검에 기운을 주입하고, 그대로 후려쳤다.

쩡……!

북 터지는 소리와 함께 열십자의 기운이 터져 나갔다.

그리고 사방으로 다시 풍압이 터져 나갔다.

이번에는 좀 전보다 훨씬 더 셌다.

완전히 칼바람이었다.

질끈 묶어 놓았던 끈이 바람에 찢겨 나갔고, 머리카락도 뭉텅 썰려 비산했다. 완전히 산발한 머리가 되었지만, 차샤의 눈빛은 반대로 형형(炯炯)하게 빛나고 있었다. 입꼬리가 슬쩍 말려 올라간 게, 지금 그녀는 확실한 흥분 상태였다.

부르르.

등골을 타고 소름이 내달렸다.

전신이 단 몇 분 만에 축축하게 젖었다.

그녀는 바랐었다.

이런 전투. 각성자가 되고 난 뒤에 연습 대련을 빼면 이런 전투는 여태껏 해본 적이 없었다. 그리고 훈련은 긴장감이 없었다. 저자가 적인지, 아군인지, 아니면 그 외에 존재인지 아직 정체는 파악 불가지만 그런 건 아무래도 상관없었다.

긴장감이 전신을 어루만지고 있는 지금이 그저 좋았다. 이런 긴장감은 언제나, 항상 차샤를 설레게 만들었다.

"호오, 열십자분광을 막았네?"

열십자분광?

좀 전에 막은 공격의 이름인 것 같았다.

확실히 십자로 그어진 검격이 정말 번쩍! 하더니 날아오긴 했다. 차샤는 웃기게도 제법 잘 어울리는 이름이라고 생각했다.

"대충 뿌린 건 아닌데 역시 각성자는 각성자라는 건가?"

대견하다는 듯이 말하는 사내 때문에 차샤의 이마에 힘줄이 빡! 튀어 올라왔지만 섣부르게 움직이지 않았다. 이제까지 두 번, 딱 두 번의 격돌이었다. 이 격돌로 차샤는 상대와 자신의 격의 간격을 깨달아 버렸다.

저자는 훨씬 윗줄에 있는 자였다.

두 번째 일격을 막으면서 손바닥은 아예 싹 터져 나갔다. 지금은 피가 주르르 흐르고 있는 상황이었다. 반대로 상대는 너무나 멀쩡했다. 상황도 너무 불리했다. 저자는 혼자지만, 차샤는 뒤에 지켜야 할 이들이 있었다. 그것도 아무것도 모르는 아이들이었다. 고개를 돌릴 상황이 아니라 어디까지 빠졌는지는 아직 모르지만, 적어도 몇 분은 더 기다려야 했다. 그래야 차샤도 이 자리를 지키지 않고, 마음대로 움직일 수가 있었다.

물론, 이러한 제약이 풀려도 눈앞에 사내는 장담할 수 없는 자였다.

'어디서 이런 괴물이.'

생각은 거기까지였다.

번쩍!

눈앞에서 다시 섬광이 터졌다.

뭐가 그냥 번쩍! 하는 것밖에 없었다.

하지만 그다음은 정말 심상치 않은 뭔가가 날아온다. 지금도 그랬다. 이전보다 더욱 불길한, 소름끼치게 빠른, 뭔가가.

날아온다.

쩡……!

"커윽……!"

혼신의 힘을 다해, 감각이 알려주는 곳으로 도를 휘두른 차샤의 몸은 격렬한 반동에 몸이 붕 뜨는 걸 느꼈다. 뜨는 걸로 끝나는 것도 아니었다. 그대로 육신을 제어하기도 전에 바닥을 나뒹굴었다.

적어도 20m는 날아가 나뒹군 차샤는 곧바로 몸을 일으켰다. 세 번째 격돌. 이번엔 완전히 밀렸다. 하지만 그래도 차샤의 눈빛은 빛나고 있었다. 포기? 그녀의 인생에 단 한 번도 끼어든 적이 없는 단어였다.

끼어들고 싶어도, 항상 차샤의 단단한 정신력에 밀려 바스러지기 일쑤였다. 그리고 그건 지금도 마찬가지였다. 날아가면서 몸이 뒤집혔고, 그때 뒤를 확인했다. 송은 확실히 지시 이행이 빨랐다. 벌써 능선 아래로 아이들을 데리고 내려가고 있었다. 이 정도면 이제 슬슬 몸을 움직여 볼 만했다.

부스스 일어난 차샤는 씩 웃었다.

파스스.

그리고 마치 연기처럼, 그 자리서 꺼졌다.

지잉……!

쩡!

강맹한 기운이 담긴 일격이 사내의 가슴을 노리고 날았고, 그 검은 회색빛의 검에 막혔다. 워낙에 서로의 무기에 담긴 기운이 강해 공기가 그대로 압축, 분사의 과정으로 풍압이 사방으로 터져 나갔다.

"호."

"호는, 개뿔이 호냐!"

쇄애액!

빙글 몸을 돌린 차샤가 남은 검으로 사내의 하체를 쓸어갔다. 하지만 채 닿기도 전에 몸이 역으로 휘릭 돌았다.

쩡!

"큭!"

검에 담긴 힘의 차이가 너무나 컸다.

게다가 상대는 애초에 격이 차샤의 위에 있었다.

지금 차샤의 이동, 공격 속도는 그녀가 낼 수 있는 거의 최고를 끌어내고 있었다. 그런데도 상대는 너무나 쉽게 차샤의 공격을 막고 있었다.

지잉!

빙글 회전하던 차샤의 신형이 다시금 꺼지듯이 사라졌다. 그녀가 할 수 있는 최고의 고속 이동을 펼친 상태였지만, 그 순간 사내의 신형은 빙글 돌고 있었다. 차샤의 신형을 감지, 쫓고 있다는 증거였다.

쇄애액!

쩡!

쩌정!

세 번의 검격, 사내는 검 하나를 휘두르는 걸로 전부 막아냈다. 풍압이 사방으로 터져 나갔고, 심지어 뇌전이 번쩍! 번쩍! 떨어지는 것 같은 착시가 일어났다. 실제로 워낙에 빨라 스파크가 맹렬하게 튀고 있는 상황은 맞긴 했다.

"합!"

드물게 차샤가 기합까지 내가며 달려들었다.

"음."

쩡……!

콰앙!

하지만 달려들던 속도보다 훨씬 더 빠르게 팅겨 나갔다.

"칵!"

바닥을 몇 차례나 구른 차샤는 바위에 부딪치며 겨우 멈췄다. 부르르, 몸을 한 차례 떤 그녀는 다시 벌떡! 일어났다.

싱글벙글.

차샤의 얼굴에 고통은 없었다.

오히려 지금 이 순간이 너무나 즐겁다는 것처럼, 너무나 해맑게 웃고 있었다. 그녀는 원했었다. 이런, 끈적끈적한 긴장감이 감도는 대인전을, 너무나 원했었다. 난전을 싫어하는 건 아니지만 그녀는 이렇게 한 대상에게 온전히 집중하는 전투가 좋았다.

'가능하면 나보다 좀 더 센… 놈에게 말이지.'

씨익.

차샤가 웃자 상대도 따라 웃었다.

하지만 그 웃음은 오래가지 못했다.

스윽.

딱!

"악!"

유령처럼 사내의 옆에 나타난, 은빛 갑주의 여성이 사내의 뒤통수를 통렬하게 후려갈겨 버린 것이다.

"무슨 일인지 좀 알아보라고 보냈더니, 그새 사고를 쳐?"

"아…누나, 눈알 빠지는 줄 알았잖아!"

"안 빠질 정도로 쳤어. 너 이따 두고 봐."

"하."

찬란한 금발을 휘날리며 여인은 차샤에게 다가왔다. 거리가 가까워질수록 여인의 얼굴이 좀 더 자세히 보였다. 그냥 표현하자면, 다가오는 여인은 차샤가 본 그 어떤 여인보다 아름다웠다. 찬란한 금발에 대비되는 백옥 같은 피부에, 특이한 건 눈의 거의 다 감고 있다는 것 정도였다.

어쨌든, 말로 설명하기 힘들 정도로 여인은 아름다웠다.

가까이 다가오니 특이한 게 하나 더 눈에 뛰었다.

언월도.

검도 창도, 아닌 마상에서나 쓰일 중장병인 언월도를 등에 메고 있었다. 다가온 여인은 적당한 거리에 서서 차샤를 향해 자세를 고치고, 허리를 숙였다. 사르르 흘러내리는 금빛 물결이 참 아름답다고 느끼는 순간… 묘하게 사람의 마음을 흔드는 목소리로, 사과의 인사가 나왔다.

"정말 죄송해요. 제 동생이 너무 철이 없어서."

"……."

미안함이 가득한 그 말을 들은 차샤는 맥이 탁 풀리고 말았다. 전투의 흥이 단번에 깨져 버리는 사과였고, 차샤는 결국 들고 있던 검을 내릴 수밖에 없었다.

스윽.

흘러내린 금발을 쓸어 올리는 여인의 모습에 차샤는 왜인지 모르지만 조금 위축됨을 느꼈다. 차샤는 모르지만 본인에게 없는 고고한 품위가 느껴진 탓이었다. 행동이 다르고, 뿜어져 나오는 오오라가 달랐다.

차샤가 길들여지지 않은 야생의 늑대 같은 분위기라면, 눈앞에 여인은 그녀와는 정반대의 화사한 분위기였다. 그러니 차샤가 느끼는 이질감은 거의 다른 사람에 비해 백배였다. 기품 있는 여성이라면 마리아 여왕도 만만치 않았지만, 눈앞에 여인에게는 비교 자체가 불가능해 보였다.

"정말 죄송해요."

"아, 아닙니다."

그래서 저도 모르게 존대가 나갔다.

속으로 아… 이 등신아. 자책을 했지만 이미 말을 뱉은 후였다.

"저 아이는 제 동생입니다. 워낙에 철이 없어서 강자만 보면 주체를 못 해요. 혼자 보내면 안 되는 거였는데… 제 실수예요. 이번 한 번은 너그러이 이해해 주세요."

"아… 네, 뭐. 그러죠, 뭐."

뭐라고 대답하는 건지.

차샤는 깨달았다.

이 여인과 말을 섞으면, 아주 영혼까지 탈탈 털리고도 남겠다는 사실을 말이다. 화술? 이런 건 아닌데, 이 여인은 존재 자체가 사람을 끌어들여, 혼란스럽게 만드는 기질이 있는 것 같았다.

'노엘이나, 아니, 노엘도 안 돼. 이런 사람은 석영 씨나 지원 씨가 상대해야…….'

본능적으로 깨달은 게 하나 더 있었다. 바로 이 여인이 갖추었을 무력인데… 차샤는 도무지 측정할 수가 없었다. 아무것도 느껴지지 않는… 정말 농담이 아니라 아무것도 느껴지지가 않았다.

좀 전에 붙었던 잿빛 머리 사내만 하더라도 '강하다!' 이렇게 느껴졌지만 이 여인은 그냥 공허했다.

아니, 느껴지는 게 있긴 했다.

텅 빈 하늘을 보는 기분? 아니면 드넓은 바다를 보는 기분? 그도 아니면 끝이 보이지 않는 광야를 보는 기분?

그런 기분이었다.

"사죄의 의미로 차를 한잔 대접할까 하는데, 괜찮을까요?"

차? 고작 차?

그런 차샤의 기색을 읽었는지 여인이 다시 웃으며 말을 이었다.

"아마… 매우 만족할 만할 거예요. 인세에 보기 드문 차거든요."

"음… 그런 게 있나요?"

"네, 드셔보시면 바로 알 일을 제가 거짓말할 이유는 없겠죠? 어때요?"

"네, 뭐… 그러면 그렇게 하죠."

"후후, 감사해요."

차샤는 대답해 놓고도 속으로 '말런다, 아… 말런다고!' 비명을 질렀다. 솔직히 차를 마시고 싶지 않았다. 애초에 차는 그녀 취향이 아니었다. 그녀는 차보다는 술이 더 좋았다. 하지만 거절하면 안 될 것 같은 그런 감각이 그녀를 지배하고 있었다.

'혹시, 정신 지배의 일종인가? 마법? 아… 뭐야, 이거.'

혼란스러웠다.

그녀는 슥슥, 주변을 정리하고는 적당한 곳으로 차샤를 안내했다. 차샤는 모르는 사람을, 오늘 처음 본 정도가 아니라 대화도 몇 번 나누지 않은 상대를 따라가면서도 그리 위험하진 않을 가라는 기분을 느꼈다.

이상하게도 안심이 되었다.

'미쳤다, 차샤. 너 이거 노엘이 알면……'

최소 한 시간은 잔소리를 들었을 거다.

하지만 정말 이상하다. 몸은 그냥 쭉쭉 끌려가는 것 같았다. 거역할 수 없는 어떤 미증유의 힘에 끌려서 말이다. 오랜 시간을 걸었다. 30분? 그쯤 걷고 나니 앞서 걷던 여인이 걸음을 멈추고 섰다.

도착한 곳엔 그녀와 잿빛 머리 사내 말고도 두 사람이 더 있었다. 칙칙한 어둠을 품은 것 같은 착각을 일으키는 갑주를 입은 거대한 덩치지만 그와 반대되는 순박한 얼굴의 사내와, 자신을 안내했던 여인과는 완전히 상반되는 신비로운 은발에, 한없이 차가운 호수를 품은 것 같은 기도를 가진 여인, 이렇게 둘이 더 있었다.

"이쪽은 제 동생들이에요. 저 철없는 아이가 둘째 루, 저기 산만 한 덩치가 란스, 차갑게 생긴 애가 막내인 미오, 그리고 제가 첫 째인 유라예요."

"아… 차샤입니다."

"예쁜 이름이네요."

"그건."

차샤는 드물게 이름이 예쁘다는 칭찬에 우물쭈물 거렸다.

평소의 차샤였다면 예쁘다고? 놀리냐! 하고 성질을 내고도 남았다. 하지만 이상하게도 이 사람에게는 그게 힘들었다. 차샤는 이제는 포기하기로 했다.

'내가 지금… 귀신에 씌인 거야. 그게 아니면 이런 순한 양이 되는 건 불가능하지.'

고개를 절레절레 흔든 그녀는 참으로 신비로운 마녀인 유라의 손짓에 편하게 정돈된 바닥에 그냥 털썩 앉았다. 그러자 불쏘시개로 모닥불을 뒤척이는 잿빛 머리 사내 말고, 두 사람의 시선이 달려들었다.

근데 재밌는 건 그리 호기심이 섞인 눈빛은 아니었다.

산만 한 덩치의 사내는 태산처럼 굳건한 눈빛으로 차샤를 봤고, 호수처럼 차가운 여인은 딱 그 이미지가 담긴 눈빛으로 차샤를 바라봤다. 요컨대, 그리 차샤를 궁금해하는 게 아닌 것 같았다.

쪼르르.

유라가 말했던 차는 금방 준비가 됐다.

투박한 나무잔에 따라준 차를 받은 차샤는 잠깐 고민했다.

마셔? 말아.

하지만 곧 유라가 마시는 걸 보고 하아, 짧은 한숨과 함께 잔을 입으로 가져다 댔다.

"오."

그리고 곧, 감탄사를 내뱉었다.

청량했다.

따뜻하지만 아주 시원했다.

동시에 잿빛 머리 사내와 싸우며 소비한 정신력, 체력이 같이 회복되어 가는 걸 차샤는 곧바로 느꼈다.

그게 끝이 아니었다.

찢어진 손아귀가 간질간질한 느낌이었다.

이는 석영이 가진 포션을 부은 것과 같은 효능이었다. 하지만 포션과는 근본적으로 다른 뭔가가 있었다.

"어때요?"

"좋… 네요."

더듬거리며 대답하자 유라가 씩 웃었다.

"좋죠? 신기하죠?"

"네. 그러네요, 음."

차샤는 잔에 담긴 투명한 찻물을 뚫어져라 바라봤다. 특이한 건 없었는데, 이런 기분을 느끼게 해주다니… 너무 신기했다.

"믿기지 않겠지만, 세계수에서 채취한 수액을 푼 찻물이에요."

"……."

어?

'뭐에서 채취를 해?'

차샤는 순간 자신이 잘못 들은 건가 싶었다. 그래서 눈을 껌뻑이며 유라를 보자, 그녀가 다시 한번 확인을 해줬다.

"세계수에서 채취한 수액이요."

“…세계수를 봤어요?”

“네, 그럼요. 직접 만나서 얘기까지 했는걸요.”

“……”

뭐지… 이 사람들?

차샤는 혼란스러움을 느꼈다.

그녀를 포함한 석영의 일행과, 전쟁상인 일행도 각성 도중 꿈속 같은 공간에서 세계수를 만났다. 그래서 내린 결론이 세계수는 존재하지만, 그 누구도 모르는 공간에 있다. 누구도 모르는 공간이 있으니, 그를 만난 사람은 전무하다. 이렇게 결론을 내렸었다. 그런데 예외가 나타났다.

“직접? 눈으로 봤어요?”

“네, 물론이에요.”

“아.”

거짓말일까?

도리도리, 차샤는 속으로 고개를 저었다.

그럴 리가 없었다.

세계수를 만났다고 거짓말을 해서 이들을 얻는 이득이 조금도 없었다. 그러니 저 말은 사실일 것이다.

하지만 믿음이 안 가는 것도, 사실이긴 했다.

“당신들은… 누구예요?”

“우리요? 음.”

차샤의 질문에 유라가 처음으로 애매한 표정으로 웃었다. 그리곤 고민에 빠졌다. 그 모습조차 아름다워 차샤는 넋이 나갈 것 같았으나, 필사의 인내로 다시 붙잡는 데 겨우 성공했다.

“우리는… 루야, 우리는 뭐라고 해야 할까?”

그녀의 질문에 아직도 불을 쑤시던 잿빛 머리 사내가 행동을 멈추곤 잠시 생각에 잠겼다. 한 1분쯤 생각하더니 고개를 들고, 질문에 대답을 했다.

“망령?”

“야.”

“왜? 이게 제일 어울리는데? 설명하기 딱 좋잖아?”

“그거야 그렇긴 하지. 에휴… 됐다. 내가 너에게 뭘 기대하겠니.”

“그럼 묻질 말던가.”

“……”

찌릿.

유라가 노려보기 무섭게 루라고 불린 사내는 고개를 휙 돌렸다. 그리곤 다시 모닥불을 괜히 쑤셔댔다. 이 일행의 리더가 누구인지 아주 적나라하게 드러나는 장면이었다.

“후, 저희는 체르니 왕국 출신이에요.”

“체르니? 체르니요? 그런… 나라가 있었나… 요?”

“……”

차샤는 그냥 말없이 웃는 유라를 보며 다시 한번 머리를 맹렬히 굴렸다. 대륙 중부에 위치한 프란 왕국에서 용병을 했던 그녀는 정말 많은 나라를 다녔다. 대륙 서부, 남부, 북부, 동부는 물론 악시온과 발바롯사, 암스테르담에도 갔다 온 적이 있었다. 그러니 필연적으로 지리와, 왕국의 이름은 거의 모두 꿰고 있었다. 그런데 그녀가 그렇게 사방팔방 다니던 시절에도 체르니 왕국이란 곳은 없었다.

각성 이후 현저히 올라간 기억을 뒤져봐도, 그런 왕국의 이름은 없었다. 아니, 없는 줄 알았다.

'잠깐만… 왜 대재앙의 시대쯤에 나오는 왕국 이름이……?'

옛날에 할 게 너무 없어 늘어져 있다가 일이 있어 나간 노엘이 읽던 책을 본 적이 있었다. 그 책은 대재앙 시대를 서술한 내용이었는데, 거기에 등장했던 왕국의 이름이 체르니 왕국이었다.

하지만, 그 체르니 왕국은 대재앙의 시절, 처참하게 멸망했다.

알스테르담에서부터 시작된 불길이 대륙 서부까지 일직선으로 관통, 그 경로의 끝에 있던 체르니 왕국은 그중에서도 가장 오래 버티긴 했지만… 결국은 멸망의 길을 걸었다.

'그런데 그 이름이 여기서 왜 나와?'

당연히 이해가 가지 않은 차샤였다.

'그쪽 지방에서 온 사람인가?'

아니, 그럼 체르니 출신이라고 하지 않았을 것이다. 지금 체르니가 있던 곳은 몇 번의 왕조가 세워졌다가 멸망, 생겼다가 멸망을 반복하고 사십 년 전부터 체텀 왕국이라는 곳이 만들어져, 지금까지 유지되고 있었다.

그러니 출신이… 체르니여서는 매우 곤란했다.

"혼란스럽죠?"

"네, 뭐… 그러네요. 하하."

차샤가 멋쩍게 웃자 유라는 이해한다는 듯이 푸근한 미소와
함께 고개를 끄덕였다.

"하지만 진실이에요. 우리는 많은 곳을 돌고 돌아… 다시 이
곳에 왔어요."

"다시 이곳에……? 돌고 돌아? 아."

노엘이나 석영이 있었으면 좋았을 걸. 차샤는 이해력이 부족
한 자신에게 처음으로 한탄했다. 전투적인 판단은 그렇게 잘되
는데, 이런 판단은 정말 너무 힘들었다. 그래서 두 사람이 너무
나 보고 싶었다.

"우리 출신 이야기는 그냥 넘어가요. 어차피 믿기 힘들 테니
까. 대신 몇 가지 물어보고 싶은 게 있어요. 어려운 질문들은
아닌데 혹시 답이 가능할까요?"

"음… 뭐, 몇 가지라면 뭐."

아직 혼란이 가시진 않았지만 차라리 질문을 얼른 받아주고
떠나는 게 낫다는 생각에 차샤가 고개를 끄덕이자 유라는 다
시 씨익 웃었다.

"대재앙의 시대… 우리는 최후의 최후를 그렇게 불렀었는데,
혹시 알고 있나요?"

물론이다.

좀 전에도 체르니 왕국 때문에 떠올리지 않았나.

"알다마다요. 좀 전 출신지 듣고 바로 떠올렸는데."

"그때부터 얼마나 시간이 지났죠?"

"시간이라면……?"

"말 그대로예요. 대재앙 이후, 지금 이 시절까지의 시간."

"음… 문헌마다 다르긴 한데, 이백에서 삼백 년 정도는 지났을걸요?"

실제로 그 정도밖에 지나지 않았다.

대재앙에서 살아남은 이들은 역사를 기록할 생각조차 못 했다. 황폐해진 대지, 오염된 들과 산, 그리고 바다를 떠돌며 '생존' 그 자체를 위해만 움직였기 때문이다. 그래서 종이는 사치였다. 나무?

불을 피울 용도로 사용되는 게 전부였다. 그렇게 십, 이십 년의 세월이 지나며 생존에 대한 걱정이 사라지자, 그나마 살아 있던 기술자들에게서 전수받은 종이, 철강, 마법 등의 기술들이 발전하기 시작했다.

역사의 재시작은 그때쯤부터 기록됐다.

그래서 각지에서 작성하기 시작한 역사의 시발점이 달라 갭이 좀 있었다.

유라가 놀란 눈으로 물었다.

"그 정도밖에 안 지났어요? 근데 지금 대륙의 번영도가……."

"생존이 해결된 이후 얼마 지나지 않아 불이 붙은 마법과, 기술, 공업의 혁명시대에 엄청 발전했거든요. 각 국가에서 최우선적으로 행했던 게 인구수 늘리기와, 발전이었으니까요."

"음."

하긴, 그럴 만도 하겠다.

백년의 세월은 훌쩍 넘은, 이백 년의 세월.

작정하고 정책을 펼치면 인구수를 늘리는 건 사실 일도 아니었다. 그것도 휘드리아젤 대륙처럼 왕정의 힘이 강력해 독재가 가능한 곳이라면 말이다.

어쨌든 그렇게, 대륙은 다시 번성하기 시작했다. 물론 그 과정이 쉽지는 않았다. 수없이 많은 왕국이 생겨났고, 드넓은 평야를 위해 싸웠으며, 피를 흘렸다. 과거의 반복이란 현자들의 성토가 있었음에도 이는 멈춰지지 않았다. 그러던 영토 전쟁을 끝낸 건 강력한 3대 제국의 부활이었다.

조용히, 은밀히 세를 키워 이전 제국의 국호를 물려받은 이들은 강력한 경고를 했다. 하지만 당연히 이를 듣는 왕국은 별로 없었다. 이미 탐욕에 눈이 먼 자들에게 그런 경고가 먹힐 리도 만무했다.

하지만, 무력 행사로 인해 탐욕은 그 즉시 날아갔다.

과거의 마도 기술력을 바탕으로 재창조한 마력총과, 강력한 기마대, 바다는 물론 육지에서도 살벌한 전투력을 보여주는 집단의 힘은 반항하는 이들을 모조리 처단했다. 대륙은 그렇게 강제적인 평화를 이룩했다.

기술, 문화, 산업의 번영은 다시 가속도가 붙었다.

영토 전쟁을 하지 못하니 남아도는 자금력을 다시금 백성들을 위해 투자하기 시작한 것이다. 마도를 포함한 모든 산업의 가속도는 여기서 붙었다. 그렇게 다시 백여 년이 지났을 때, 대륙은 대재앙의 시대 이전의 성세를 회복했다.

그리고 지금 현 시대가 온 것이다.

부풀만큼 부푼 군사력.

이를 해방하기 위한 전쟁.

소모전이다.

3대 제국의 이해관계는 이러한 부분에선 아주 확실하게 일치했다.

"신기하네요."

설명을 다 들은 유라의 담백한 감상평에 차샤는 그냥 묵묵부답으로 일관했다. 사실 이러한 역사에 그다지 관심이 있는 편이 아니었다. 노엘이 무식하면 일 못 한다고 강제적으로 주입한, 아주 단편적인 역사 줄거리만 알고 있을 뿐이었다.

애초에 머리 쓰는 편이 아닌 차샤다 보니 이런 설명에도 솔직히 익숙하지 않았다. 아니, 하고 싶지 않았다.

"그럼 삼대 제국의 전쟁도 멈췄고… 루야."

"응?"

"이거 우리 때랑 너무 비슷하지 않니?"

"그렇긴… 하네. 우리도 삼대 제국의 전쟁이 멈춘 다음, 그 새끼가 각성했으니까."

각성?

귀가 쫑긋 서는 단어였다.

궁금했지만 차샤는 일단 끼지 않고 묵묵히 듣기로 했다.

"간신히 봉인해 놨는데……. 대체 누가 푼 걸까?"

"글쎄? 누가 풀든 풀었겠지. 그러니 영혼만 넘어갔던 우리가 다시 본래의 육체로 돌아온 거고."

영혼? 넘어가?

'어디를? 아니, 그보다 무슨 대화가 이래? 이해가 되는 게 하나도 없냐.'

심지어 선문답도 아니었다.

그런데도… 제대로 이해되는 단어의 뜻을 빼면 하나도 없었다.

"그럼 그 새낀, 다시 제국으로 돌아갔겠네."

"아마도… 그 미친놈이 포기할 놈은 아니잖아."

"그렇지. 음… 가면 황권부터 장악했을 거고."

"전력을 몰아 다시 대륙을 멸망시키려 들겠지."

멸망……?

대륙을?

차샤는 눈이 반짝반짝 빛났다.

주거니 받거니 툭툭 날아다니는 대화 속에서 이제야 좀 자신도 아는 얘기가 나오는 것 같았다. 대륙 멸망. 그것은 지금 차샤를 포함한 석영 일행, 그리고 대륙에 존재하는 모든 각성자들이 막으려고 준비하는 제1과제였다.

그런 대륙 멸망에 대한 얘기가 나오니 눈이 반짝거리지 않을 수가 없었다. 그리고 그런 차샤를 유라가 보고는 놀란 표정을 지었다. 근데 정작 차샤가 더 놀랐다.

'눈… 감고 있는데 어떻게 날 보는 건데?'

그게 놀랍고, 신기했다.

그런 차샤의 생각을 아는지 모르는지 유라가 그녀를 향해 입을 열었다.

"혹시 멸망에 대해, 뭐 하는 게 있어요?"

"그게."

차샤는 이걸 설명해야 하나, 말아야 하나 고민이 됐다. 하지만 어차피 상대도 다 알고 있는 것 같았다. 각성이란 단어에, 멸망이란 단어까지 나왔으니 이는 거의 확실했다. 차샤는 그래서 천천히 자신이 겪은 것, 본 것, 들은 것을 최대한 간단하게 설명했다.

유라의 표정에는 점점 놀라움이 생겨났다. 그리고 그건 여태껏 표정의 변화 없이 듣고만 있던 다른 3인도 마찬가지였다.

"세계수가… 직접?"

"네. 저나, 다른 이들의 각성은 세계수가 직접 진행했어요."

"오… 신기하네요. 우리 때는 우리가 직접 각성했는데……."

우리 때는?

역시 이해할 수 없었다.

"그럼 얘기가 빠르겠네요. 지금 흉황, 그 미친 작자가 알스테르담을 장악 중일 거예요."

"흉황."

차샤도 각성 중, 그렇게 불렀다.

하지만 지금 명칭이 중요한 게 아니었다.

차샤는 고개를 털어 잡생각을 날리고, 다시 본론으로 들어갔다.

"그자가 지금 강림했나요?"

"네, 우리보다… 먼저."

"먼저?"

"믿지 안 믿을지는 자유지만, 나를 포함한 여기 동생들과 발바롯사, 알스테르담, 요하네스, 그리고 악시온의 각성자들이 놈을 봉인했었어요. 발록 사막에 있는 세계수의 신전에서요."

"아."

차샤는 본 것 같았다.

흐릿하지만 푸른 수정 같은 것에 갇혀 있던 불길한 사내를 분명 본 것 같았다. 기묘한 것은 그자와 대치하는 방향에서 스무 개가 넘는 수정을 같이 봤다는 점이었다.

'그럼, 이들이……?'

그때 흉황과 맞서 싸운 각성자들?

"아… 골이야."

말도 안 되는 얘기지만, 석영과 한지원의 존재를 생각하면 말이 안 되는 것도 아니었다. 과거의 망령? 아예 차원을 넘어온 이들도 있었다. 그러니 저게 말이 안 되도, 사실은 말이 안 되는 게 아니었다.

"저와 제 동생이 다시 깨어나고 보니, 그대로 봉인되어 있던 수정이 하나도 없더군요. 다 깨져 있었어요."

"다 깨져 있었다면……."

"네 우리보다 이전에 전부 깨어났다는 뜻이에요. 문제는 그 안에 흉황, 그자도 끼어 있다는 점이고요."

"……"

벌써 깨어났다니… 전혀 예상도 못 하고 있었다. 꿈속의 기억으로 석영은 물론 전원, 어느 시점에 딱! 강림하는 줄 알았기 때문이었다. 하지만 이상하다? 차샤는 고개를 갸웃했다. 뭔가가… 달랐다.

꿈속의 기억과는 진행되는 게 다른 부분이 있다는 게 거슬렸다. 하지만 정확히 어디가 다른 건지, 안타깝게도… 차샤의 추리력으로는 추론이 불가능했다. 그래서 차샤는 일단 기억만 하고, 추리는 쿨하게 포기했다.

어차피 자신이 한다고 되지도 않을 게 분명했기 때문이었다.

"그럼."

"저희는 알스테르담으로 가는 길이었어요. 가서… 확인해야 하니까. 대재앙이 다시 일어나는 것만큼은 반드시 막아야 하니까요."

"그건 동감이에요."

그 처절하고, 통곡이 가득한 재앙이 벌어지는 것만큼은 차샤도 무조건 사양이었다.

"그래도 다행인 건… 이전에 비교해 상황이 나쁘지 않다는 점이에요. 어쩌면, 흉황을 막을 첫 번째 세계가 될 수도 있겠고……."

"……."

모른다, 이 말뜻도.

차샤는 고개를 도리도리 저었다.

"그만!"

"네?"

“제가 머리가 그리 좋은 편이 아니라 더 들어도 소용없어요. 알스테르담으로 간다고 했죠? 거기 갔다가, 프란 왕국으로 와 줄 수 있나요?”

“그야… 어렵지 않아요.”

“그럼 부탁해요. 더 말이 잘 통하는 제 동료들이 다 거기 있으니까.”

“음… 알았어요.”

“얼마나 걸릴까요?”

“프란 왕국이 멀지 않으면… 한 달이면 올 수 있어요.”

빠르다…….

말을 타고 달려도 그 정도는 걸릴 거리였다.

하지만 가타부타 말을 달진 않았다.

“그런데.”

그때 여태 조용히 있던 잿빛 머리 사내가 처음으로 차샤를 똑바로 바라보며 말문을 열었다.

“왜.”

칼질을 했던 인간에게 대답이 곱게 나갈 리가 없는 차샤였다. 그런 그녀의 대답을 들은 잿빛 머리 사내가 피식 웃고는 말을 이었다.

“아까 그 아이들, 어디로 데려가는 거지?”

“납치라도 하는 것 같아서 그러냐?”

“아니라고 보긴 힘든 그림이던데?”

스멀스멀, 다시금 불길함이 가득한 기세가 흘러나왔다. 차샤는 인상을 팍 찡그렸다. 이자가 강한 건 알겠는데, 이상하게도 반발심을 불러일으키는 불쾌감을 가진 자였다.

"신경 꺼. 남이사 아이들을 데리고 가건 말건 뭘 상관이야. 대뜸 칼이나 휘두르는 새끼가."

"큭."

픕!

유라가 차샤의 말에 웃음을 터뜨렸다. 란스라고 불린 거구의 사내도 씩 웃었고, 오직 미오라 불린 여인만 아무런 미동이 없었다. 차샤의 신경질적인 말을 사내 말고, 유라가 받았다.

"예전에도 그런 적이 있었어요. 저렇게 아이들을 멀리 보내는… 혹시, 전쟁상인을 만났나요?"

"어……? 어떻게 알았어요?"

"그가 그랬었거든요. 청룡왕 요한의 도움을 받아. 어쩌면 지금 이 세상에 살고 있는 이들은 그때 전쟁상인이 피신시킨 이들의 후손일지도 몰라요."

"잠깐… 그럼 전쟁상인 그 사람들도 대재앙의 시대에 살았던 사람이에요?"

"네, 저희와 함께 흉황에 맞서 싸웠죠."

"……"

근데 왜?

아니, 그들은 각성에 대한 얘기를 했다.

이는 미묘하게 비틀어져 있었다.

"확실한 건 저도 그들을 만나봐야 알 수 있어요. 서로 확인은 해봐야 하니까.”

“음… 잠깐만요. 그럼 혹시 알스테르담의 미친개도?”

“맞아요.”

“둘은 만났다고 했는데요?”

“그래요?”

반짝, 차샤는 신기하게도 여전히 눈을 감고 있는 유라가 눈을 반짝였다는 생각을 해버렸다. 하지만 곧 정신을 차리고 다시 말을 이었다.

“분명히 그랬어요. 프란 왕국으로 오는 도중 분명히 만났다고.”

“음… 휘안 소령의 머리에서 나왔겠네요, 그럼.”

“네?”

“일단 자세한 건 왕국을 찾아가 다 풀어줄게요. 슬슬… 움직여야 할 시간이라.”

“네.”

차샤는 그냥 고개를 끄덕여 대답했다.

본래라면… 왜 중간에 끝내는데! 하고 짜증을 냈을 테지만 지금은 그럴 수가 없었다. 앉아 있던 셋이 유라의 손짓에 일사불란하게 움직여 자리를 정비하고는, 바로 떠날 채비를 끝냈다. 차샤는 하아, 속으로 한숨을 내쉬었다.

머릿속이 아주 뒤죽박죽이었다.

“그럼 오늘은 여기서 헤어지고, 다음에 왕국에서 봐요.”

“아 네.”

눼… 하듯 대답이 나가 버린지라 유라가 다시 픕, 짧게 웃었다. 그 모습이 또 그렇게 아름다울 수가 없어 차샤는 분한 마음을 저도 모르게 느꼈다.

"그럼 다음에……"

쉭.

바람 소리가 작게 나고 나자, 네 사람은 차샤의 눈에서 사라져 있었다.

"허."

낌새도 느낄 수 없을 정도로 빨랐다. 기척은 잡혔다. 이미 굉장히 먼 거리를 내달리고 있었다. 그렇게 느껴지던 것도 잠시, 기척은 어느새 연기처럼 꺼져 버렸다. 차샤는 그 자리서 잠시간 가만히 서 있었다. 그녀가 다시 움직인 건 10분쯤 지나서였다.

"이게 뭐냐……"

에휴.

허탈한 목소리로 그렇게 말하고, 한숨을 내쉰 차샤의 신형도 어느새 쉭! 꺼지듯이 사라졌다. 그렇게 차샤까지 사라지자 물을 뿌려 재가 된 모닥불만이 사람이 있었다는 것을 반증해 줄 뿐, 숲은 이전의 고요함을 찾아갔다.

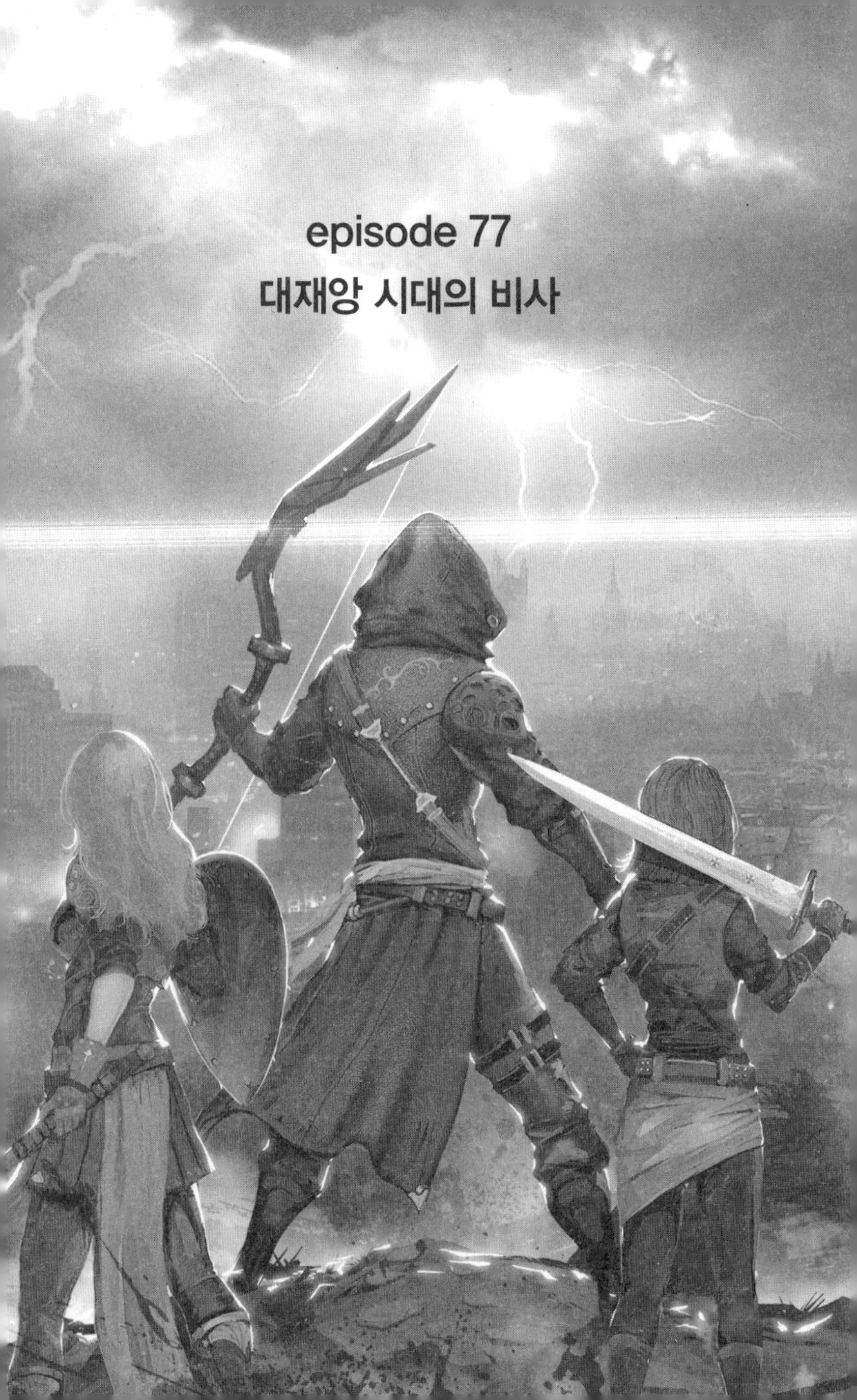
episode 77
대재앙 시대의 비사

시간은 참 빠르게도 흘렀다.

차샤가 프란 왕국에 도착하고 이 주가 흘렀다. 왕국에 도착한 아이들은 일주일간 잘 먹고, 잘 씻고, 잘 쉬다가 다시 서남쪽을 향해 이번엔 아리스의 인도하에 떠났다. 아리스가 떠나고 며칠 지나지 않아 차샤와 교대하듯 올라간 나창미가 아이들을 인솔해 출발했다는 소식이 들어왔다.

왕국은… 매우 바빴다.

마리아 여왕이 직접 나서 왕국 각지를 돌며 연설을 했다. 왕국에서 여왕이 가지는 신뢰도는 가히 절대적, 석영과 버금갔으니 이들을 설득하려면 그녀가 나서는 게 최선이었다. 그리고 그걸 아는지라 왕녀는 스스로 자청, 왕국을 돌아다녔다. 물론 그녀가 나서서 왕국민을 설득하고 돌아다닌다고 해서 모든 게 순탄치만은 않았다.

생이별이었다.

연령 제한을 15세로 잡았기 때문에 아직 부모의 품이 필요한 아이들은 당연히 가지 않겠다고 떼를 썼다. 당연한 일이었다. 하지만 부모들은 필사적으로 아이들을 설득했다. 그들은 여왕의 말을 믿었고, 왕국의 영웅인 저격수조차 장담할 수 없는 적의 존재를 있는 '그대로' 받아들였다.

그래서, 다 갈 수 없으니 아이들만이라도 살리기를 원했다.

여왕의 침중한 표정에서 직감한 것이다.

본인들은 물론, 여왕 스스로조차 생사를 장담할 수 없음을.

그리고 여왕은 선언했다.

자신 또한, 가지 않겠음을.

왕국이 술렁였다.

하지만 발 빠르게 진화 작업도 나섰다.

슬퍼할 시간을 최소화시킨 것이다. 전쟁은 언제 일어날지 모르고, 어디서부터 시작될지 모른다. 그러니 가능한 빠르게 아이들만이라도 보내야 한다는 노엘의 의견에 따라 호송단이 꾸려졌고, 북부서부터 시작해 모집된 아이들을 바로바로 대륙 서남쪽으로 보냈다. 모든 행렬에는 초인이 동행했다.

마적단 정도야 호송대원으로도 충분하지만 가는 도중에 거쳐야 하는 왕국에서 이상한 짓을 할 경우, 호송대로는 부족한 상황을 염려한 조치였다.

대륙 중부의 강대국으로 급부상한 프란 왕국의 행동에 주변 국이 들썩였지만, 마리아 여왕은 요점만 간략하게 정리한 서신을 보냄으로써 입을 닫았다. 어차피 아무리 설명한다 한들, 각성자가 없는 한 믿기 어려운 현실이었기 때문이었다. 왕국 자체에서 1차, 2차 호송단이 나가고, 전쟁상인 쪽에서는 무려 4차 호송단을 보내면서 시간은 쏜살같이 흘렀다. 그리고 그때쯤, 차샤가 1차 호송에서 만났던 과거의 '영웅'들이 프란 왕국을 찾았다.

여인 둘과, 사내 둘.

나이는 대략 이십대 초중반 정도, 그렇게 많아 보이진 않았다.

하지만 석영은 그들을 보면서 묘한… 기분에 사로잡혔다.

특히, 일행의 리더라 할 수 있는 눈을 감은 여인은 봤을 때는 정말 처음으로… 소름이 끼쳤다.

*　　　　　*　　　　　*

'뭐지, 이 기분은?'

차를 마시는 여인을 뚫어져라 바라보던 석영은 도대체가 설명되지 않는 기분에 미간을 잔뜩 찌푸렸다.

오묘하고, 요상했다.

석영이 이런 기분을 느낀 적이 있던 사람은, 오직 한지원이 유일했다. 평상시에는 평범한 여인과 다를 바가 없는 한지원이지만, 전투 상태에 들어갔을 때, 특히 작정하고 실력을 끌어 올때의 한지원은 정말 기묘한 기세를 풍겼다.

그건 마치 석영이 스스로에게 느끼는 괴리감과 비슷한 느낌이었다.

그러한 느낌을 어떻게든 설명해 보고자 한다면.

'인간이 아닌, 그래, 그런 분위기…….'

그런, 인세와 동떨어진 분위기를 석영은 아주 확실하게 그녀에게서 느낄 수 있었다. 그래서 유추가 가능한 것도 있었다.

'강하다.'

이 여인은 강했다.

이는 굳이 붙어보지 않아도 장담할 수 있었다. 실제로 한지원도 그녀에게서 뭔가를 느꼈는지 입꼬리를 미묘하게 끌어 올린 채 웃고 있었다. 그리고 그 여인뿐만이 아니었다. 잿빛 머리의, 지금의 상황이 전혀 관심 없는지 그저 무료한 표정으로 처음부터 지금까지 일관중인 사내… 이 사내에서도 석영은 심상치 않은 느낌을 받고 있었다.

여인이 기묘함과 신비함이 있다면, 사내는 그 자체로 불길했다. 칙칙한 머리색 때문이 아닌, 분위기 자체가 그랬다.

석영은 저 분위기 또한, 자신과 닮아 있음을 알았다.

타락 천사, 루시퍼.

신화 속에 존재하는 '악마' 중, 아주 대표적인 존재다. 그 존재 자체로 '신'과 버금가는 몇 안 되는 악마이기도 했다. 그런데 그런 분위기가 저 잿빛 머리 사내에게서도 똑같이 풍겼다. 물론 다른 부분은 있었다.

자신이 존재 자체로 파멸과 악에 가깝다면, 저자는… 그 안에 신성함이 엿보였다.

'불길함 속에 깃든 신성함이라니.'

이 무슨 아이러니일까.

찻잔을 내려놓은 여인이 석영을 바라봤다.

분명 눈을 감고 있었다.

눈꺼풀이 전부 내려와, 눈동자가 보이지도 않는데 석영은 아주 확실하게 여인이 자신을 보고 있음을 '인지'했다. 이는 명확한 시선이었다. 그냥 각도만 맞춘 게 아니라, 여인이 자신을 보고 있다는 걸 확실히 알았다.

대체 어떻게?

잠시 의문을 품었던 석영은 그냥 더는 생각하지 않기로 했다.

어차피 본인도 설명이 불가능한 존재가 되어가고 있었다. 그런 상황에 자신과 비슷한 사람이 없으리란 보장도 없었다. 아니, 애초에 한지원의 존재로 예상도 하고 있었다. 석영이 그런 생각을 할 때쯤, 여인이 석영을 보곤 조용히 입술을 말아 올렸다. 조소는 아닌데… 뭔가 사람의 심기를 딱! 건드리는 그런 미소였다.

하지만 석영은 그 미소에 흔들리지 않았다.

이제는 도발에 관련된 어떠한 행동에도 부동(不動)을 유지할 수 있는 수준이 되었기 때문이었다.

서로 통성명을 하고, 차가 나오고 20분쯤 시간이 지났다.

슬슬 지루했는지, 잿빛 머리 사내가 자세를 바로 했다.

"누님, 언제까지 탐색만 할 거야? 이럴 거면 여긴 왜 왔어?"

"그러게, 우리도 바쁜데 슬슬 본론으로 들어가야지."

스윽.

여인의 시선이 차샤에게 넘어갔다.

"저번에 저와 했던 대화는 전했나요?"

차샤는 그녀의 질문에 고개를 끄덕였다.

그녀는 오자마자 바로 석영과 한지원 등에게 여인을 만났던 일을 전했다. 그 얘기를 들은 석영은 적잖은 충격을 받았었다. 아직 강림 전이라고 생각했는데 웬걸… 차샤가 했던 말이 맞으면 흉황은 이미 깨어나서, 제국 중 최강이라는 알스테르담을 흡수하는 과정에 있기 때문이었다.

발 빠르게 나서서 아이들을 보낸 이유도 사실 그 때문이었다. 조금이라도 지체하다가는 각성때 봤던 것처럼 아이들의 울부짖음을 다시 한번 볼 것 같아서였다.

"얘기가 빠르겠네요. 그대들이 보았던 존재, 그리고 우리가 싸웠던 존재는 이미 깨어났고, 마도제국을 접수했어요."

"벌써요?"

"네, 그는… 정신계 권능을 아주 강력하게 발현시킬 수 있어요."

"정신계 권능?"

한지원이 고개를 갸웃하자, 신비한 여인, 유라가 고개를 끄덕였다.

“굉장히 강력해요. 한순간에 수천, 수만을 지배하에 둘 수 있을 만큼요.”

“……”

그녀의 말에 한지원은 물론, 석영까지 전부 침묵했다. 정신계 권능, 즉 세뇌가 가능하다는 뜻인데, 솔직히 그게 말이……

‘되네.’

부정하려던 석영은 각성 당시 보았던 영상을 다시 한번 떠올리며 수긍해 버렸다. 맹목적으로 달려들던 흉황의 권속이 떠오른 것이다. 그는 그 혼자서도 강력했다. 세계를 그대로 멸망시킬 수 있는 수많은 권능이 있었다. 그러면서도 지치지 않는 끝없는 정신력도 같이 보유하고 있었다.

그런 존재이니… 말이 안 될 것도 없었다.

유라는 석영을 포함한 3인의 반응을 보고, 더 말을 이었다.

“게다가 굉장히 정교한 세뇌가 가능해요. 예를 들면 아주 깊게 섬기는 주군을 하루아침에 자신으로 바꿔 버릴 정도예요. 사랑, 가족, 그 어떤 감정도 그의 세뇌를 이겨낼 수 없어요.”

“대항 자체가 불가능한 겁니까?”

석영이 묻자, 유라가 천천히 고개를 끄덕였다.

“반은 그래요. 현재의 우리들은 저항할 수 있어요. 이겨낼 수도 있겠지요. 각성자 이전의 초인이라 불리는 단계에 있던 이들도 저항은 할 수 있어요. 하지만, 벽을 깨지 못한 이들은 절대로 그자의 세뇌를 이겨낼 수 없어요.”

“……”

절대로.

세상에 절대적인 건 없다고 생각했던 석영이지만, 지금만큼은 인정했다. 그자는… 한계가 없는 자라는 걸 빌어먹게도 잘 알고 있었기 때문이었다.

"수십만의 권속이 생긴 거예요. 또한, 알스테르담 소속 초인들 대부분이 넘어갔어요. 미친개 일행만 빼면 말이죠."

"초인."

"그리고 그 초인들은, 그자의 힘을 받아 매우 강력해졌어요. 우리가 아니면 대적 불가일 정도로."

"……."

초인.

강하다.

하지만 상대 못 할 정도는 아니었다. 애초에 석영과 한지원이 각성 전에도 혼자 잡았을 정도였다. 각성하고 나서는 그리 어렵게 생각하지도 않았다. 보이는 즉시 죽일 수 있다고, 장담할 수도 있었다.

그런데, 지금 저 여인은 초인이 흉황의 힘을 받아, 각성자가 아니면 상대 불가능할 정도로 강력해졌다는 말을 했다.

"실제로 붙어도 봤어요. 초인 중에서도 가장 약했던 자가 지금은 각성자급의 전투력을 가졌어요."

"아… 골치 아프네요. 그런데, 왜 아직 움직이지 않는 겁니까?"

"흉황은 미치광이가 아니에요."

“…네?”

이건 의외였다.

석영이, 한지원이, 모든 이들이 보았던 흉황은 그냥 광인에 가까웠다. 제 정신이 아닌, 맹목적인 의지로 세계, 차원을 파멸하는 자였다. 그런데 흉황이 미치광이 아니라니? 당연히 고개를 갸웃할 수밖에 없었다.

그런 석영의 반응에 유라가 한숨을 내쉬었다.

“어디서부터 설명을 해야 할지… 참 난감하네요. 사실 흉황이 이미 알스테르담을 장악한 것도 중요하지만, 더 중요한 얘기가 있답니다.”

“더 중요한 얘기요?”

“네, 바로 얘기할게요. 여러분들은 다차원을 믿나요?”

“다차원이라면……”

“평행 차원과 비슷한 개념이죠.”

“음……”

평행 차원이라.

믿기지 않아도 솔직히 믿어야 하는 상황이었다. 이유는 딱 하나, 이미 봤기 때문이었다. 자신의 두 눈으로 확실히 목격했기 때문이었다. 그래서 석영은 말없이 고개를 끄덕였다. 한지원도, 차샤도 같이 고개를 끄덕이고 나자 유라가 다시 말을 이었다.

“우리는… 체르니 왕국 출신들이에요. 전쟁고아였고, 이곳이 아닌… 전혀 다른 곳에서 온 분에게 거둬져 각각 무예를 전수

받았어요. 혹시 아는 분 있나요? 사부님은 대명제국이라는 곳
에서 오셨다고 했어요."

꿈틀.

그 말에 한지원이 잉? 하는 표정이 됐고, 석영은 그냥 골을
짚었다. 저 이름이 왜 여기서 나와?

석영은 머리가 아파오는 것을 느꼈다.

전혀, 전혀 예상치도 못했던 이름이었다.

한지원도 웃는 것도, 우는 것도 아닌 얼굴이 됐다.

대명제국.

조선과 비슷한 시기에 중국 대륙에 존재했던 명나라를 말함
이었다.

"아나요?"

"네. 후… 제가 왔던 곳에서 몇 백 년 전에 존재했던 나라 이
름입니다. 하."

대답을 하면서도 석영은 어이가 없어 한숨을 내쉬었다. 그런
석영의 행동에 고개를 갸웃한 그는 뒤이어 말을 이었다.

"역시 있었네요. 그곳에서 오신 사부님에게 무(武)를 배운 우
리는 체르니 왕국의 전쟁을 승리로 이끌었고, 프리드리히라는
제국의 이황자가 일으킨 대륙 전쟁에 참전했어요. 당시의 우리
는 강했지만, 그는 더 강했어요. 어떻게 그러한 권능을 익혔는
지는 의문이지만, 대륙 전체를 비탄과 통곡에 빠지게 만들었
죠. 하지만 우리는 결국 그를 봉인하는 데 성공했어요."

"성공했다고요?"

"네, 하지만 우리는… 같이 봉인당했죠. 세계수의 봉인에. 육신은 그대로 봉인됐지만 의식, 영혼은 다른 차원으로 이동했어요."

"……."

"……."

석영은 일단 듣기로 했다.

말이 되던 안 되던, 일단 다 듣고 나서 생각할 작정이었다.

차원 이동이라.

허무 맹랑한 말일까?

석영은 그건 아니라고 봤다.

일단 자신과 자신의 동료들만 해도 지구에서 이곳으로 넘어왔다. 이 또한 차원 이동이라 할 수 있었다. 다만 다른 게 있다면 자신들은 육신과 영혼이 같이 왔고, 저들은 그냥 영혼만 날아갔다는 점이었다.

"많은 곳을 봤어요. 전혀 새로운 세상, 차원, 그 수많은 차원을 돌며 저희는 강해졌고, 세상을 구했어요."

"…후우. 믿기 힘든 얘기지만 믿지 않을 수도 없겠군요. 저희도 비슷한 상황이니까."

"그렇군요. 그쪽 세상은 괜찮나요?"

"난리도 아닙니다. 몬스터가 출몰하고, 사람이 죽어나가고."

"자세히 듣고 싶어요."

그녀의 요청에 석영은 지구의 상황을 간략하게 설명했다. 약 5분 정도의 짧은 설명을 그녀는 말없이 들었다. 설명이 모두 끝났을 땐 고개를 끄덕이더니 옆에 있는 동생에게 물었다.

"비슷한 세상이 있긴 하네, 그치?"

"그러게 시스템, 이 사람이 말한 시스템은 분명 세계수일 거고… 언제나 느끼는 거지만 그놈은 너무 극단적이야."

"이해는 가는데? 그렇게 강제적으로 단련시키고, 또 단련시켜야 겨우 살아남을 수 있었을 테니까."

"그게 문제라는 거야. 그냥 재능 있는 놈들만 모아서 단련시키면 될 걸, 뭐 하러 힘없는 노약자나 여자들, 아이들까지 휘말리게 하냐는 거야. 너무 비효율적이잖아. 특히 애들은… 아직 재능을 개화하기도 전에 죽게 만들잖아."

"그건 그러네. 루 말이 맞아. 세계수가 좀 극단적이긴 하다. 그죠, 석영 씨?"

갑자기 화살이 휙 돌아와서 석영은 저도 모르게 고개를 끄덕였다. 엉겁결에 고개를 끄덕이긴 했지만 그 부분은 석영도 동의하는 바였다. 세계수, 시스템은 너무나 극단적이었다. 불특정 다수를 강제적으로 단련시키는 거라면… 이는 석영이 보기에는 너무나 비효율적이었다.

'아니, 어쩌면 발악일지도.'

흉황.

세계를 멸하는 자.

행성을 파괴하는 자.

그런 존재에게서 자신의 '집'을 지키려고, 발악하는 게 아닌가 싶었다. 사실 오래전부터 생각한 부분이었지만, 어차피 답이 안 나올 문제라 굳이 꺼내지 않았을 뿐이었다.

"시스템 문제는 넘어가고, 이제 흉황, 이 인간에 대한 얘기 좀 듣고 싶은데요?"

한지원의 말에 유라가 고개를 끄덕였다.

"대략적인 정보는 아까 말했던 것과 같아요. 그는 모종의 이유로 그 힘을 잃고 자잘하게 쪼개진 '신'과 비슷한 놈이에요. 그래서 각 차원을 돌고, 돌면서 본신의 힘을 나눠 가진 또 다른 자신을 흡수하죠. 세계가 멸망하는 건 그저 여흥에 불과해요."

"자신을… 흡수한다?"

"네. '신'이었던 존재이니… 그 권능은 아주 다양하고, 무시무시해요. 그런 권능이 모종의 사건으로 쪼개졌고, 지금은 그걸 찾는 과정이에요."

"……."

한지원은 어이가 없는지 그냥 침묵하고 말았다. 그런 그녀를 가만히 보던 유라가 다시 입술을 열어 보충 설명을 시작했다.

"그래서 저희는 바로 알스테르담으로 넘어갔고, 흉황을 확인했어요. 다행히 그는 아직 자신의 권능을 많이 회수하지 못했어요."

"우리가 각성 때 본 것만 해도 장난 아니던데요?"

"그건 권능을 많이 회수한 흉황이라 그래요."

"음……?"

"아아, 같은 시간대가 아니에요. 시간 축은 제대로 엇나가 있고, 흉황이 강력한 세상도, 아닌 세상도 있어요."

"이해가 잘… 안 가는데요?"

"간단하게 다시 설명하자면, 두 개의 차원이 있고, 한곳엔 흉황, 한곳에는 우리가 있다고 볼게요."

"네."

"흉황이 그 세계에서 자신의 권능을 흡수하면 더 강해지겠죠?"

"그렇겠죠."

"반대로 우리가 있는 세계에서 흉황을 잡으면, 흉황 본신의 힘도 약해져요."

"……."

뭐 그런… 어처구니없는 설정이 다 있지?

"그래서 우리는 계속해서 흉황을 처단해 왔어요. 그러다 시작 지점인 이곳으로 왔고요. 당신들은, 아마 이제 시작인 것 같네요. 저격수 당신은 빼고."

"우리도 당신들과 같은 운명이라는 건가요?"

"네, 아마도. 조합이 좀 섞여 있지만… 처음 보는 몇 분은 이제 시작이 맞아요. 그게 아니라면 각성을 했을 리가 없으니까요."

"……."

누구 마음대로?

석영의 얼굴에 미약하게 짜증이 서렸다. 하지만 같이 듣고 있던 한지원은 오히려 담담했다.

"우리 말고 더 있나요?"

"네, 많아요. 이미 만난 알스테르담의 광견 휘안 일행, 요하네스의 전쟁상인 일행, 그리고 청룡왕 요한과, 우리, 그리고… 거기 저격수 씨까지. 현재 밝혀진 바는 이렇게네요.”

“발바롯사는 없나요?”

“그쪽에도 각성자가 있긴 하지만… 우리 동료는 아니에요. 이미 흉황의 심복이 되었으니까요.”

“…….”

“본래 발바롯사에 있었어야 할 건… 당신이에요, 저격수.”

“응?”

석영은 난데없는 말에 눈을 동그랗게 떴다.

“철갑의 대주, 만병의 지왕. 당신을 칭하는 말이죠. 제가 처음에 봤을 땐 창이었고, 두 번째는 거대한 대도, 세 번째는 총? 마총사였고, 네 번째는 권총을 두 개를 다뤘고, 당신이 다섯 번째인데… 이번엔 활이네요.”

“…….”

어지럽다. 대화를 쫓아가기가 이번만큼은 솔직히 버거웠다.

‘내가, 또 다른 내가 있다고?’

이게 뭔 자다가 봉창 두들기는 소린지.

“확실해요?”

“그럼요. 저는 알 수 있어요. 외모는 달라도 영혼의 향은 변하지 않는 법이니까.”

피식.

그 말에 한지원은 실소를 흘리고는 석영을 바라봤다.

“그렇다네?”

“쯔.”

석영은 짧게 혀를 찼다.

뭔 소린지 모르겠지만 그냥 들리는 대로, 문자 그대로 이해하기로 했다. 또 다른 자신이 다른 차원에, 세계에 있다지만 그럼 뭐 어떤가.

"나는 생각한다. 고로 존재한다."

"웬 철학?"

"그냥, 나는 나, 이곳에 있는 게 진짜 나라고 생각하겠다는 거지."

"뭔가 어긋난 것 같지만… 뭐, 그냥 넘어갈게. 좋은 마음가짐이니까."

"당신은 안 혼란스러운가 보네? 혹시 알고 있었나?"

"어렴풋이… 내가 좀 예민해서 이런 저런 꿈을 잘 꾸거든."

피식.

세상에 전생, 혹은 다른 차원의 자신을 알게 해주는 꿈이 있던가? 하지만 한지원이니까 그냥 그러려니 했다. 석영은 시선을 유라에게 돌렸다. 하지만 말은 한지원이 먼저 꺼냈다.

"당신들은 이제 어쩔 거죠? 혼자 싸울 건가요?"

"어차피 세를 모을 시간도 없으니, 그럴까 해요. 독립부대라 생각해 주세요."

"흠… 그래요. 그럼 그렇게 하고, 대화는 여기서 마무리……."

드르륵!

쾅!

타이밍 참 기가 막히게 문이 거칠게 열렸다.

하지만 다들 누가 오는지는 알고 있었다. 오렌 공작이었다.

"헉헉."

거칠게 숨을 몰아쉬는 그를 보며, 석영은 직감적으로 어떤 일이 터졌다는 걸 알 수 있었다. 물론, 석영 말고도 전부 눈치챘는지 눈빛이 착 가라앉았다. 눈빛이 변하자, 기세 또한 일변했다.

그런 기세에 순간 흑! 하고 질린 오렌 공작이지만, 다시 표정을 수습하곤 말문을 열었다.

"시작됐네."

"……."

"……."

일동 침묵.

그런 침묵을, 오렌 공작이 재차 깨뜨렸다.

"전쟁이… 시작됐네."

전쟁.

대륙 멸망 퀘스트의 진행형이고, 확장판이라고 할 수도 있었다. 이전 전쟁에서 보상을 받지 않았던 만큼, 진짜 본편은 지금부터였다.

평화는 채 6개월을 가지 못했다.

알스테르담의 서부군 40만이 서진을 시작했다.

40만. 일개 군단치고는 과하게 많은 군이 인접 왕국을 일주일 만에 초토화시키는 걸 시작으로 대전쟁의 서막이 울렸다.

이들은 강했다. 강력함이라는 게 뭔지, 아주 철저하게 보여줬다. 마력포와 마력총의 조합은 달려드는, 도망가는 적병과 앞을 가로막는 성문 따위는 확실하게 찢어발겼다.

게다가 제국 첩보대를 이용한 지휘관 암살은 물론이고, 새까만 묵갑을 입은 초인들이 적진을 뒤집어 버렸다.

40만의 병력은 단 한 달 만에 왕국 세 개를 궤멸시켰다.

말도 안 되는 파괴력.

흡사 아이와 어른이 정면으로 붙는 것처럼, 게임 자체가 되질 않았다. 이해가 가지 않을 정도의 괴력을 보여주는 알스테르담 서부군 때문에 다음 타깃이 되는 주변국들은 황급히 백성을 피난시키고, 군을 합치는 등 동맹을 맺었다. 여덟 개의 중소국이 쥐어짜서 병력을 모으니 근 30만 가까이 모집됐지만, 그 병력은 세 번의 전투로 채 오만을 남기지 못하고 또 궤멸해 버렸다.

문제의 초인… 때문이었다.

검붉은 기운이 넘실거리는 창과 칼을 들고 초인 열댓 명이 전장에 난입하니 문자 그대로 궤멸해 버렸다.

알스테르담 제국의 전략은 간단했다.

초인 난입.

마총사수 부대로 전열을 초토화시키고, 그 다음 중갑보병과 경갑기병 부대를 출병시켜 적을 유린하는 것.

이 심플한 작전은 앞을 막는 모든 걸 찢었다. 예외란 없었다.

개전 두 달.

암스테르담 서부 방향 왕국 10개가 패망당했다.

이것만 해도 기가 막힐 노릇인데, 더 골 때리는 사실은 마치 풀 한 포기도 남기지 않는 멸망전이라도 벌이려는 것처럼 지나가는 모든 곳을 파괴했다는 점이었다. 왕국도 마찬가지였다. 사로잡은 왕족, 귀족은 모조리 죽였고, 포로는 모두 본국으로 송환시켰다. 그러면서 병기시설, 전략시설 등은 확실하게 박살내는, 마치 역사에서 지워 버리겠다는 것처럼 움직였다.

그때쯤, 제국의 심장부를 지키는 중부군 또한 움직였다.

하지만 진격 방향이 동부여서 수많은 전술가들의 고개를 갸웃거리게 만들었지만, 그 이유는 금방 밝혀졌다.

동부, 북부군은 제국의 입장에서는 반란군이었다.

제국의 황녀이자 검의 여제, 엘리자베스가 이끄는 동부군, 제국의 수문장, 진군 저지자가 이끄는 북부군이 제국 황제에게 반기를 들었고, 중부군과 격돌했다.

치열했다.

중부군과 동부군은 일진일퇴를 거듭했다.

같은 무기, 같은 병력, 그리고 비슷한 실력의 지휘관들.

게다가 기이하게도 강력한 초인과, 검의 여제 휘하에서 움직이는 광견 휘안 소령이 하루가 멀다 하고 전장 이곳저곳을 쓸고 다니면서 깃이 왔다 갔다 했다.

다시 한 달이 지났다.

대륙의 알스테르담 제국의 서부군은 엄청난 진격 속도로 결국 대륙의 중부까지 뚫고 들어왔다. 하지만 대륙 중부는 이미 프란 왕국을 주축으로 방어 전선이 처진 후였다. 패배를 모르던 서부군, 이제는 악몽군으로 불리는 군단은 이곳에서 최초로 진격을 멈췄다. 진격을 멈춘 것만이 아니었다.

괴물, 학살자라 불리는 제국의 초인 둘이 나섰다가 저격수의 저격에 그대로 고혼이 되어버렸다.

그렇게 두 곳의 전장이 형성됐고, 일진일퇴를 거듭했다.

피가 강처럼 흘렀고, 시체는 산을 이루었다. 하루가 멀다 하고 시체 타는 냄새가 천지를 진동시켰다.

이곳이 인세(人世)인가, 지옥(地獄)인가 헷갈릴 정도로 고통에 찬 비명이 울렸고, 절규가 뒤따랐다.

죽음이 너무나 흔한 곳이 되어버렸다.

천공에는 죽음을 찾아다닌 다닌 독수리가 항상 맴돌았다.

하지만 아는 사람들은 알고 있었다.

아직, 제대로 된 전쟁은 시작도 안 했다는 것을.

episode 78
대륙 종말 전쟁

프란 왕국과 우르크 왕국의 국경, 석영이 맡은 전선이 있는 곳이었다. 평야보다는 숲과 협곡, 암석 지대가 많은 이곳으로 전선을 잡은 이유는 알스테르담 왕국의 마총사수들을 견제하기 위해서였다. 평야에서 전투를 펼칠 경우 마총사수들은 너무나 위협적이었다. 게다가 마력포를 이용한 포격은 말할 것도 없었다.

물론 알스테르담 군이 이에 응해주지 않으면 이쪽에 진지를 설치해도 무용지물이지만, 노엘은 절대로 이곳을 피해갈 수 없게 전략을 짰다. 현재 석영이 있는 곳이 가장 선두고, 좌우로 군이 있지만 모두 후방 배치였다. 그래서 무시하고 들어가는 순간 석영의 부대가 빙 돌아 후미를 점할 수 있는 상태였다.

그래서 이쪽을 무시할 수가 없었다.

교전은 심심치 않게 벌어졌다.

알스테르담 군이 자랑하는 제국 첩보대와, 한지원 팀은 하루가 멀다 하고 전투를 벌였다. 하지만 기이하게도 사상자가 단 한 명도 발생하지 않았다. 이는 호각이기 때문이었다. 양측의 전투력이 거의 똑같아서 싸움이 벌어져도 사상자가 발생하지 않았다. 게다가 근접전보단 지형을 이용한 원거리 전투였다.

그러다 보니 더 사상자가 생기질 않았다.

물론 이 전투에 석영은 나서지 않았다.

석영이 나서서 체력을 소모하기에는 영 수지 타산이 맞지 않기 때문이었다.

쾅!

또 암벽으로 이루어진 산의 한 축이 무너져 내렸다.

하지만 진지에 있던 병사들은 아무도 놀라지 않았다. 하루가 멀다 하고 터지는 폭음이기 때문이었다.

"언니 또 시작했네."

진지에서 무기를 닦던 한지원의 말에 석영은 고개를 돌려 그녀를 바라봤다.

"창미 씨 나갔어?"

"응, 몸이 근질근질 하다더니 나가더라고."

석영은 그 대답에 고개를 끄덕였다.

그녀라면 충분히 그러고도 남을 성격이기 때문이었다.

"그나저나 아영이한테는 아직도 연락 안 왔어?"

“아직. 오래 걸리네.”

“흠… 분명 보낼 때는 괜찮았는데. 출산이 늦네.”

산달이 되고 나서 전쟁이 다시 터지는 바람에, 석영은 아영을 어쩔 수 없이 아이들과 함께 보냈다. 당연히 무슨 말도 안 되는 소리냐며 난리가 났었다.

아이를 가지고 그렇게 화가 난 아영이를 처음 봤을 정도였다. 하지만 한지원까지 가세해 그녀를 설득, 거의 억지로 같이 보냈다.

눈에 불길을 켜고, 이를 악문 그녀는 정말로 무서웠지만 석영으로서는 어쩔 수 없는 판단이었다.

이제 곧 터질 것 같단 예측이 아니라 실제로 전쟁은 터졌고, 무시무시한 전력으로 중부로 전진 중인 알스테르담 군을 아영이를 곁에 두고 막는 건 석영이라 하더라도 무리였다. 그리고 그러한 걸 아영도 알고 있었다.

그럼에도 가기 싫다고 떼를 쓴 건 당연히 석영의 곁에 있고 싶어서였다.

사랑하는 사람.

곧 태어날 아기.

양측에서 고민한 그녀는 결국, 후자를 선택했다. 물론 그걸 선택하게 만든 건 석영이었다.

반드시 살아 돌아가겠다고, 굳게 약속한 것이다. 가는 동안 몇 번의 편지가 왔지만, 어찌 된 영문인지 지금은 편지가 오질 않고 있었다.

무슨 일이라도 생긴 걸까?

석영은 적잖이 걱정이 됐지만 당연히 티를 낼 수 있는 입장이 아니었다.

"너무 걱정하지 마. 마지막에 보낼 때 진료한 결과 아이도, 산모도 모두 건강했으니까."

"아영이는 강하니까."

"후후, 맞아. 아영이는 강하지. 아마 세상에서 가장 강한 엄마가 될 거야."

"아영이라면."

아이를 품에 등에 업고, OPG를 끼고, 한 손에는 방패를, 한 손에는 오거엑스든 아영이를 상상하자, 누구도 넘볼 수 없는 아우라가 느껴졌다. 초인이건, 각성자건 아이를 해치려는 놈은 그냥 반 토막 내버릴 것 같았다. 아영이라면 정말 그러고도 남았다.

"전선 움직임은 어때?"

석영은 화제를 바꾸고자 다른 질문을 했다.

"글쎄… 좋은 것도 나쁜 것도 아니지, 아직은. 이상하게 이놈들 신중하게 움직이네."

"흠."

작전 입안이나, 판세를 훑어보는 눈은 역시 석영보다 한지원이 좋았다. 실제로 군 장교 출신인지라 판을 읽는 눈은 석영에 비할 바가 아니었다.

"전략가가 있어."

"전략가?"

"응, 판을 읽을 줄 아는 느낌이야. 석영 씨에게 초인 두 놈이 뚫리고 나서 움직이는 게 엄청 조심스러워졌잖아?"

"그렇지."

실제로 석영이 둘을 해치우자 이놈들은 매우 조심스럽게 움직였다. 이럴 수가 있나? 싶을 정도로 조심스러운 움직임이었다. 그래서 계속해서 첩보대를 이용한 암살, 주변 지역 정보만 계속해서 수집하고 있었다.

"여태껏 무패 진군을 계속했는데도 갑작스럽게 전략을 바꿨다면, 그에 맞춰 대응하는 머리를 갖췄다고 보는 게 맞을 거야."

"골치 아프게 됐네."

"골치 아프지. 저렇게 나오면 상대하기 더 까다로워. 후, 그냥 가서 목을 따고 올까?"

한지원의 말에 석영은 피식 웃었다.

저 생각 석영이라고 안 해본 게 아니었다. 하지만 저들도 바보가 아니다. 전략이 누구의 머리에서 나오는지는 정말 철저하게 숨기고 있었다. 이전 귀산자처럼 말이다.

"누군지나 알고?"

석영이 그렇게 묻자 한지원은 바로 고개를 도리도리 저었다.

"그걸 몰라서 지금 이렇게 칼만 갈고 있지."

"알면 바로 달려 나갈 기세네?"

"물론. 자고로 전쟁에서 머리 쓰는 족속들은 최우선적으로

제거해야 돼. 그리고 그걸 놈도 아니 철저하게 숨고 있는 거
고."

쾅……!

우르릉!

갑자기 폭음과 동시에 뇌성이 울었다.

그 소리에 석영과 한지원은 잠시 흠칫! 놀랐다가 곧바로 막
사 밖으로 나갔다. 저 멀리 암벽산이 무너져 내리고 있었다.

"이 언니가 진짜!"

한지원은 인상을 팍 찡그리곤 바로 몸을 날렸다. 잔영이 일
더니 순식간에 시야에서 사라진 그녀의 뒤를 따라 석영도 내
달렸다. 순식간에 진지에서 사라진 둘은 전투가 벌어지고 있는
암벽산이 잘 보이는 곳으로 올라왔다.

쾅!

콰르릉!

화력이 집중됐는지 산 정면이 아예 무너지기 시작했다.

"뭐지? 제대로 붙었는데?"

"여태 조용하다가……."

"화력이 집중됐어. 저건 아예 언니 잡겠다고 벼르고 있는 것
같은데? 이 언니… 뭔 짓 했구만?"

한지원은 씩 웃었다.

그리곤 김선아가 대선해 준 무전기를 통해 통신을 넣었다.

치익.

"베이스캠프다. 상황 설명해."

치익.

―나창미 중위가 적진 병참기지를 급습, 테러 완료 후 현재 도주, 교전 중.

피식.

그 사이 또 초인의 목을 하나 땄나 보다.

어이쿠.

가장 중요한 곳을 기습했다.

석영은 전장의 공기가 서서히 변해가는 걸 느꼈다. 분노한 것이다. 은밀한 곳에 조성한 병참기지를 때렸으니, 열이 받는 게 당연한 일이었다.

치익.

"아주 제대로 움직였네? 전황은?"

치익.

―현재 적 초인과 마총사수 부대, 마력포 이문이 움직이고 있습니다.

절절한 분노가 느껴졌다.

한지원은 석영에게 힐끔 시선을 줬다.

석영도 그 시선을 느끼곤 고개를 끄덕였다.

"마력포를 맡지."

"땡큐. 그럼 난 마총사수 쪽으로 갈게."

치익.

"지원부대 빼고, 전 대원 집결."

칙, 칙.

칙, 칙.

그 통신이 끝나자마자 바로 버튼만 눌렀다가 떼며 신호가 계속 들려왔다. 석영은 인벤토리에서 김선아가 만들어준 헬멧을 꺼내 쓰고, 바로 몸을 날렸다. 달리는 도중 석영은 귀 옆에 있는 버튼을 눌렀다.

삑!

소리가 나면서 바로 통신이 들어왔다.

—석영아? 전투 나갔어?

"네. 소리 못 들었어요?"

—아, 미안. 공방 안이야.

"지금 움직이는 중이거든요? 제 위치에서 가장 가까운 곳에 있는 마력포 좌표 좀 따주세요."

—오케이!

석영은 큼직한 바위 뒤로 일단 몸을 숨겼다. 김선아가 만들어준 헬멧의 성능은 정말 끝내줬다. '아이언' 하면 떠오르는 유명한 히어로 영화에서 콘셉트를 따 만든 헬멧은 김선아가 날린 수많은 드론을 토대로 적의 움직임은 물론, 자체적으로 가진 센서로 접근하는 적의 위치까지 전부 잡아준다.

이것만 해도 장난이 아닌데 방어력도 끝내줬다. 석영도 정체를 알 수 없는 재료로 만든 투구는 한지원의 칼질도 버틸 정도로 단단했다. 좀 답답한 감이 있지만, 그 정도는 방어력과, 그 외에 옵션을 생각하면 아무것도 아닐 정도였다.

아예 석영을 로봇으로 만들고 싶은지 요즘 김선아는 하루가 멀다 하고 기절하는 고통을 참아가며 오버. 아니, 블랙 테크놀로지를 이용해 전신 슈트를 만들고 있었다.

'지금은 팔을 제작 중이라고 했던가……?'

석영은 조만간 하늘을 날아다니며 저격을 하는 날이 올 것 같았다.

─찾았다. 현재 위치 시야도 따졌을 때, 한 시 방향으로 사백 미터!

김선아의 무전에 석영은 바로 일어나 몸을 날렸다.

─전방 오십미터 적 둘!

"라져."

두드드득!

석영은 바로 시위를 걸어 당기고, 통합 감각을 펼쳤다. 그러자 감각이 순식간에 확장되면서 김선아가 말해준 적의 위치가 잡혔다. 위치를 파악한 석영은 지체 없이 시위를 놨다.

투웅!

쇄애애액!

퍽!

퍼걱!

숨이 끊어지는 두 번의 소리. 석영은 순식간에 시체가 된 적 둘을 스쳐 지나갔다. 그리곤 김선아가 계속해서 전달해 주는 위치로 빠르게 내달렸다. 5분쯤 달린 석영은 마력포가 보이는 산봉우리에 도착했다.

고오오오.

도착했을 때 이미 마력포가 빛을 빨아들이고 있었다.

새하얀 포신. 포신에 새겨진 마법 문자들이 빛을 발하고 있었고, 그 근처에 마찬가지로 새하얀 로브를 입은 마법사들이 대기하고 있었다. 공격 마법은 사용할 수 없는 마법사들이지만 저들이 마력포에 마력을 주입하면 성문 따위는 단방에 박살 내는 마력포의 운용이 가능해진다. 알스테르담 제국의 전투력의 한 축을 담당하는 마력포는 한지원과 노엘이 가장 위험하다고 판단한 전략 무기였다. 물론 석영이나 한지원 같은 초인들은 충분히 피할 수 있지만 그렇지 않은 병사들에게는 재앙 수준이었다. 여태 알스테르담 군에 밀린 왕국은 저 마력포를 막지 못해 속수무책으로 밀리고, 밀리고, 밀리다 멸망했다.

보이는 족족 반드시 박살 내야 하는 무기가 바로 저 마력포였고, 저 무기를 제대로 못 쓰게 만들기 위해 이렇게 불편한 공간을 전선으로 설정했을 정도였다.

석영은 바로 정신을 집중하고, 시위를 당겼다.

휘이이.

새까만 어둠이 몰려들어, 거대한 화살을 형성하기 시작했다. 그리고 한계까지 부풀었다고 생각되는 순간, 석영은 시위를 놨다.

퉁.

오히려 반동 없이 조용히 하늘로 솟구친 대형 화살이 그대로 수직으로 꺾이며 떨어지기 시작했다.

화살을 쏘아 보낸 석영은 자신의 저격을 확인하고 우왕좌왕

하는 마법사들과 병사들을 조용히 바라봤다. 악의는 없었다. 그저 쳐들어왔으니, 처리할 뿐이었다. 사람을 죽이는 취미는 없지만, 내 사람을 지키기 위해서라면 악마라도 될 다짐을 이미 끝낸 석영이었다.

콰앙……!

화살은 그대로 아무런 저항 없이 마력포에 꽂혔고, 그대로 마력포를 박살 냈다. 그리고 거기서 끝내지 않고 조각난 어둠을 사방으로 흩날렸다. 동시에 마력포가 머금고 있던 마력이 해방되며, 주변으로 폭사됐다.

콰앙……!

이차 폭발.

석영은 상체를 바싹 숙여 폭발을 피한 뒤, 주변이 고요해지자 두 번째 목표를 잡아 움직였다. 석영의 저격에 이미 마력포를 돌려 도망치기 시작하는 게 보였지만 석영은 다시 말없이 시위를 당겼다. 미안하지만, 석영은 저들을 조용히 돌려보낼 마음이 조금도 없었다.

석영이 두 대의 마력포를 모두 해결했을 때, 한지원도 마총 사수 부대를 쓸어버리고 있었다. 석영만 김선아의 도움을 받은 게 아니었다. 한지원의 팀은 물론, 발키리 팀도 같이 도움을 받았다.

한지원 팀은 사격, 발키리 팀은 방어에 치중한 도구들이었다. 하지만 그것만으로도 두 팀의 전투력은 극적으로 올라갔다. 생물체를 드론을 이용한 거리 측정으로 자동으로 표적을 잡아주는 시스템이 탑재된 고글과, 관절 부위를 제외한 방어도 구였다. 나창미가 적진 병참기지를 터는 바람에 이번엔 전투가 제대로 붙었고, 그 도구의 효능이 이제야 빛을 보기 시작했다.

서격!

한지원의 칼날이 막 총구를 들이미는 마총사수의 목젖을 갈라 버렸다.

"오……."

그녀는 너무나 손맛이 좋은 칼의 성능에 만족했다. 그녀의 무기도 '초합금제조'란 특별한 기술로 탄생한 무기였다. 10톤 트럭의 충격에도 버틴다고 김선아가 장담했으니 강도야 의심의 여지가 없었다. 하지만 그런 강도보다 더욱 마음에 드는 게 바로 절삭력이었다. 단단한 바위도 두부처럼 쑥 갈라 버리는 절삭력은 그녀의 마음에 정말 쏙 들었다.

부슝!

부슝!

마력총이 위력적이긴 하다.

웬만한 사슬갑주 같은 건 그냥 뚫어버리는 관통력을 지녔고, 그로 인한 무궁무진한 전술 활용으로 인해 마도제국의 전투력의 한 축을 담당하고 있었다.

하지만 몸을 숨긴 채, 고글의 도움을 받아 명중률 100% 저격에는 속수무책이었다. 일백의 마총사수가 차디찬 바닥에 고꾸라지는 데 걸린 시간은 채 10분도 걸리지 않았다.

치익.

―문보라입니다. 주변에 잔여 적군 없습니다.

칙.

"수고했어. 애들 보내서 총기 수거해 가. 가져가서 바로 선아 치프한테 보여주고."

치익.

―네. 지금 보내겠습니다.

치익.

후우.

그녀는 입에 담배를 문 채 주변을 천천히 돌아봤다. 피 냄새가 짙게 올라오는 전장의 한복판에서 태우는 담배는 골 때리게도 요상한 기분을 선사하곤 했다. 지금이 딱 그랬다. 텅 빈 것 같은 공허함. 살아남았다는 안도감, 그리고 이런 인생을 살아야 함에 대한 한탄까지. 하나로 정의 내릴 수 없는 그런 기분이 됐다.

하지만 그녀는 베테랑이다.

그냥 느껴질 뿐이지, 그 감정에 휘둘리진 않았다.

담배를 다 태울 때쯤 팀원 다섯이 나타나 마력총을 수거하기 시작했다. 가장 가까이 있던 총을 들어본 그녀는 생각보다 나가는 무게감에 잠시 놀랐다. 그리곤 돌려가며 확인을 했다. 총구, 총신, 방아쇠까지는 보이는데, 그 외에 다른 건 보이지 않았다. 대신 총신 전체에 양각된 마법 문자만이 은은한 빛을 발하고 있었다.

"흠."

그녀의 기준으로는 참 요상한 물건이었다.

콰앙!

다시금 폭음이 터졌다.

하지만 이번엔 마력포로 인한 굉음은 아니었다. 산자락이 잘게 부서지는 걸 확인한 그녀는 무전을 할까, 하다가 그냥 기다렸다. 아직 나창미에게서 무전이 먼저 오지 않았다는 건 그녀가 충분히 견딜 만한 전투라는 뜻이었다.

그리고 만약 호각이라면 작은 변수가 승패를 가리기도 한다. 무전에 그녀가 반응해 원래 반응해야 할 공격에 늦게 반응하면? 최악의 경우가 나오고 만다.

"가보겠습니다."

"그래, 가서 바로 전달해."

"네."

팀원들이 떠나고 잠시 뒤에 다시 쾅! 콰앙! 폭음이 연달아 몇 번을 더 울렸다. 그러나 그녀는 여전히 기다림을 택했다. 그 선택이 옳았던 걸까? 10분 쯤 뒤에 드디어 나창미에게 연락이 왔다.

치익.

─잡았다! 하, 새끼… 거 귀찮게 하네, 정말!

피식.

나창미의 무전에 실소를 흘린 그녀는 버튼을 눌렀다.

"잡았어?"

칙.

─응, 사로잡으려고 했더니 좀 오래 걸렸네? 소란 피워 미안.

"미안은 무슨. 잡았으면 된 거지, 뭘. 근데 언니. 병참기지까지 갔다며?"

─그것도 미안… 근데 탐색 중에 거슬리는 기운이 느껴져서, 몰래 보고만 온다는 게 모르고 트랩을 밟았어. 하하. 그래서 그냥 화끈하게 터뜨리고 왔지.

피식.

이것도 역시 나창미다웠다.

하지만 그녀는 이미 벌어진 사건에 대해 크게 왈가불가하는 성격이 아니었다. 게다가 전공까지 세웠으니 기를 세워주기로 했다.

"잘했어. 내 좌표 확인하고 이쪽으로 와. 사로잡았다는 놈 확인 좀 하게."

─알았어. 그런데 놈이 아니야. 년이야, 년.

"년이야? 박 터지게 싸우던데?"

─골치 아픈… 어쨌든 가서 얘기해. 지금 끌고 갈 테니까.

"응."

무전을 끝내고 30분 뒤, 몰골이 말이 아닌 나창미가 축 늘어진 사람 하나를 질질 끌며 등장했다. 그리고 타이밍 좋게 석영도 도착했다. 도착한 석영은 일단 나창미의 몰골에 뜨악 하는 표정을 지었다.

설마 천하의 나창미가 이 정도로 험한 꼴을 당했을지 예상도 못 했기 때문이었다.

“고생했나 봐요?”

“어후, 귀찮은 스타일이었어. 마법사? 보호막을 치고 천둥번개를 때리고 불덩이 던지는데 귀찮아 죽는 줄!”

“호.”

그녀의 대답에 석영도 흥미로운 시선으로 정신을 잃은 채 축 늘어진 적의 초인을 바라봤다. 마법사. 전쟁상인 일행 중에 마법사가 있다는 소리는 들었다. 거긴 마검사도 있어서 ‘마법’에는 다른 의미로 알스테르담 제국과 비견될 만큼 발달한 곳이었다. 유저 중에서도 있었다. 라이트닝 스톰을 천지가 울릴 정도로 꽂아대는 여마법사가 있었고, 아영이와 함께 간 문호정만 하더라도 힐러였다.

그러니 마법사 자체는 그리 특별할 게 없는데… 적진의 초인이라니 관심이 가는 정도였다. 수통에서 물을 얼굴을 뿌리자 마법사가 낮은 신음과 함께 정신을 차렸다. 하지만 눈꺼풀이 올라오자 셋은 동시에 인상을 썼다.

눈이 마치 썩은 동태 눈깔처럼 풀려 있었다.

심지어 동공마저 지워져 있는 것 같았다.

“이게 흉황의 정신 세뇌인가 보네.”

“이건 신문이고 뭐고 소용없겠는데?”

“동감. 고생해서 잡아오긴 했는데, 이걸 어쩌지?”

마법사다.

틈을 주면 반드시 주변에 피해를 입히는 마법사 말이다. 세뇌를 풀거나, 마법을 금제하는 방법을 모르는 지금, 데려가 봐야 아무런 소용도 없었다.

"언니, 정리하고 와."

"그래."

"석영 씨, 가자."

한지원의 재촉에 석영은 고개를 끄덕이곤 그녀를 따라나섰다. 잠시 뒤, 우득! 우드득! 두 번에 걸쳐 섬뜩한 소리가 미약하게 들렸다. 석영은 그 소리에 쓴 미소를 지었다. 저 마법사는 무슨 죄가 있을까.

흉황이라는 희대의 악마에게 정신이 세뇌당했고, 자신의 의지가 아닌 타인의 의지로 전장에 나섰다. 그리고 나창미에게 사로잡혀, 결국 죽음을 맞이했다. 본래의 정신이 있는지 없는지 모르지만 자신이 죽는 것조차 모르고 있다면 개죽음도 이런 개죽음이 없었다.

'어쩌겠어. 저게 저 초인의 운명인 것을……'

운명.

이 빌어먹을 단어는 석영도 그리 좋아하지 않았다. 그리고 믿지도 않았었다. 하지만 지금은 믿어야만 하는 상황이었다. 자신을 포함한 각성자들은 전원, 지긋지긋한 전투를 끝없이 이어나가야 하는 지독히도 더러운 운명들을 타고났다. 그걸 다른 초인에게 들었지만 석영은 그 말을 신임했다.

석영은 달리던 도중 문득 아영이가 생각났다.

어쩌면 지금쯤 태어났을 아이도 생각났다.

갑작스러운 생이별.

어쩌면 석영은 아영이의 운명도 이런 건 아닌가 걱정이 됐다.

'그렇다면 진짜 최악인데.'

아니, 아니지.

석영은 고개를 저어 생각을 털어냈다.

벌써부터 안 좋은 생각을 할 필요는 없었다. 두 사람이 막 진지에 도착하자 작전에 나갈 때와는 다르게 매우 소란스러워져 있었다.

"무슨 일이지?"

석영이 고개를 갸웃하자 한지원이 성큼성큼 사람들이 모여 있는 곳으로 향했다. 석영도 그녀의 뒤를 따랐다. 그녀가 움직이자 뭉쳐 있던 병사들이 바로 길을 텄다. 그러자 마치 불길이 이는 것 같은, 붉은 사자 머리의 여성이 다리를 꼬고 앉아 육포를 질겅질겅 물어뜯고 있었다. 처음 보는 여성이었다. 그러면서도 마치 산책이라도 나온 것 마냥 여유로워 보였다. 힐끔, 한지원을 발견한 붉은 머리 여성이 씩 웃고는 자리에서 일어났다.

웃음이 시원시원한 걸로 보아 굉장히 자유로워 보이는 성격 같았다.

"저격수?"

"누구?"

"청룡왕 요한의 사자로 온 누렌나할이다."

청룡왕 요한?

이곳에 없다고 들었는데?

하지만 석영은 그게 중요한 게 아니라고 생각했다. 이 빌어먹을 곳에선 별의별 일이 다 벌어지니까. 아니, 유라가 그때 마지막에 깨어났다고 했으니 그 이전에 이미 다른 각성자들은 전부 자신들의 대지로 돌아갔을 것이다.

"찾아온 용건은?"

"요한의 전언."

"전언?"

"……."

말없이 고개를 끄덕이는 누렌나할을 보면서 석영은 한지원을 힐끔 바라봤다. 그러자 그녀가 잠시 생각하더니 고개를 끄덕였다. 들어보자는 뜻이었고, 석영도 거기에 동의했다.

"자리를 옮기지."

"시원시원해서 좋네."

석영은 그 대답을 듣고 바로 몸을 돌려 지휘부 막사로 향했다. 무슨 말인지 일단 궁금하긴 했다.

*　　　　*　　　　*

"흠."

"……."

청룡왕 요한이 보낸 전언을 다 들은 석영과 한지원은 탄성과 침묵을 택했다. 요점은 일단 이해했다. 요약하지만 이런 내용이었다. 시간이 지나면 지날수록 흉황은 본신의 권능을 되찾을 것이고, 그렇게 되면 상대하기 매우 벅차니 차라리 지금 각성자 팀을 만들어 심장부로 돌격, 흉황을 제거하자. 이런 내용이었다.

'흉황이 아직 전면에 나서지 않은 것도 그런 이유인가.'

그는 미치광이가 아니라고 했다.

오히려 굉장히 이성적인 악마라고 했으니 자신이 지금 대륙에 있는 각성자들을 상대할 수 있을 만큼 힘을 되찾은 게 아니란 판단을 내렸고, 그래서 힘을 보충할 때까지 전면에 나설 생각이 없다. 이렇게 이해할 수도 있었다.

"우리가 빠지면 이곳 전선은? 속수무책으로 밀릴 텐데?"

침묵을 깨며 한지원이 한 말에 석영도, 건너편에 앉은 여인도 고개를 끄덕였다. 각성자가 빠지면 알스테르담 군 초인들을 상대할 방법이 없었다. 나창미 정도 되는 전투력을 가지고도 적 초인과 굉장히 치고받은 끝에 겨우 사로잡았다. 문보라였다면? 못 잡았을 것이다. 그녀의 전투력도 굉장하지만, 권능을 개척하진 못했기 때문이었다. 석영도 초인과 싸워봤다.

'타천 활이 없었다면.'

아마 굉장히 곤욕을 치렀을 정도로 흉황의 힘을 이어받은 초인들은 까다로웠다.

"그런데도 힘을 합치자는 건 여기 병사들을 버리자는 말밖에 안 돼."

"최소한의 전력만 남겨두는 건?"

"최소한이라면… 각성자 몇 명을 빼놓고 움직이자는 건가?"

"그것도 좋겠지. 하지만 확실한 건 시간을 더 이상 줘서는 안 된다는 거야. 그 미친 새끼는 지금도 조금씩, 야금야금 지 힘을 되찾고 있는 중일 테니까. 실제 본신의 힘을 반이라도 되찾게 되면… 장담하지. 대륙은 무조건 멸망이야."

"……."

그녀의 말에 한지원은 대답하지 못했다.

석영도 마찬가지였다.

저 말은 허투가 아니었다. 공갈을 친 것도 아니었다. 석영도 각성 도중 확실하게 그 부분은 확인했다.

그러니 저 말대로… 차라리 지금 치는 게 답인 건 맞았다. 하지만 앞서 말한 이유 때문에 바로 고개를 끄덕이기가 어려웠다. 만약, 이곳에 남게 한 각성자가 초인에게 잡히는 경우가 생기면… 프란 왕국을 포함한 대륙 중부, 서부는 그대로 멸망이었다. 알스테르담 군은 그만한 전력을 확실히 보유하고 있었다.

"어떻게 하고 싶어?"

한지원이 드물게 선택권을 석영에게 넘겼다. 선택권을 넘겨받은 석영은 당연히 장고에 들어갔다.

이 문제, 쉽게 선택할 수 없는 문제였다.

석영은 생각은 장고로 이어졌다.

쉽게 결정할 수가 없는 게, 이건 아무리 봐도 대를 위한 소의 희생으로 이어질 가능성이 너무 높았다. 그리고 그 말은 석영이 정말 싫어하는 말이었다. 왜? 왜 대를 위해 소가 희생되어야 하지?

학창 시절, 대학교 시절, 그리고 1년도 다니지 않았던 회사에서도 몇 번이나 겪었고, 그때마다 정말 진저리를 쳤었다. 왜 노엘이 단방에 화력을 집중할 수 있는 넓은 평야를 내버려 두고 이곳에 진을 짰겠나.

다 병사들의 피해를 최소한으로 줄이고 싶은 석영의 의도를 읽었기 때문이었다. 그런데 지금, 그런 생각을 뿌리부터 흔드는 문제가 등장했다.

사실 건너편 암산과 협곡 쪽에 주둔하고 있는 알스테르담 군은 진짜 주적이 아니었다. 진짜 주적은 마도제국의 심장부에 있는 흉황, 프리드리히란 자였고, 그자를 잡아야만 이 지랄 같은 상황이 완전히 끝난다.

그러니 그자가 힘을 더 회복하기 전에 잡아야 하는 게 맞는데… 자신들이 떠나고 나면 뒤를 받칠 병사들에게 너무 미안했다. 석영이 사라진 걸 알면 대대적인 공격이 시작될 거야 이미 기정사실이다.

그럼 피해는? 누가 남을지 모르지만 남게 될 각성자의 목숨도 위태위태해질 것이다.

"아… 미치겠네."

석영은 결국 그렇게 혼잣말을 했고, 한지원은 그런 석영을 보며 물었다.

"결정 못 하겠어?"

"응, 이거 쉽게 결정할 문제가 아닌 것 같아서. 나나 당신이 떠난 걸 적진에서 파악하게 되면 분명 전 병력을 움직일 건데, 그럼 병사들의 피해가 너무 커질 것 같아서."

"많이 변했네?"

"그러게. 나밖에 모르던 내가 나 말고 다른 사람을 생각하게 됐으니 많이 변하기야 했지. 그보다 당신 생각은 어때?"

"나? 음… 난 찬성이야. 갔으면 좋겠어."

"왜지?"

"가는 게 맞으니까. 전쟁을 끝내려면, 그 개자식을 잡아야 하고, 그 개자식을 하루라도 빨리 잡으면 저쪽 지휘관들에게 걸린 세뇌도 풀릴 거고. 그럼 모든 게 해결이잖아?"

"……"

그렇기야… 하다.

석영도 그 생각을 안 한 건 아니었다.

"석영 씨, 나, 둘은 가고, 차샤까지 데리고 가자. 나머지는 이곳에 남게 하고. 창미 언니 포함해서 셋이면 충분히 막을 수 있을 거야. 그리고 똑똑한 노엘도 있잖아. 오렌 공작도 있고. 셋이면 우리가 끝장 볼 동안 충분히 막을 수 있어."

한지원의 말에 석영은 잠시 생각 뒤, 고개를 끄덕였다. 한지원은 굳이 말하지 않았지만 동료들을 믿으라는 말을 하고 있었다.

"혼자 모든 걸 짊어지려고 하는 건 우리 요한이랑 똑같네."

그때 앞에 있던 누렌나할의 말에 석영이 고개를 돌려 바라보자, 그녀는 그냥 어깨를 으쓱하는 걸로 대답을 대신했다.

"그럼 결정?"

"언제까지 가야 되나요?"

"빠르면 빠를수록 좋지. 나는 여기서 대답을 듣고 바로 전쟁 상인 일행한테 갔다가 마도제국으로 향할 거야."

"그럼."

바로 움직여야겠군.

알스테르담까지의 거리가 적지 않으니, 준비하고 바로 출발해야 했다.

"어디로 가면 되지?"

"제국 남부 슬리핑 포레스트."

어딘지 모르지만 그 정도는 물어물어 충분히 갈 수 있었다. 석영이 고개를 끄덕이니 누렌나할은 바로 자리에서 일어났다. 그녀는 이어 씩 웃은 뒤 손을 내밀었다.

"잘 부탁해."

"저희야말로."

"그럼 난 전쟁상인에게 가봐야 하니 그만 실례하지."

"……."

석영이 고개를 끄덕이자 그녀는 바로 밖으로 나섰다. 석영과 한지원이 따라서 막사를 나왔을 때, 이미 그녀는 시야에서 멀찍이 사라져 가고 있었다. 잠시 사라져 가는 그녀를 빤히 보던 석영이 다시 막사로 돌아왔다.

막사로 돌아와 의자에 털썩 앉았다.

치익.

후우.

담배를 꺼내 입에 문 그녀가 불을 붙인 후 무전기를 빼 들었다. 원래 배우를 했던 여자라 그런지 그 모습에서 퇴폐미가 물씬 풍겼다.

치직.

―각성자 전원, 오렌 공작님, 별일 없으면 지휘부 막사로 좀 와주세요. 급한 용건이 생겼어요.

그녀가 무전을 날리고 얼마 지나지 않아 바로 가겠다는 대답이 줄줄 들려왔다. 30분이 채 지나지 않아 각성자 전원과 오렌 공작이 막사에 모였다.

다 모이자 한지원은 좀 전에 청룡왕의 전언을 빠르게 전달했고, 그 말에 다들 신중한 얼굴이 됐다. 이곳 전선에서 가장 강력한 전력인 저격수와 한지원, 그리고 제대로 권능을 개화 중인 차샤까지 셋이 빠진다.

특히 집단 난전에서 특수작전까지, 전천후 전투에 가장 최적화된 셋의 이탈은 전력에 크나큰 손실이 생기게 될 것이다. 하지만 얘기를 들어보니 안 갈 수가 없었다. 전언을 들고 온 여인의 말처럼 흉황이 점점 능력을 되찾고 있다면, 차라리 지금 가서 잡아버리는 게 나았다.

"문제는 이쪽이네, 그럼?"

나창미의 말에 석영은 고개를 끄덕였다.

"그렇지. 우리가 빠진 걸 알면 반드시 제대로 붙어보려고 밀어붙일 테니까. 그럼 아무리 잘해도 피해가 생길 수밖에 없어. 최악의 경우 전선에서 밀릴 수도 있고. 그리고 우리가 흉황을 잡는다는 보장도 없고.”

“그 정도는 감수해야지. 호랑이를 잡으려면 호랑이 굴에 들어가란 말 몰라? 적장을 잡으려면 적진으로 들어가야지. 호랑이 잡기 실패 따위는 아예 생각하지도 말고. 그냥 밀어붙여. 여기는 우리가 최대한 막으면 되니까. 그리고 지원이까지 가는데… 나는 실패할 것 같진 않은데?”

나창미의 말에 석영은 당장 어떤 대답을 해주기 어려웠다. 하지만 이미 결정이 난 상태였다.

짝짝.

분위기를 환기시킨 한지원이 시선을 다 끌어모은 뒤, 선언하듯 말했다.

“나, 석영 씨, 그리고 차샤까지 셋은 바로 출발할 거야. 이쪽 진지는 창미 언니가 맡아주고, 나머지는 노엘과 아리스가 각각 한 군데씩 맡고, 오렌 공작님이 지금처럼 뒤에서 서브를 해주세요.”

“알겠네.”

“……”

“넹.”

그녀의 말에 각기 다른 대답이 흘러나왔다. 그 대답을 들은 한지원이 석영에게 시선을 돌렸다.

“석영 씨? 준비하자. 먼 길 될 것 같으니까 최대한 챙겨.”

"……."

석영도 말없이 고개를 끄덕여 대답을 하곤 바로 자리에서 일어났다.

"아, 잠시만. 이거 가져가게."

나가는데 오렌 공작이 건네주는 편지를 받은 석영의 눈빛에 반가움이 떠올랐다. 석영에게 편지를 보낼 사람이야 딱 정해져 있었다. 숙소로 돌아와 편지를 읽은 석영은 저도 모르게 씩 웃었다.

편지야 당연히 아영이의 자필 편지였고, 내용은 아이를 낳았다. 예쁜 공주님이다, 이름은 오빠 바람대로 지었다, 오빠는 건강하냐, 이런 내용이 적힌 편지였다. 석영은 빠르게 답장을 적었다.

오랜만에 써서 그런지 할 말이 많아 술술 써 내려가, 20분 만에 후딱 편지를 쓴 석영은 바로 짐을 싸기 시작했다.

1시간.

밖으로 나오자 사위가 고요했다.

대륙의 명운이 걸린 한판을 벌이러 가는 석영이지만 한지원도 석영도 당연히 조용히 가길 원했다.

다만 각성자들만 모여 셋이 떠나는 길을 배웅했다.

잘 다녀와, 조심해, 꼭 살아와 같은 말은 다들 하지 않았다. 그저 서로 마주 보고 고개만 끄덕이는 걸로 인사를 대신했다. 해가 지고, 달이 떠오르기 시작했다. 잠시 기다리자 완전한 어둠이 세상을 잠식했고, 그때가 되어서야 석영은 몸을 날리기 시작한 한지원을 따라, 같이 몸을 날렸다.

＊　　　　＊　　　　＊

　마도제국 알스테르담.

　휘드리아젤 대륙 최고의 번영 국가이고, 살기 좋은 제국이라 소리를 듣지만 지금은 그저 악(惡)의 제국이란 소리만 듣는 대륙 역사상 최악의 국가였다. 그런 제국을 향해 석영은 3주간 동쪽을 향해 달린 끝에 알스테르담 남서부 경계선에 도착할 수 있었다. 제국은 확실히 남달랐다. 국경 경계선일 뿐인데도 마치 옛날 독일, 베를린처럼 높은 장벽이 쳐져 있었다. 물론 셋에게 이 정도는 별 장애물도 아니었기 때문에 가뿐히 넘어갈 수 있었다.

　그렇게 제국에 진입해 하루를 더 이동한 끝에 석영은 작은 도시에 들어갈 수 있었다. 성문 통과는 이미 한지원 팀이 김선아를 통해 예전에 만들어두었던 위조 호패를 사용하니 별 의심 없이 바로 통과가 됐다.

　안으로 들어선 한지원은 도시를 둘러보고는 감탄을 터뜨렸다.

　"이야… 이건 뭐, 수준이 다른데?"

　석영도 신기한 눈으로 도시를 둘러봤다.

　확실히… 프란 왕국과는 차원이 달랐다.

　일단 잘 닦여진 길과, 비가 와도 문제가 없게 곳곳에 만들어

놓은 배수 시설, 공용 화장실과 샤워장을 설치해 도시 위생 상태도 아주 좋게 만들어놨다. 그게 끝이 아니었다. 환경미화원처럼 곳곳에서 같은 복장을 한 채 쓰레기를 수거하는 사람들이 있었다.

도시 규모로 보아 대략 3만에서 4만 사이의 작은 도시인 것 같은데도 아주 쾌적한 환경을 조성하고 있었다.

숙소를 잡고 1층에 모인 석영과 한지원, 차샤는 간만에 음식다운 음식을 시키고 기분이 상당히 좋아졌다. 김이 모락모락나는 음식은 오래 지나지 않아 나왔다. 음식은 맛있었다. 특이한 향신료 냄새가 나긴 했지만 고수처럼 거슬리는 향은 아니었다. 식사를 끝마친 셋은 맥주 한 잔을 시켜놓고, 앞으로 일정에 대해 얘기를 나누기 시작했다.

"얼마나 남았지?"

"이제 일주일?"

남서부에 위치한 슬리핑 포레스트.

잠자는 숲.

오면서 알아본 결과 그곳은 제국에서도 금지로 취급받는 곳이었다.

오직 그곳에서만 자생하는 요상한 나무가 뿜어내는 수면향은 일단 맡게 되면 무조건 기절하듯 잠에 빠지고, 당연히 잠든 상태에서는 영양분을 공급받지 못하니 결국에는 죽음에 이르게 되는 곳.

그래서 금지(禁地)이자, 금지(禁止)가 된 곳이었다.

물론 석영은 그 안으로 들어갈 생각은 없었다. 자신이 각성 자이긴 하지만 굳이 도전해 볼 생각은 없었기 때문이었다. 게다가 누렌나할도 슬리핑 포레스트로 오라고 했지, 안으로 들어오란 말까진 하진 않았다.

그래서 접선 방법은 그곳에 가면 자연히 알게 될 거라 생각했다.

"가면 다 있으려나?"

어제 한지원과 연습 한판 붙었다가 한쪽 눈이 퉁퉁 부을 정도로 얻어맞은 차샤의 말에 석영은 고개를 끄덕였다. 석영이 오면서 생각해 본 결과 최소 네 개의 파티가 모일 거라 예상됐다.

제국의 광견 휘안.

청룡왕 요한.

전쟁상인 소랑.

명왕기사 루.

요즘 대륙을 쩌렁쩌렁 울리는 각성자들의 이름이었고, 흉황에 대적하는 구원자들이었다. 물론 석영의 이름도 그 안에 있었다. 아주 심플한 저격수. 딱 세 단어로 말이다. 하지만 그 누구도 저격수를 무시하지 않았다.

무적의 저격수.

그가 뚫지 못하는 건 신이 와도 뚫지 못한다는 말이 있었고, 그가 맞추지 못하는 건 세상에 존재하지 않을 거라는 '전설'을 품고 있는 게 바로 석영이었다. 다시 본론으로 돌아가서, 현재 팽팽하게 제국 동부에서 치고받고 있는 광견은 오지 못할 거라고 봤고, 그 외에 자신을 포함한 넷은 모일 거라고 석영은 생각했다.

"청룡왕 요한이라. 참 거창한 별명이지 않아?"

한지원의 말에 석영은 고개를 끄덕였다.

다른 이들은 심플하다.

명왕이란 호칭을 받은, 유라의 동생이라는 기사가 있긴 하지만 그의 별명은 어딘가 칙칙했다. 하지만 청룡왕이란 단어는 달랐다. 다른 단어도 아니고 무려 청룡이란 단어까지 붙였을 정도이니… 대체 어떤 인간인지 궁금하긴 했다.

"음……? 쉿."

그때 한지원이 입술에 손가락을 대며 조용히 하라는 신호를 줬고, 석영은 슬그머니 일어나 벽에 몸을 기댔다. 혹시 모를 일이 벌어지면 바로 저격하기 위해서였다. 물론 한지원도, 차샤도 검집에 손을 가져다 댄 상태였다.

잠시 뒤 짜릿하고, 묵직한 기운이 느껴지기 시작했다.

숨겨지지 않는 기도.

그런데 기이하게도 푸른 하늘의 청명함, 청량함이 같이 느껴졌다.

'타이밍 참.'

기가 막히다.

잠시 뒤, 한 자루의 창을 든 사내가 문을 열고 안으로 들어섰다.

독특한 분위기와 푸른 머리카락이 인상적인 사내였다. 그것보다 특이한 건 한 자루 철창을 쥐고 있다는 건데, 이 철창도 독특했다. 무광, 아니, 칠흑의 철창. 석영은 그 창을 보며 고개를 갸웃했다.

익숙한 감각이었다.

석영은 곧 그 이유를 깨달을 수 있었다.

'동질감… 인가?'

특히 창에서 느껴지는 기운이 석영이 가진 타천 활과 흡사했다. 석영은 저 창이 절대로 범상치 않은 물건이라 생각했다. 안으로 들어온 사내는 주변을 한번 둘러보고는 석영 일행에게 마지막으로 시선을 줬다.

"……"

"……"

그리곤 눈을 가늘게 뜨며 석영을 바라봤다.

알아본 건가?

사내의 표정은 거의 변화가 없었다.

30초쯤 석영을 보던 사내는 이내 시선을 거두고 빈 자리에 앉았다. 석영도 시선을 거뒀다. 저쪽에서 특별한 적의가 느껴지지 않는데 계속 바라보는 건 충분히 실례가 되는 일이었기 때문이다.

"재밌는 사내네?"

"동감."

씩.

한지원의 말에 차샤도 웃으며 고개를 끄덕였고, 석영 또한 말없이 고개를 끄덕여 동의를 표했다.

분위기가 진짜 묘했다.

시원한 것 같으면서도, 묵직한 게 있었다. 게다가 눈빛이 정말 맑고 단단했다.

"누굴까? 흠… 예상이 가는 인물은 있는데, 얼굴을 모르니 확실치가 않네?"

"이런 기도에, 무기, 게다가 슬리핑 포레스트 지척에서 만났으니 예상 가는 인물은 한 명밖에 없잖아?"

"하긴……."

석영도 마침 그 별명을 떠올리고 있었다.

청룡왕 요한.

옛 문헌에 간간이 이름을 올린, 첫 번째 대재앙을 막았던 다섯 파티 중, 악시온 제국과 치열하게 전쟁을 치렀던 해적 두목. 하지만 느낌이 좀 달랐다.

좀 더 시원시원한 사내일 거라 예상했는데 이 사내는 지극히 진중해 보였다. 푸르른 창공이 느껴지는 기도인데, 바위처럼 묵직함마저 갖추고 있었다.

사내가 다시 석영을 바라봤다.

두 번째 눈이 마주쳤을 때, 석영은 더욱 제대로 느낄 수 있었다.

이자, 확실했다.

최소한 각성자였다.

석영은 저도 모르게 승부를 점쳐봤다. 그런데도 승리에 대한 확신이 서지 않았다. 각성자는 모두 각자만의 기예가 있었고, 그 기예를 이번만큼은 뚫을 수 있겠다는 확신이 서지 않았다. 석영은 이 부분이 매우 놀라웠다. 감각이 발달하면서 한 번 슥 훑어보면 적어도 승패가 예상이 되었기 때문이다.

힐끔, 석영은 앞에 있는 한지원을 바라봤다. 지금까지 석영이 승패를 예측할 수 없었던 사람은 한지원이 유일했다. 이길 수 있다는 생각이 들지 않은 건, 석영은 반드시 표적을 확인해야 하는데… 한지원만큼은 그게 불가능했다. 통합 감각을 드넓게 펼쳐도 한지원이 작정하고 기척을 숨기면 거기에 걸려들지 않았다.

애초에 다른 각성자와는 다르게 기예를 개발해 온 그녀였고, 그게 어떻게 가능한 건지는 당연히 아무에게도 알려주지 않았다. 물론, 석영도 물어보지 않았다.

"오… 쳐다보는 것 봐. 시비 걸려나?"

차샤가 빙긋 웃으며 그렇게 말했지만 석영은 바로 고개를 저었다. 저런 타입은 절대로 먼저 나서서 시비를 걸지 않는다는 걸 잘 알기 때문이었다.

사내는 석영과 한지원, 그리고 차샤를 차례대로 확인하고는 다시 시선을 돌렸다. 분위기가 이상함을 감지한 종업원이 카운터에서 쟁반을 들고 발만 동동 굴렀다.

사내가 그런 종업원을 손짓으로 불렀고, 이것저것 음식과 술을 시키기 시작했다. 근데 그 양이 꽤나 많았다. 혼자 먹기에는 너무나 많은 양이었다. 주문에서 석영은 일행이 있음을 알아차렸다.

그쯤에서 석영도 시선을 뗐다.

먼저 말을 걸지 않는 상태다. 그러니 굳이 먼저 말을 걸 필요도 없다고 생각했다. 저 사내가 청룡왕 요한이 맞다면, 나중에 확인하면 될 일이었다.

"다 먹었는데 슬슬 일어날까?"

석영이 묻자 두 여인은 곧바로 고개를 저었다.

"더 올 것 같은데, 그 사람들 좀 보고 가려고."

"어쩐 일로?"

"청룡왕 일행이면 최소… 우리랑 비슷할 것 아냐? 그럼 봐야지. 우리랑 급이 얼마나 다른가. 차이가 나면 이번 일 빠지는 게 나아."

"음."

한지원의 말에 석영은 잠시 생각하다가, 고개를 끄덕였다.

확실히 그랬다. 같은 각성자라도 분명 차이는 있었다. 지금 여기만 해도 차샤와 석영, 차샤와 한지원의 차이는 명백하게 있었다. 차샤가 작정하고 들이받아도 한지원의 옷자락 하나 건드리지 못하는 차이였다. 그런데 만약 다른 각성자들의 파티가 너무 약하면?

그건 죽자고 불길에 뛰어드는 불나방과 다를 게 하나도 없었다.

　석영도 그래서 맥주로 가볍게 목을 축이면서 저 사내의 일행을 기다렸다. 20분쯤 뒤에 음식이 하나둘씩 나오기 시작했다. 김이 모락모락, 워낙 맛이 있다 보니 군침이 돌았다. 이제 스물이 갓 넘어 보이는 여성 웨이트리스가 음식을 전부 가져다 날랐지만 사내는 역시 칼과 포크를 집지 않았다. 다시 5분쯤 더 지나자, 인기척이 느껴지기 시작했다.

　감각을 튼 상태가 아니라 지척까지 다가오고 나서야 느껴졌지만, 그건 석영도 그건 개의치 않았다.

　끼이익.

　문이 열리고 일단의 무리가 들어섰다.

　그리고 그 무리에는 아주 익숙한 사람이 섞여 있었다.

　"어? 저격수?"

　그 사람도 석영을 알아보고는 씩 웃으며, 손을 흔들었다. 석영은 가볍게 고개를 끄덕이곤 다시 사내를 바라봤다. 역시, 예상대로 저 사내는 청룡왕 요한이 맞았다.

＊　　　　＊　　　　＊

　석영은 청룡왕 일행과는 가볍게 인사만 하고, 다음 날 바로 도시를 나서 슬리핑 포레스트로 향했다. 가는 길은 그리 험하지 않았다. 프란 왕국이나, 다른 왕국에 비하면 거의 고속도로에 가깝게 길이 잘 뚫리고, 잘 닦여 있었기 때문이었다. 셋은 차샤가 모는 짐마차에 편하게 누워 마치 나들이라도 나온 것처럼 목적지를 향해 이동했다.

날은 좋다.

각지에서 전쟁이 터지고 있지만 골 때리게도 전범국인 알스테르담 제국의 남부는 평화롭기만 했다.

"지들 때문에 대륙 곳곳이 피가 철철 흐르는데. 여긴 이렇게 조용하니… 짜증 나는데?"

차샤의 말에 석영은 짚 더미에 등을 기댄 채로 고개를 끄덕였다. 그 말에는 극히 동감했다. 석영도 오면서 느꼈다. 지금도 처절하게 전쟁을 치르고 있는 곳이 있는데, 여기 사람들은 그냥 하루하루가 평화스러운 걸 보며 솔직히 욕지거리가 치밀었다. 하지만 그걸 내색하진 않았다. 괜히 알스테르담군에 기세를 뿌리다 걸려서 곤란한 상황을 만들고 싶지 않았기 때문이었다. 그럼 마음을 품은 채 5일을 더 가자 풀벌레 소리도 들리지 않기 시작했다.

6일째, 금지 풋말이 적힌 곳에 도착했고, 한쪽에 짐마차를 대고 편하게 기다렸다. 이곳으로 오라고 했으니, 누구든 찾아올 것이라 생각했다.

치익.

후우.

나무에 기댄 한지원이 입에 담배를 물고, 불을 붙였다. 느긋한 자세에서 담배를 태우는 그녀의 모습은 마치 화보 같았다. 석영도 바위에 걸터앉아 담배를 입에 물었다.

치익.

후우.

하얀 연기가 몽실몽실 피어올랐다가, 살랑살랑 불어온 바람에 흩어졌다.

날씨는 기가 막혔다.

'대륙이 전쟁 통이라는 게 믿겨지지 않을 만큼 말이지.'

그래서 마지막 싸움을 준비하러 가는 중이다.

화력을 집중해야 하지만, 지켜야 할 사람들이 있기 때문에 어쩔 수 없이 정예만 뽑아서, 이제 적장의 목을 치러 간다. 석영은 느끼고 있었다.

"이번이 마지막."

이기면 평화가 찾아올 것이다.

하지만 지면?

끝이다.

대륙은 물론, 이곳과 연결된 지구까지 멸망을 향해 브레이크가 고장 난 폭주 기관차처럼 달려갈 것이다.

'힘없는 지구인과, 대륙인이 과연 몇일까?'

수를 세기도 어려웠다.

그 많은 사람이 결국엔 죽을 것이고, 이 땅과 지구는 죽음의 대지가 될 것이다. 어깨에 매달린 사명감이 자신을 짓누르고 있는 걸 알았지만 석영은 덤덤했다.

피식.

석영은 자신이 참 많이 변했다는 사실을 다시 한번 실감했다.

옛날의 석영이었다면?

'리얼 라니아 때도 내가 아닌, 타인의 목숨을 가지고 시스템을 확인했지.'

엄청난 고블린들 때문에 석영은 마을에서 다른 유저로 실험을 감행했다. 그런 냉정함 때문에 아영이와 대판 하기도 했다. 만약 그때 아영이가 먼저 찾아오지 않았다면 석영과 아영은 그날 절교했을 것이다.

하지만 지금은?

자신을 의지하는 사람들을 위해 목숨을 걸고 이곳에 와 있었다. 그렇게 이기적이던 인간 정석영이, 사람을 구하기 위해 이곳에 와 있는 것이다.

자기중심적 사고가 변해도 너무나 변해서 가끔은 이렇게 피식 웃음이 나오곤 하는 석영이었다.

도착한 지 한 시간이 훌쩍 지나자 차샤가 짜증을 내기 시작했다.

"아 뭐야, 오라고 해놓고 아무도 안 오는 건 뭔데?"

"좀 더 기다려 보자. 시일을 정하고 온 건 아니니까."

"그럼 여기서 무작정 기다려?"

"……"

석영은 어깨를 으쓱했다.

솔직히 자신도 시일을 몰라 마지막에 들렀던 곳에서 야영을 할 준비를 전부 맞춰 왔다.

"그래도 하루 거리 뒤에 청룡왕 일행은 와 있잖아."

“그건 그렇지만… 다섯 개 파티라며?”

“언젠간 오겠지.”

“이야, 느긋해졌네?”

차샤의 말에 석영은 그냥 씩 웃었다.

솔직히 말해 급할 건 없었다.

이삼일 더 지난다고 상대 가능하다던 흉황이 갑자기 상대 불가로 무시무시해지는 건 아니기 때문이었다. 만약 그랬으면, 벌써 대륙은 멸망하고도 남았다. 석영은 슬슬 해가 지기 시작하자 야영 준비를 했다.

천막 두 개를 치고, 적당한 곳에 모닥불을 피웠다.

타닥, 타닥 타들어가는 소리와, 서서히 찾아온 어둠이 모닥불의 존재를 사방에 알리기 시작했다.

고요한 분위기. 석영은 여기까지 올 때도 그랬지만 오늘도 요리를 담당했다. 스프를 끓이고, 고기를 구웠다.

그리고 술도 준비했다.

예전에 야영의 꽃은 고기와 술이라고 했던 아영이의 말이 생각나서였다. 사실 오면서 계속 고기였지만, 셋 다 고기를 좋아하는지라 아무런 불만도 없었다.

지글지글.

기름이 뚝뚝 떨어지고, 석영이 뿌린 향신료로 인해 상큼, 달콤, 고소한 냄새가 은은하게 퍼지기 시작했다.

참다 지친 차샤가 먼저 고기를 먹었다. 가장 고기를 좋아하기도 하고, 완전 익힌 것보다는 미디움을 선호하는 그녀라 참

맛있게도 먹었다.

"움움, 맛있네. 역시 요리는 석영 씨가 해야 돼."

차샤가 엄치를 척 내밀며 한 칭찬에 석영은 그냥 피식 웃고는 옆에 놓았던 술병을 들어올렸다. 알코올. 과음하면 안 좋긴 하지만 어차피 각성자인 이상 알코올 따위는 1초면 날려 버릴 수 있었다.

치이익.

권능을 발현하자 병에 서리가 끼기 시작했다. 예전에 아리스가 전쟁상인 일행의 각성자가 보였던 권능을 따라한 것을, 여기에 응용한 것이다. 석영이 먼저 술을 차갑게 얼리자 한지원과 차샤도 술을 얼렸다.

그리곤 마개를 따고 각자 술을 조금씩 반주 삼아 마셨다. 그렇게 한참 이런 저런 대화를 나누며 식사를 하고 있는데, 또 감각에 뭐가 걸려들었다. 숨기지 않고 다가오는 기세. 석영은 먹던 멈추고 시선을 슬쩍 돌렸다.

재미난 건 석영과 한지원, 차샤가 바라보는 방향이 전부 달랐다는 점이었다. 석영을 중심으로 9시, 12시, 3시 쪽에서 기척이 거의 동시에 느껴지고 있었다. 게다가 인원은 넷에서, 다섯 명씩이었다.

석영은 타천 활을 꺼낼까 하다가 이내 그만 뒀다.

익숙한 기세들이 섞여 있었다.

아니, 전부 한 번씩 만나봤던 기세들이었다.

특색이 매우 강한 기세.

잠에서 깨어났다던, 각성자들이었다.

*　　　　*　　　　*

광견 휘안.

청룡왕 요한.

전쟁상인 소랑.

명왕기사 루.

저격수 석영까지.

다섯 명이 이끄는 각성자들이 야심한 밤, 알스테르담 제국의 심장부로 숨어들었다. 석영이 이동한 곳은 동북 방향 지하 수로였다. 미리 섭외를 해놓았던 건지 도착하니 안내자가 있었다. 새까만 복면을 뒤집어쓰고 있어 별로 신뢰가 안 갔지만 뒤늦게 합류한 휘안이 말했던 증표를 가지고 있던지라 믿지 않을 수는 없었다.

그를 따로 바위 아래를 땅으로 파고, 수로로 들어섰다. 칙칙하다 못해 음산하기까지 한 지하 수로의 분위기는 진짜 죽여줬다.

"귀신 나오겠네, 진짜."

등불 하나로 의지한 채 앞장서서 걷던 차샤의 중얼거림에 석영은 이번에도 공감할 수밖에 없었다. 지하 수로가 밝고 화사하기를 바란 건 아니지만 그래도 이런 분위기일 줄은 예상도 못 했다.

찍! 찍찍!

쥐 소리가 곳곳에서 들려왔다. 영화에 나올 법한 장소다 보니 기분이 묘했다. 하지만 그나마 다행인 건 냄새가 나지는 않았다. 코가 썩는 악취가 날 거라 예상했지만, 그냥 퀴퀴한 냄새만 나는 정도였다. 2시간을 넘게 움직인 석영은 원하던 장소에 도착할 수 있었다.

B14.

골 때리게도 영문 숫자로 표기된 지역이 약속 장소였다. 위쪽으로 올라가는 문은 굳게 잠겨 있었고, 안에서 누가 열어줘야만 하는 구조였다. 일단 제국의 수도를 가장 잘 아는 휘안 일행이 먼저 들어가서 문을 열어주기로 했으니 석영은 조용히 기다렸다. 기다리던 와중, 석영과 한지원은 담배를 입에 물었다.

치익.

"이제 시작인데, 안 떨려?"

그녀의 물음에 석영은 고개를 저었다.

"안 떨릴 리가 있나. 지구와 대륙의 운명이 걸려 있는데."

"그치? 이게 무슨 히어로 영화도 아니고 무슨 행성급 사이즈가 판으로 걸렸는지 모르겠네. 솔직히 아직도 이해가 잘 안 가. 게임하는 것 같은 기분이야. 처음처럼."

"동감."

후우.

연기를 내뿜은 석영은 지금까지의 일을 생각해 봤다.

운석이 떨어지고, 세상이 변했다.

라니아의 게임 속으로 이동되더니, 다시 반대로 시스템 어쩌고저쩌고 하면서 폐기해 버리고, 이곳 휘드리아젤 대륙과 연결이 됐다. 천공 요새에서 몬스터를 소환했고, 흉황이라는 라스트 보스가 나왔다.

솔직히 말해 너무나 급변했다.

"한 삼 년은 됐나? 안 된 것 같지?"

"아마도?"

"그래도 질질 끌지 않고 와서 다행이네. 장기전이 진짜 제일 피 말리는 법인데."

워낙에 굵직한 일들을 겪어 잘 기억은 안 나지만 이제 겨우 삼 년이 조금 넘은 것 같았다. 그런데 벌써 마지막 스테이지에 도착했다.

이 정도면 솔직히 말해 빠른 편이었다. 너무나 정신없이 지나갔기 때문에 힘들다는 것을 느낄 겨를도 없었다.

"나쁘진 않지."

석영의 대답에 이번에 그녀가 고개를 끄덕였다.

맞다.

나쁘지 않았다.

차라리 이렇게 빠르게 결판을 내는 게 자신을 포함한 만인(萬人)이 모두 편한 법이었다.

지잉.

지잉.

정해진 신호가 왔다.

석영은 담배를 비벼 끄고, 벽으로 붙었다.

그궁, 그그궁.

돌로 된 문이 먼지를 날리며 천천히 열렸다. 공간은 딱 사람 한 명이 지나갈 정도로 협소했지만 그 정도면 충분했다.

"나와요."

예전에 만났던 광견의 동료 예나체리의 목소리에 석영을 필두로 전부 지상으로 올라갔다. 새벽에 침입했기 때문에 사위는 고요했다. 그리고… 피비린내가 진동을 했다. 올라온 3인의 인상이 와락 일그러졌다.

온 대지가, 하늘이, 죽는다고 아우성을 치는 것 같았다.

"……."

싸늘한 기세가 갑자기 등 뒤에서 피어올랐다. 고개를 돌려 보니 진원지에는 한지원이 서 있었다. 여태껏 처음 보는, 아니, 예전에 딱 한 번 본 적 있는 눈빛이었다. '그'의 존재를 러시아에서 만났던 살벌한 여군이 언급했을 때, 그때 한지원은 이런 눈빛과 기세를 내보였다. 순간적으로 공간이 쩍쩍 얼어붙어 가는… 그런 기세였다. 그러다 어느 순간 기세를 싹 죽였다.

한숨과 함께 감정을 절제한 그녀가 머리를 쓸어 넘기며 말했다.

"이런 냄새가 난다는 건 이 주변에 지옥도가 펼쳐져 있다는 뜻이지. 몇 명이 죽었는지는 감도 못 잡겠어."

그녀의 말에 문을 열었던 예나체리가 착잡한 표정으로 대답했다.

"황도, 알스테르담의 모든 백성들은 이미 죽었습니다."

“…….”

석영은 저도 모르게 입을 벌리고 그녀를 바라봤다. 한지원도 기가 찬지 고개를 모로 툭 꺾고는 반문했다.

“전부?”

“네.”

“애어른 할 것 없이 다?”

“네. 황도에 더 이상 살아 숨 쉬는 생명체는 없습니다.”

“…….”

이게 가능한 일인가?

석영은 잠깐 생각해 보곤 절대로 불가능하단 결론을 내렸다. 석영이 알기로 황도 알스테르담의 인구수는 대한민국의 수도 서울과 비슷하다고 알고 있었다. 즉, 천만에 가깝다는 소리다. 그런데 그 많은 사람들이 전부 죽었다?

그건 진짜 말도 안 되는 소리였다. 서울에 핵폭탄 대여섯 발이 둘러싸듯이 떨어져도 잘하면 살아남는 사람이 나올 건데, 아예 생존자가 한 사람도 없는 건 현실적으로 불가능했다.

순간, 석영은 눈을 가늘게 떴다.

“혹시, 이게 흉황이 힘을 되찾는 방법입니까?”

석영의 질문에 그녀는 고개를 끄덕였다.

꿈틀, 석영의 눈매에 분노가 가득 일어났다.

“지금은 그 힘을 정제하는 과정입니다.”

“정제라… 사람을 흡수해서?”

“흉황의 힘의 원천은 생기입니다.”

"……."

미치겠다.

그 말을 들었을 땐 정말 말문이 턱 하고 막혔다.

"이 새끼… 반드시 죽여야겠네."

차샤의 흉흉한 말에 석영은 침묵으로 긍정했다.

"이제 어떻게 움직입니까?"

"혹시 몰라서 산개해서 들어왔지만, 아마 황도에 수비 병력은 없을 겁니다. 따라서 바로 황궁으로 이동할 겁니다."

"……."

"준비는 다 되셨습니까?"

석영은 그 질문에 한지원과 차샤를 바라봤다.

두 사람은 그대로 고개를 끄덕였다. 준비? 요 근래 전투를 치르지 않아 컨디션이야 최상이었다.

"준비됐습니다."

"그럼 바로 움직이겠습니다."

휙!

예나체리는 바로 몸을 날렸다.

그녀의 이동은 빨랐다. 툭툭 지면을 발로 튕기듯 움직이는데도 신형이 쭉쭉 앞으로 나갔다. 물론 석영이나 차샤도 그녀의 속도에 조금도 뒤떨어지지 않았다. 황도는 넓었다. 워낙에 넓어 황궁의 담벼락이 보이는 위치까지 가는 데 거의 한 시간이 걸렸다. 저 멀리, 담벼락이 보일 때쯤에야 예나체리는 멈춰 섰고, 석영의 일행도 멈췄다. 석영의 일행이 숨을 고를 때였다. 속속 각성자들이 모여들었다.

광견 파티가 다섯, 전쟁상인 파티가 넷, 명왕기사 파티가 넷, 청룡왕 파티가 다섯, 그리고 석영의 파티가 셋. 총21명이었다.

전원이 각성자이다 보니 기세가 어마어마했다. 솔직히 이 정도 전력이면 둘, 셋씩만 짝지어 움직여도 대륙을 초토화시킬 수 있는 전력이었다.

스윽.

툭툭. 발끝으로 바닥을 치던 광견 휘안이 고개를 들었다.

씨익.

"다들 준비됐어?"

마치 리더처럼 물었지만 누구도 거기에 불만을 품지 않는 것 같았다. 오히려 조용히 고개를 끄덕였다. 석영도 고개를 끄덕였다. 분위기라는 게 있고, 굳이 그걸 깨고 싶지 않았다.

"개새끼가 그때처럼 또 황도를 이 모양 이 꼴로 만들었네……? 그러니까 그때처럼 다시 조져놓자고."

그 말을 남기고 광견은 바로 몸을 돌려 황궁을 향해 내달렸다.

달리는 그에게는 어느새 은은한 빛을 내뿜는 원형 방패와, 마찬가지로 빛을 머금은 검이 쥐어져 있었다.

그가 달려 나가자 모든 각성자들이 각 방위를 점하고 같이 내달리기 시작했다. 하나둘씩 나오는 무기들을 보면 확실히 전부 범상치 않은 기세를 풍겼다. 황성의 담장을 광견이 한 번의 도약으로 뛰어 넘었다.

3미터가 훌쩍 넘는 담벼락이지만 그 정도는 각성자들에게 장애물 축에도 끼지 못했다. 석영은 바로 넘지 않고, 담벼락 위에 착지했다.

포지선?

손발을 여태 한 번도 맞춰본 적이 없지만, 이들은 감각적으로 각자가 서야 할 장소를 알았다. 석영은 저격수. 전방이 아닌 후방이다. 황성 안으로 들어선 각성자들이 2인 1조로 흩어졌다.

휘이잉! 한차례 바람이 몰아치며 짙은 피 냄새가 후각을 통해 들어왔고, 석영의 인상은 다시 찡그려졌다.

언제 맡아도 도저히 적응이 되지 않는 냄새였다.

"음?"

인상을 찡그리고 있던 석영은 감각이 갑자기 교란되는 것을 느꼈다. 통합 감각. 거의 모든 각성자들이 가지고 있는 기예였지만, 석영의 통합 감각은 한지원보다도, 한 수 위에 있었다. 애초에 전투 특성이 암살자에 가까웠기 때문이다. 그렇기 때문에 단단하게 통합 감각을 키워놨는데, 지금 막 노이즈가 낀 것처럼 흔들렸다.

"석영 씨, 석영 씨도 그래?"

"……."

근처에 있던 한지원의 물음에 석영은 말없이 고개를 끄덕였다. 하지만 방법이 없는 건 아니었다. 석영은 다시 정신을 집중했다. 뒷골이 짜릿! 한 느낌과 함께 노이즈가 걷혀 나갔다.

아, 거… 새끼.

웅웅.

홀로 서 있는 광견 휘안의 낮은 읊조림이 마치 진공상태에서 울리는 것처럼 둥둥 울렸다. 그리고 그 목소리에 반응이 왔다.

구궁.

불길한 색채를 한껏 내보이고 있는 검붉은 건물이 흔들리기 시작했다. 그러다 갑자기 지붕이 마치 처음부터 없었던 것처럼, 정말 마법처럼 사라졌다.

환각을 보고 있는 걸까?

석영은 고개를 저었다. 최대치까지 끌어올린 통합 감각이 지금 본 게 거짓이 아닌, 확실한 '사실'이란 답을 내어줬다. 뻥 뚫린 지붕으로 건물 색과 마찬가지로 검붉은 의복을 입은 한 사내가 서서히 떠올랐다.

찌릿, 찌릿.

석영은 본능적으로 느꼈다. 저자가 흉황(凶皇)이라는 것을.

프리드리히, E, 알스테르담.

드디어 첫 대면이었다.

잿빛의 불길한 머리는 둘째 치고, 느껴지는 존재감이 정말 어마어마했다.

"와우."

한지원도 이를 악문 채 감탄사를 내뱉었다.

저자는 정말… 엄청났다.

'신? 악마?'

그 두 가지 단어를 다 갖다 붙여도 될 만큼 무시무시했다. 석영은 시각을 확장했다. 20대 초중반, 입가에 진한 미소, 누가 봐도 미남이라고 해도 될 만한 외모, 신장은 대략 180대 초중반, 무기는 없고 그저 의복과 긴 머리카락을 흩날리며 조용히 서 있을 뿐이었다. 그런데도 석영이 느끼는 압박감은 엄청났다.

오우거?

이딴 놈들은 상대도 되지 않았다.

석영이 얼마 전에 몸뚱이를 뚫어버린 초인들도 마찬가지였다. 비교조차 불가능할 정도로 존재감이 어마어마했다.

"저런 자가 인간이었다고……?"

도대체 어떻게?

어떻게 하면 저렇게, 신이나 악마에 버금가는 권능을 손에 넣을 수 있을까? 이해가 가질 않았다.

"아… 발록사막."

석영이 고개를 옆으로 돌렸다.

"저자… 발록사막에서 봤어. 그래, 아… 그렇구나."

한지원은 인상을 잔뜩 찡그리고 있었다.

혼잣말처럼 하는지라 석영은 의미를 아직 파악하지 못했지만, 그녀가 어쩐지 자책하고 있는 것 같단 느낌은 받았다. 그녀는 하아… 한숨 뒤 한마디를 더 내뱉었다.

"내가 깨운 거네?"

"……."

석영은 저도 모르게 고개를 옆으로 돌렸다.

생각해 보니까 예전에 술을 마시다 들은 적이 있는 것 같았다. 발록이라는 괴물과 퀘스트 때문에 싸웠고, 그 무시무시한 악마를 잡고 지하로 내려가니 수정에 봉인되어 있던 사람들을 봤다고.

푸른 수정에 갇힌 자들은 색이 너무 진했고, 그와 대치하는 자는 색이 연해 얼굴을 확인했다고. 뭔가 이상한 느낌이 들었다고. 술김에 그런 말을 했던 것 같다. 석영은 다시 고개를 앞으로 돌렸다. 지금은 그게 중요한 게 아니니까.

'누가 깨운 게 중요한 게 아니라, 깨어났다는 게 중요한 거니까.'

석영이 그렇게 한지원의 혼잣말을 무시하고 전방을 바라보자, 흉황과 홀로 대치하고 있던 광견 휘안이 입을 열었다.

"오랜만이다?"

마치 친구를 대하는 것 같은 그 인사에, 흉황이 스윽 미소를 지었다.

episode 79
최후의 전투

"오랜만이야, 미친개 휘안."

"크크, 그 별명으로 불리는 것도 오랜만인데? 잠은 잘 처자셨나?"

"물론, 여기 있는 누군가 덕분에 푹 자고, 일어날 수 있었지. 후후."

"푸흐흐, 그랬냐? 그냥 계속 처자고 있지 그랬어? 엉아한테 그렇게 또 처맞고 싶었어? 맴매가 그리웠구나?"

씩.

휘안의 조롱에 흉황은 그저 웃었다.

슥.

그리곤 손을 한 번 휘둘렀다.

파캉!

순간적으로 빛이 번쩍였고, 그 빛은 휘안이 든 방패에 막혀 산산이 부서졌다. 예고도 없이 날아든 공격이지만, 사실 각성자들은 전부 감각으로 그 전조를 느꼈다.

"야, 말도 없이! 엉아가 그러지 말라고 하지 않았냐?"

씩.

이번엔 반대로 휘안이 역정을 냈다.

석영은 그 말에 시위를 당겼다.

"간 좀 보게?"

"봐야지. 어떤 새낀가."

한지원의 말에 대답해 준 석영은 새까만 무형 화살이 완전히 형체를 갖추자 그대로 시위를 놨다.

투웅!

쇄애애액!

어둠을 쭉 뚫은 화살이 흉황에게 직격했다. 하지만 관통하지는 못했다. 오히려 얼굴 바로 앞에서 막히더니, 그대로 흩어졌다.

"……"

"막혔네?"

"예상은 했어. 이거 한 방에 뚫리면 인간적으로 너무 싱겁잖아?"

"그렇긴 하지."

두 사람이 흉황을 앞에 놓고도 별로 상관없다는 듯이 대화를 나누자 그의 시선이 석영에게 향했다. 그리곤 고개를 갸웃했다.

"철갑 기마대주?"

"……."

분명 그냥 혼잣말 한 것처럼 말을 흘린 것 같은데 목소리가 웅웅 울렸고, 마치 귀 옆에서 말한 것처럼 쏙쏙 들어왔다.

"다른 자들은 모두 본신의 육체이거늘, 그대만 새로운 육신으로 환생했구나."

이미 저 아래, 은빛 갑주를 전신에 걸치고, 마찬가지로 은은한 은빛을 머금은 언월대도를 든 유라라는 여인에게 들었던 말이었다. 하지만 석영은 그 말에 큰 감흥이 없었다. 환생을 했던, 영혼 이동을 했던 정석영은 정석영이다.

과거, 다른 차원, 이전 생에 자신과 똑같은 이가 존재한다고 해도 그게 중요하지는 않았다. 지금 현실에 충실할 뿐. 그거 하나만 집중하고 있었다. 그래서 석영은 말없이 시위를 다시 당겼다. 이번엔… 좀 더 큰 놈이었다. 다만 인사는 했으니 기다릴 생각이었다.

"힘이 별로네? 이렇게 많은 사람들을 희생시키고도 아직 전의 힘을 되찾진 못했나 봐?"

다시금 입을 연 휘안의 말에 흉황의 입가에 비릿한 미소가 걸렸다.

"그래도 그대들을 지우기엔 충분하다."

"지랄, 지워? 뭘 지워? 너도 아마 그랬겠지만… 우리도 여기

저기 돌아다니면서 너 많이 죽였거든? 그래서 아마 힘이 별로
일 건데? 얘기 들어보니까 너 우리한테 한 스무 번은 뒤졌어.
큭큭!”

“…….”

흉황의 눈빛이 이번엔 반대로 차분해졌다.

전에 유라가 말했던 적이 있었다.

다른 차원이 있고, 그곳에서 흉황이 이기면 힘을 얻고, 반대
로 각성자, 다른 말로는 대적자(對敵者)들이 이기면 흉황의 힘이
약해진다고. 아마 그 얘기를 하는 것 같았다.

‘그나저나 말이 많은데?’

휘안.

광견 휘안.

좋은 말로 광견이지, 그냥 풀어 부르면 미친개다. 앞뒤 가리
지 않고 물어뜯는 미친개. 파수견과는 다르게 본인의 의지로
적을 설정하기 때문에 진짜로 미쳤다고 볼 수는 없었다. 그런
광견은 본래 말이 그리 많은 성격이 아닌 걸로 알았다. 그런데
서로 한 번씩 공격을 주고받았는데도, 그는 여전히 전투를 시
작할 마음이 없는 것 같았다.

‘기다려야 할 이유가 있나?’

고개가 절로 갸웃거려졌다.

석영은 일단 기다렸다.

신호는 줄 것이다.

석영은 이게 첫 싸움이다.

저들은 이곳에서만 두 번째고, 이미 다른 차원에서 몇 번이나 흉황과 싸운 전적이 있었다. 그러니 처음인 석영은 일단은 기다렸다. 그리고 대화를 통해 최대한 돌아가는 상황을 파악하기로 했다.

각기 개성이 너무나 강해서 이곳으로 오면서 별다른 대화도 없었다. 주의할 점도 듣지 못했다. 그냥 바로 황도로 넘어왔다.

툭툭.

발끝으로 바닥을 몇 번 걸어찬 휘안이 칼을 집어넣고 담배를 꺼내 입에 물었다. 지극히 자연스럽고, 경계심도 없는 모습이라 제래도 되나 싶었다. 하지만 무슨 이유에서인지 흉황도 그런 휘안에게 공격을 가하진 않았다.

석영은 확신했다.

둘 다, 뭔가를 기다리고 있었다.

'흉황은 힘을 정제하려는 걸 거고.'

그럼 휘안은?

치익.

후우.

담배 연기를 내뿜는 모양새가 누가 봐도 양아치였다. 골목 담벼락에 등을 기대고 느긋하게 연기를 내뿜는 그런… 양아치. 진짜 딱 어울렸다.

'군대 전역한 날 끌려왔다고 했던가?'

피식.

흔히 말하는 이고깽이다.

설마 그게 현실에서 벌어졌을 줄은 정말 상상도 못 했다. 하지만 어차피 요지경 세상이라 그리 신기하진 않았다. 어차피 자산도 차원 이동을 했으니 말이다.

"뭘 기다리지?"

흉황이 휘안에게 물었다.

그러자 담배를 꼬나문 채로 휘안이 피식 웃더니 대답했다. 아니, 되물었다.

"넌 뭘 기다리냐?"

"힘을 채우고 있지."

"난 너한테 인사한 친구 동료들 기다려."

힐끔, 휘안이 고개를 돌려 석영을 바라봤다 다시 돌렸다. 그에 석영은 고개를 갸웃했다. 내 동료? 석영은 한지원을 바라봤다. 그러자 그녀는 어깨를 으쓱했다. 차샤도 마찬가지였다.

"혹시 창미 언니랑 아리스, 노엘 씨 오나?"

"아… 우리 동료라고 했으니 그렇긴 하겠네."

두 사람의 말에 석영은 그럴 수 있겠다 싶었다. 셋이 출발하고 따로 연락을 했으면 충분히 지금쯤 도착할 수 있을 시간과 거리였다.

"역시 광견. 확실한 걸 좋아해."

"그럼, 내가 미친개이기는 해도, 정신은 똑바로 박혀 있잖아? 너 같은 새끼를 조지는 데 각성자 전부가 달려들어야 하는 현실이 매우 안타깝지만 어쩌겠어? 확실하게 가려면 좀 기다려야지. 형이 너한테도 시간 줄 테니까, 힘 좀 모아. 나중에 또 시간이 없었네 마네 개소리하지 말고."

"후후, 지금도 충분하거늘. 그저 마지막 유흥을 위해 기다려 줄 뿐이다."

"어이구, 그러셔? 그럼 지금 와보시던가. 몇 명 빠졌다고 우리가 빙다리 핫바지로 보이냐? 그렇게 까불다가 저번에도 죽도로 쥐 터져놓고? 응? 그리고 마지막은 개뿔, 너나 마지막이겠지, 새꺄."

피식.

피식.

둘다 그렇게 말해놓고 웃었다.

후우.

연기를 길게 내뿜은 휘안이 다 타버린 담배를 휙 던지곤 다시 말했다.

"야, 오나 보다. 준비하지?"

"후후."

휘안의 말처럼, 석영은 통합 감각의 영역을 막 뚫고 들어와 엄청난 속도로 달려오는 3인의 기척을 느꼈다. 그리고 그 3인의 기척은 매우 익숙했다.

쉭!

쉬익!

마치 히어로 영화의 한 장면처럼, 불쑥 솟구친 3인이 담벼락에 착착 착지를 했다.

"어머, 안 늦었네요?"

“다행히 제 시간에 왔군요.”

아리스와 노엘이 각자 한 마디씩 하고, 철컥! 처음 보는 권총의 안전장치를 풀며, 나창미가 말했다.

“뭐야, 이런 재미난 판에 나 빼고 지원이 혼자 간 거야?”

정말 각각 성향이 뚜렷하게 보이는 대사들이었다.

“어떻게 왔어?”

“저기 저, 광견 일행 중 하나가 와서 맡아줘서, 넘어왔지.”

“믿을 만해?”

“유명한 사람이던데? 진군 저지자인가 뭔가 하는.”

“아…….”

대륙을 쩌렁쩌렁 울렸던, 그리고 지금도 울리고 있는 수성 전문가다. 그런 사람이 왔으면 믿고 맡길 만했다. 석영의 동료가 도착하자 휘안이 다시 검을 뽑아 들었다.

“그럼 시작할까?”

“좋지. 후후.”

스윽.

흉황이 느릿하게 손을 저었다.

흠칫!

석영은 그 동작을 보면서 솜털이 바짝 서는 오한을 느꼈고, 곧바로 통합 감각을 극한으로 올렸다.

“알아서들 피해!”

휘안이 방패를 전면으로 내세우며 외쳤다.

석영은 공간이 갑자기 쭉 갈라지는 걸 통합 감각으로 느꼈

다. 조짐이라고는 그저 손짓 한 번인데… 튀어나온 권능은 살
벌했다.

서걱!

서걱!

쩡……!

우르릉……!

콰앙!

지면이 갈라지고, 방패를 들고 있던 휘안의 상체가 뒤로 휙
뒤집혔다. 석영이 있던 담벼락이 쩍쩍 갈라졌고, 그 위로 갑자
기 벼락이 내리쳤다. 하지만 이미 석영을 포함한 각성자들은
신형을 뒤로 내뺀 뒤였다.

'뭐 이런.'

예고는 있었다.

그런데 속도가 어마어마했다.

이미 담벼락을 내려와 20미터 정도 이동한 석영은 완전히 무
너지고, 내려앉은 담벼락을 보며 속으로 고개를 저었다.

'각성을 못 했으면 저 한 방에 죽었어.'

예전의 석영이었다면, 피하지 못했을 것이다. 감각이 좋긴 했
어도 지금 같진 않았기 때문이다.

"흡!"

전쟁상인의 동료, 베르데가 검을 모았다가 그대로 그었다. 그
러자 붉은 화염이 맺힌 기가 흉황에게 빠르게 날아갔다.

쩡……!

하지만 석영의 공격처럼 흉황의 몸에 직격하기 전, 그대로 뭔가에 막혔다가 흩어졌다.

"아… 저게 제일 짜증 나더라."

공격을 한 베르데의 퉁명한 말에 다들 피식거리며 고개를 흔들었다. 석영은 그 모습을 보면서 역시 한 번 붙어봐서 그런지 다들 여유가 있다는 생각이 들었다. 물론 석영도 마찬가지였다. 멘탈 보정의 효과일지 몰라도, 한없이 불길한 기세를 줄줄 뿜고 있는 흉황이 앞에 있는데도 그리 무섭진 않았다.

타앙……!

쩡!

은빛 선이 흉황을 향해 쭉 그어졌다가, 역으로 튕겨 나가며 뜬금없이 하늘에 누운 브이를 그렸다.

지잉.

흉황의 눈빛이 갑자기 붉게 물들었다.

흠칫.

통합 감각이 또 다시 요동쳤다.

등골에 짜르르, 소름이 올라왔다.

'뭐지?'

어떤 권능인지 모르다 보니 대비를 할 수가 없었다. 상황이 통합 감각밖에 유지할 수가 없으니 꽤나 답답해 석영은 바로 흉황에게 활을 겨누고, 놨다.

투웅!

한참 전부터 매달려 있던 대형 화살이 그대로 주변의 어둠을 먹으며 날아갔다.

쇄애액!

쩡!

화르르……!

화살은 터지는 순간 새까만 불길이 되어, 그대로 흉황의 방어막에 들러붙었다. 이번에 석영이 넣은 권능은 지구상에서 가장 극악한 무기 중 하나라는 백린탄이었다. 악마의 무기라 불리는 이놈은 대상의 몸을 완전히 태울 때까지 절대로 꺼지지 않는 지옥불이나 다름없었다. 하물며 석영이 사용하는 타천활은 진정한 헬 파이어에 가까웠다.

하지만.

피유.

"얼씨구."

채 10초가 지나기도 전에 어둠의 불꽃은 마치 소화기라도 맞은 불 마냥 꺼져 버렸다.

"어이, 저격수! 초장부터 너무 힘 빼지 말라고! 못해도 몇 시간은 싸워야 되니까!"

휘안이 앞에서 외친 말에 석영은 그냥 피식 웃었다. 이 파티 그룹의 리더가 하는 말이다. 솔직히 반말로 지껄이는 게 마음에 안 들지만 딱 봐도, 모두에게 인정받는 자였다.

'첫 번째 대재앙 전투도 아마 광견이 이끌었겠지.'

불만?

그런 건 별로 없었다.

애초에 석영은 아웃사이더 기질이 강했다.

같이 싸워야 해서 같이 싸우고 있지만 그 안에서 다시 전면에 나서고픈 마음은 조금도 없었다. 지시를 받는 건 익숙하지 않지만, 그래도 지금은 대륙과 지구의 명운을 건 전투다. 괜히 날뛰어서 정신력을 소진할 필요는 없었다.

그리고 지금은 전투 초기, 흉황의 권능을 알아볼 때였다.

"재미난 무기를 들었구나. 철갑 기마대주여."

"……"

뭐라는 거야.

흉황의 말에 석영은 그냥 침묵했다. 별로 대꾸하고 싶지 않은 말이었다. 하지만 다음 순간, 석영은 눈을 헛바람과 함께 눈을 부릅떴다.

"말수가 없는 건 예나, 환생한 지금이나 같구나."

코앞.

흉황의 말은 바로 코앞에서 들려왔다.

그가 가진 권능 중 하나인, 순간이동(Teleportation)이었다.

순간이동.

대상을 임의의 장소로 이동시키는 게임, 상상 속의 기술…인데, 실제로 눈앞에서 확인하자 석영은 소름이 돋았다.

"흡!"

극한 가속.

석영이 공들여 개발한 회피 권능이었다.

"석영 씨!"

한지원이 급히 석영의 영역으로 들어섰다.

스악.

공간이 쭉 갈라지면서 석영이 있던 자리를 지웠다. 반원 형태의 홈이 움푹 파인 걸 보니 진짜 공간 자체를 지워 버렸다.

쩡!

역수로 쥔 한지원의 검이 흉황의 뒷덜미에 꽂혔지만 여태 그랬듯, 투명한 방어막에 막혀 더 이상의 전진할 수 없었다. 미간을 잔뜩 찌푸린 한지원이 급히 물러나자 그 공간을 차샤와 아리스가 치고 들어왔다.

스가앙!

번쩍이는 도.

은백색 섬광이 어둠을 쭉 갈랐다. 가공할 속도였다. 도가 쭉 펴져 그어지는 순간, 이미 흉황의 지척에 도달했다. 눈 깜짝할 사이라는 말로도 설명이 불가능할 정도로 그어졌지만, 쩡……! 방어막은 여전히 단단했다.

순식간에 몇 번의 도격이 흉황의 방어막에 꽂혔다가 흩어졌다. 석영은 그 사이 신형을 최대한 뒤로 빼냈다.

'이거.'

석영은 등골을 타고 식은땀이 주르륵 흐르는 걸 느끼며, 입술을 깨물었다. 굳이 깊게 생각하지 않아도 이번 공격으로 석영은 확신할 수 있었다. 방심하는 순간 팔다리 한군데 정도만 날아가는 게 아니라, 그대로 흉황의 권능에 지워질 수도 있다는 것을 말이다.

휘리릭!

저 멀리서 은은한 빛을 발하는 방패가 엄청난 속도로 날아들었다.

쩡!

방어막에 부딪친 방패는 힘을 잃고 떨어지는가 싶더니, 다시 속도를 되찾아 원주인에게 날아갔다.

착!

광견 휘안.

방패를 도로 회수한 그는 이 상황에 어울리지 않는 느긋한 걸음으로 흉황에게 다가왔다.

"어째, 힘이 많이 빠졌다? 그렇게 골골거려서야 되겠어?"

비릿한 미소.

적당한 거리에 서서 짝다리로 건들거리기까지 하니 이건 뭐 영락없는 양아치였다. 게다가 눈가에 맺힌 광기는 또 어떤가. 솔직히 적으로 만났으면 지독히도 까다로웠겠다 싶었다. 근데 그만 그런 게 아니었다.

이미 한 번 싸운 적이 있던 이들은 여전히 여유가 있었다. 느긋한 정도까지는 아니지만 돌아가는 판을 제대로 읽고 있는 것 같았다.

"여전히 주둥이는 살아 있구나, 광견이여. 후후."

"그럼? 나 주둥이 빼면 시체인 거 몰라? 크으… 인정해 주니 이거 또 고맙네?"

"후후후."

스윽.

흉황이 손을 한 번 저었다.

그러자 광견은 마치 캡틴 아메리카처럼 방패를 전면에 세우고 자세를 쫙 낮췄다.

텅……!

눈에는 보이지 않는 미증유의 기운이 방패에 부딪쳐 궤적이 변했는지, 광견의 뒤에 있던 건물의 상단부를 그대로 날려 버렸다. 아니, 날렸다는 말도 어폐가 있었다. 그냥 말 그대로 지워 버렸다.

흉황의 일격을 멋지게 막아낸 광견이 다시 고개를 쏙 내뺐다.

"끝? 더 안 해?"

"……."

흉황이 침묵하는 모습을 보면서 석영은 분위기에 어울리지 않게 피식 웃고 말았다.

"저 사람 천잰데?"

가만히 지켜보고 있던 한지원의 말에 석영은 바로 고개를 끄덕였다. 저런 인간이 적이었다면? 약이 올라 혈압이 터졌을지도 모르겠다고 생각했다. 분위기가 변했다. 지극히 무겁던 분위기가 광견 덕분에 한층 누그러졌다.

누가 보면 최후의 전투인지도 모를 정도였다.

"우리가 역시 타이밍은 기가 막혀, 그치? 황도 낌새가 이상하단 말에 좀 알아봤더니 사람이 없다네? 그래서 딱 알아차렸지.

아 이 개나리 십 센티 같은 새끼가 또 사람을 흡수했구나. 그
리고 지금 그 힘을 정제하는 중이구나. 아 이 개나리 이거, 그
냥 놔두면 안 되겠구나. 잘못하면 여기서 뒈질 수도 있겠구나.”

“……”

“그런 생각이 들더라고. 근데 그 생각이 정답이었네? 너 지금
쓰는 권능 보니까, 몇 개 굴리기도 힘든가 봐, 그치?”

“후후.”

광견의 말에 흉황은 그냥 나직한 어조로 웃었다. 긍정도 부
정도 아닌 애매한 웃음소리가 마치 사방에 앰프를 놓고 튼 것
처럼 둥둥, 공간을 떠돌았다.

파지직.

고막이 흔들리는 느낌에 석영은 인상을 찌푸렸다. 그리고 굳
건하게 잡고 있던 정신마저 아주 찰나지만 흔들렸다. 석영은 이
게 흉황이 가진 권능 중 하나를 것을 깨닫고 급히 정신을 다잡
았다.

하지만 그때 이미 흉황은 움직이고 있었다.

다시 텔레포트를 써서, 가장 지척에 있던 전쟁상인의 동료
앞에 나타난 그는 손을 거침없이 내리그었다.

“훙!”

하지만 각성자는, 각성자였다.

베르데는 빙글 도는 것으로 그 공격을 피해냈다.

서걱!

대지부터 건물까지, 그대로 흉황의 손길에 갈라졌다. 마치

유리가 세로로 깨져 미끄러지는 것처럼 풍경이 갈라져 어긋났다.

쩡!

쩌정!

베르데도 만만치 않았다.

마치 풍차처럼 몸을 회전시키며, 쌍검으로 흉황의 방어막을 연속해서 두들기곤 곧바로 신형을 뺐다. 시간으로 따지면 정확히 2초 정도 걸렸을 거다.

"학습 능력 없기는… 쯔쯔. 예전에도 그따위로 싸우다 우리한테 처발려놓고, 또 그렇게 싸우네?"

"……."

"힘만 좋으면 뭐 해. 대가리가 병신인데."

휘안의 도발이 먹혔는지, 그 말이 끝나는 순간 흉황의 신형이 다시 사라졌다. 쩡! 콰웅! 서걱! 황궁이 박살 나는 소리가 연달아서 울렸고, 석영은 일단 상황을 파악했다. 워낙에 공방이 빠르게 교환되다 보니 타이밍을 잡기기 쉽지 않았다. 그리고 그건 다른 각성자들도 마찬가지였는지 쉽사리 움직이지 않았다.

어설픈 도움이 오히려 양쪽을 다 위험하게 만든다는 걸 석영은 깨달았다. 그 증거로 각 각성자들은 2인씩 짝을 지어 서로간의 거리를 상당히 넓게 잡고 포진하고 있었다. 흉황의 공격이 한 각성자에게 몰려도 도움을 주지 않았다.

'장기전을 위한 포진. 힘을 전부 정제하지 못했으면 분명 끝

은 온다.'

각성자들도 그렇지만 흉황도 한계는 명확히 있었다. 게다가 듣기로는 이미 많은 세계에서 다른 각성자들이 흉황을 잡아서 본신의 힘을 상당히 떨어뜨렸다고 했다.

"말려 죽일 작정인가 보네?"

"그런 것 같지?"

한지원의 말에 그 옆에 있던 나창미가 호응을 했다. 전장에서 살았던 여자들답게 상황을 꿰뚫는 안목 역시 상당했다. 석영은 자신의 역할을 깨달았다.

'견제? 아니지.'

흉황의 힘이 모조리 소진되고 나면, 마무리를 지을 한 방을 넣는 게 본인의 역할이었다. 그리고 그 한 방을 위해 견제도 하지 말고, 최대한 힘을 비축해야 했다. 물론 지금은 전투 초기라 정신적, 체력적으로 부담이 조금도 없지만 나중에 다른 각성자들이 지치면 그땐 나서서 움직여줘야 했다. 하지만 그런 상황이 오더라도 지금 치고받고 있는 다른 근접형 각성자들처럼 처절하게 싸워야 하는 것도 아니었다.

석영은 포진을 다시 한번 훑어봤다.

원거리 기예를 개척한 각성자들도 꽤 있었고, 그들도 지금 석영처럼 비호를 받으며 한 방을 넣을 준비를 하고 있었다.

쩡!

우르릉!

콰앙!

뇌성이 울더니, 벼락이 떨어졌다.

순간적으로 천지가 하얗게 변했다가 다시 어둠에 잠겼다.

"크… 짜릿짜릿한데?"

벼락을 직격으로 맞은 광견이 히죽 웃었다.

김이 모락모락 나는 게 구워진 것 같지만, 의복만 조금 탔을 뿐, 크게 부상을 입은 것 같진 않았다.

"후후."

흉황은 그런 광견을 보더니, 천천히 하늘로 떠올랐다. 암울한 제도를 향해 불어오는 바람이 의복을 마구 펄럭였다. 지구에서 저런 모습을 보였다면 신의 강림이다 뭐다 해서 시끄러웠겠지만 실제로는 그냥 악신이나 다름없었다.

광견은 그렇게 떠오르는 흉황을 보며 인상을 와락 썼다.

"와… 시발. 또 이거네?"

광견은 단단하게 대지에 자리 잡곤, 한 손을 들어 올렸다. 그리곤 조용히 스산하게 중얼거렸다.

"알아서들 피해… 닿으면 소멸이다! 나중에 뒤져서 나 원망하지들 말고!"

우웅.

우르릉.

광견의 말이 끝나기 무섭게 검은 하늘에 뇌성이 울리고, 번쩍번쩍 뇌전이 감돌았다. 뭔지 모르겠지만 석영은 심상치 않은 전조를 느꼈다. 일단, 감각이 맹렬하게 울었다. 도망가라고, 어서 피하라고.

그러지 못하면 죽는다고.

나중엔 아예 악을 써대는 것 같았다.

"이거야 원."

석영은 슬쩍 웃으며 중얼거렸다. 이 따위에 몸을 숨길 곳이 어디 있을까? 감각의 말대로 도망치고 싶어도 이미 검은 하늘 전체에 번쩍이기 시작하는 붉은 빛을 보면서 석영은 어디로 가도 저걸 피할 수 없다는 걸 이미 알고 있었다.

"골 때리네."

곁에 있던 한지원의 중얼거림에 석영은 저도 모르게 고개를 끄덕였다. 석영은 설마 이걸 여기서 또 겪을 줄은 상상도 못 했다.

유성우 폭발.

대재앙의 날.

대격변의 날.

지구가 멸망할 거라고 예상했던 일대 사건… 그 이후 리얼 라니아가 생겨나고, 시스템이 생겨났다. 그래서 익숙하다. 저렇게 온 하늘이 미쳐 날뛰는 광경을 보는 건. 근데 이걸 지금 또 보고 있었다.

"저걸 어떻게 피하지?"

석영은 문득 중얼거렸다.

인위적으로 만든 현상이니, 이는 흉황이 권능으로 메테오 스타라이크(Meteor Strike)를 시전한 거라 할 수 있었다.

이른바, 운석 소환이다.

근데 영역이… 너무나 광범위했다.

도무지 피할 구석이 없을 것 같을 정도로, 암담한 광역 마법이었다.

"닿으면 소멸이라."

어처구니가 없었다.

하지만 석영도, 한지원도, 두 사람의 동료들도 그렇게 긴장하는 모습은 아니었다. 얼굴은 굳어 있지만 딱 그 정도였다. 석영을 포함한 각성자들은 고개를 들어 점점 더 미쳐 요동치는 하늘을 바라보고 있었다. 그 상태로 5분쯤 시간이 흘렀다.

"아따, 멀리서도 끌고 오나 보네?"

휘안의 이죽거림이 다시 한번 들렸지만 그 말을 들어야 할 흉황은 이미 하늘 높이 떠 있었다. 그 상태로 다시 5분이 더 지났다.

"슬슬 오네… 다들 알아서 잘들 피해… 이번 건, 진짜다."

광견의 말에 슬슬 긴장감이 생겨나기 시작했다. 각자, 피할 생각은 안 하고 현재 버티고 선 공간에서 기운을 발산하기 시작했다. 석영도 슬슬 기운을 개방했다. 어둡고, 음침한, 타천 활과 아주 흡사한 기운이 뭉게뭉게 피어올랐다. 그 기운은 원형의 구를 만들어 석영을 감쌌다. 그런 석영의 주변으로 한지원과 나창미 등, 동료들이 모여 들었다. 기운이 서로 상충하며 스파크를 튀겼지만 주인의 의지를 배신하진 않았다.

왜 이렇게 뭉쳤는지는 서로 잘 몰랐다.

그냥, 석영의 주변으로 뭉쳐야 한다는 것만 느꼈을 뿐이었다.

오색을 넘어, 여섯 개의 색이 뭉쳐 마치 만화 영화에서나 나올법한 영롱한 빛을 발하기 시작했다.

그 기운의 벽을 보며 나창미가 피식 웃었다.

"이건 뭐 캡틴 플래닛도 아니고."

피식.

석영도 그 말에 실소를 흘렸다.

구궁.

솨아.

공기가 싸해졌다.

찌릿! 찌릿! 한 가공할 기운이 서서히 느껴졌다. 운석이 대기권을 슬슬 돌파하면서부터는 분위기가 정말 급변했다.

[후후후…….]

웅, 웅웅.

흉황의 웃음소리가 마치 비수처럼 귓가로 꽂혔다. 그 웃음에는 자신감이 가득했다. 마치 이번 공격에 각성자들이 전부 죽을 거라고 확신하는 것 같았다. 그리고 확실히 석영이 보기에도 지금이 승부처였다.

'기분 나쁘네.'

석영은 피식, 조소를 흘렸다.

지금은 그저 조용히 때를 보고 있었지만 좀 전의 웃음은 지극히 기분이 나빴다.

‘넌 꼭, 내가 대가리를 뚫어줄게.’

석영이 그런 다짐을 끝낼 때쯤, 세상이 환해지면서 첫 번째 운석이 대지로 꽂히기 시작했다.

콰응……!

첫 번째 운석이 대지를 강타했다.

엄청난 굉음과 함께 새하얀 빛이 번쩍였다.

파지지직!

굉음, 그리고 천지가 번쩍인 뒤 엄청난 충격파가 석영과 일행이 만든 보호막을 강타했다. 그리곤 스파크가 사방으로 일어났다.

“큭.”

“으윽.”

석영은 물론 한지원까지 나직한 침음을 터뜨렸다. 기운이 어마어마했다. 운석이 떨어지고 난 뒤 불어닥친 충격파에 정신이 혼미해질 지경이었다. 하지만 석영은 생각했다. 못 버틸 정도는 아니라고.

그래서 의식을 최대한 집중했다.

이제 첫 번째 운석이 떨어졌다.

두 번째는 아직 오지도 않았다.

밤하늘에 점점이 박힌 붉은 운석은 딱 봐도 스무 개 이상이었다. 즉, 근처로 떨어지면 이 정도의 충격파를 못해도 20번은 받아내야 한다는 소리였다.

“두 번째 온다!”

광견의 말에 석영은 다시금 집중했다.

휘유.

바람이 갈라지는 소리와 함께 두 번째 운석이 다시 지면을 강타했다. 하얀 빛, 그리고 다시 충격파가 터졌다.

쩡……!

파지지직!

파지직!

운석이 머금은 물리 에너지가 엄청난 기세로 주변을 휩쓸었다. 하지만 보호막은 여전히 굳건했다. 물론 부딪칠 때마다 다들 속에서 울컥! 하고 피가 올라왔다. 단 두 방이지만 벌써 내상이 진하게 올라왔다.

까득!

"와… 시발. 이거 잘못하면 뒤지겠는데?"

나창미가 이를 갈며 중얼거린 말은 모든 각성자들의 마음을 대변했다. 이어서 세 번째, 네 번째 운석이 떨어졌지만 거리가 꽤나 멀리 떨어져 있던 덕에 작은 충격파만 받아내 일단 한숨을 돌렸다.

하지만 여전히 밤하늘에 박혀 있는 붉은 점은 줄지 않았다.

"또 온다… 준비!"

광견이 바로 타이밍을 잡아줬고, 각성자들은 있는 힘껏 기운을 개방하기 시작했다.

잠시 연해졌던 보호막의 색채가 다시금 진해졌다. 하지만 표정들은 그리 좋지 않았다. 석영도 마찬가지였다.

단 두 방에 입은 내상이 꽤나 컸다.

마치 기름을 통째로 마신 것처럼 속이 니글니글거렸고, 점차 콕콕 쑤시는 것 같은 통증까지 올라오고 있었다.

'오랜만인데.'

나레스 협곡 이후 석영의 전투는 무난했었다. 항상 여유가 있었고, 언제나 그 여유를 무기로 승리했다. 하지만 지금은 아니었다. 전투가 시작되고 얼마 지나지도 않았는데 벌써 내상을 입었다.

석영은 정신을 바짝 차렸다.

못 막으면, 인생이 쫑 나는 극한 하드코어 게임 중이라는 생각으로 최대한 집중해 보호막을 형성했고, 이런 생각을 읽은 한지원을 포함한 다른 각성자들도 똑같이 석영을 따라왔다.

콰앙!

쩍! 쩌적!

이번엔 완전히 지척에 떨어지는 바람에 충격이 이전과는 달랐다. 보호막에 금이 쩍쩍 갔고, 그렇게 금이 간 틈으로 운석우의 충격파가 스며들었다.

"으으."

가장 외쪽을 담당하던 한지원이 이를 악물고 신음을 참았다. 하지만 잇새로 나오는 신음까지는 막지 못했다.

"지원아!"

나창미가 얼른 의식을 집중해 한지원을 도왔다. 하지만 한 번 깨진 틈을 메우는 건 매우 힘들었다. 결국 충격파는 두 번

째 보호막에 도달, 격렬하게 힘을 겨루기 시작했다. 하지만 그
것도 잠시, 곧 힘을 다하고 소멸했다.

석영은 얼른 기운을 회수해 가장 겉쪽으로 돌렸다. 한지원의
안색이 너무나 창백한 탓에 두 번은 견디기 힘들 거라고 봤기
때문이었다.

콰웅!

그 순간 다시 운석이 떨어졌고, 지겹기까지 한 충격파가 몰
아닥쳤다.

쩡!

쩌적!

"아 왜 우리 앞에만 떨어지냐, 짜증 나게!"

차샤의 불만 가득한 말이 들렸지만 석영은 고개를 끄덕일 틈
도 없었다. 상상 이상이었다. 충격파와 부딪치자 감전된 것처럼
온몸이 부르르 떨렸다.

으득! 절로 이가 악물렸다. 석영은 한지원이 얼마나 큰 충격
을 받았을지 아주 처절하게 겪을 수 있었다. 하지만 시작이 있
으면 끝이 있는 법.

하나씩, 하나씩 견뎌내다 보니 어느새 운석 소환은 끝나 있
었다. 밤하늘에 더 이상 붉은 점이 없자, 석영은 천천히 기운을
거뒀다.

털썩.

"아."

절로 탄성이 흘러나왔다.

그 안에는 많은 감정이 숨어 있었다. 안도, 허탈, 분노 등등, 현재 석영이 느끼는 모든 감정을 넣은 상태였다. 이 한 번의 광역 공격을 막으면서 진이 쭉 빠졌다, 석영은 고개를 들어 다른 각성자들을 바라봤다.

상황은 석영과 비슷했다.

다들 주저앉아 숨을 몰아쉬고 있거나, 아니면 허리를 숙인 채 헉헉거리고 있었다. 반대로 흉황은 아직 보이지 않았다. 하지만 석영은 처음에 느꼈던 불길한 기세가 상당히 수그러들었다는 걸 느낄 수 있었다.

"지랄 같네, 이거."

나창미의 욕지거리에 다들 고개를 끄덕였다. 석영도 이번만큼은 진짜 공감했다. 이번 공격은 진짜 지랄 같았다. 운석이 떨어진 곳, 그 주변은 아예 폐허가 되어 있었다. 오직 각성자들이 섰던 곳만 멀쩡할 뿐이었다.

모든 걸 지워 버리는 어마어마한 공격. 솔직히 말해 욕이 나왔다. 각성하지 못했다면? 전부 죽었을 것이다. 흉황이 생명의 힘을 조금만 더 정제했다면? 마찬가지로 전부 죽었을 것이다.

"이런 괴물을 죽여야 한다는 거지……?"

후후.

스윽.

자리에서 일어난 한지원이 머리를 쓸어 넘기려 의미심장한 어조로 말했다. 석영은 힐끔, 그녀를 올려다봤다. 기분 좋아 보이는 미소. 석영이 아는 한 가장 기분 좋아 보이는 미소였다.

석영도 자리에서 일어났다.

먼지를 툭툭 털면서 몸을 점검해 보니 내상을 입은 것만 빼면 크게 다친 곳은 없는 것 같았다.

"야… 이거 두 방 오면 버틸 수 있으려나?"

차샤의 말에 석영은 쓴웃음을 지었다.

두 방?

견딜 수는 있을 것 같았다.

다만, 막고 나면 탈진해서 흉황에게 손도 못 써보고 죽을 것 같았다. 석영은 그런 상황이 오는 것만은 피하고 싶었다.

"돌아가면서 체력 보충들 해요. 내가 먼저 가드 설 테니까."

아리스의 말에 석영은 고개를 끄덕이곤 눈을 감았다. 각성을 하면서 개척한 기예 중에 하나를 바로 펼쳤다. 1분쯤 지나자 싸하던 속이 진정되기 시작했다. 다시 몇 분이 더 지나자, 이제는 평상시처럼 잠잠해졌다.

물론 정신력까지 전부 회복된 건 아니었다. 돌아가면서 휴식을 취하고 났을 때쯤, 타이밍 한번 기가 막히게도 흉황이 조금씩 내려왔다. 다른 각성자 파티도 전부 휴식을 끝냈는지 가벼운 몸으로 재차 전투 준비에 들어갔다.

첫 포문은 역시 광견이었다.

"힘 많이 뺐는데 어쩌냐? 우리 다 멀쩡한데?"

"후후, 그저 정제되지 않은 힘을 소진했을 뿐이다."

"그래? 그거 아쉽네. 이제 좀 패려고 했는데. 근데 거기 그렇게 떠 있는 것도 힘쓰는 거지? 그냥 거기 계속 있어주라. 응?"

피식.

광견의 말에 조소를 흘린 흉황이 천천히 바닥으로 내려왔다. 내려온 그는 여전히 여유로웠다. 다만 아까 느꼈던 것처럼 힘은 좀 빠진 것 같았다. 석영은 천천히 뒤로 물러났다.

"슬슬 시작하지?"

"후후."

광견이 씩 웃으며 한 도발에, 나직한 웃음과 함께 흉황이 손을 들어올렸다. 2차전, 개전이었다.

＊　　　　＊　　　　＊

치열했다.

처절했다.

현 상황을 정리할 수 있는 문장들이었다.

"……."

석영은 자신의 배를 힐끔 봤다.

옆구리 살이 움푹 파여 나가 있었다.

한 번의 공격을 미처 피하지 못해 생긴 상처였다. 근육을 조여 출혈은 막았지만 올라오는 통증은 벌레가 살을 파먹는 것 같이 끔찍했다. 안색도 창백해졌다. 하얗게 질려서 누가 보면 목 위로 피가 안 통하는 사람인 줄 알 정도였다.

석영뿐만이 아니었다.

모든 각성자들이 그랬다.

다들 한군데씩 상처를 입었고, 그 상처는 결코 가볍지 않았다.

"괴물이네."

손목이 날아간 차샤의 말에 석영은 입술을 깨물었다. 차샤의 말처럼 흉황은 괴물이었다. 여전히 고고, 도도한 모습으로 정면에 여유롭게 서 있는 저자는, 가히 신과 버금과는 인간이었다. 어떻게 그 많은 세계를, 차원을 돌며 파괴할 수 있었는지, 석영은 너무나 절절하게 깨달았다.

"겨우, 이 정도들인가?"

흉황의 조롱에 다들 기세를 확 피워 올렸다.

자존심에 상처를 입어도 너무 많이들 입었다.

"흐흐, 개새끼."

광견의 이죽거림에 흉황은 그를 보며 씩 웃었다.

"그때보다, 어째 더 약해진 듯하구나."

"아니? 아닌데? 그대론데? 그리고 너 이 새끼… 괜찮은 척하지 말지? 너도 지금 후달리잖아? 아니냐? 공격이 처음보다 더 약해진 게 확실하게 느껴지거든? 어디서 뻥카질이야. 확, 그냥!"

"허세로 보이나? 미친개의 감도 많이 죽었군. 후후."

"죽기는… 개새끼가!"

광견이 욕설과 함께 바로 달려들었다. 가장 많은 공격을 받았지만, 방어에는 진짜 일가견이 있는지 피해는 가장 적었다. 아주 이상적인 탱커였다. 쩡! 쩌저적!

방어막에 광견의 검이 박혔다. 확실히 흉황도 체력이 떨어지긴 한 것 같았다. 광견의 공격이 방어막을 부스는 소리가 들려 왔기 때문이었다.

고오오.

전쟁상인의 동료가 마법을 시전하는 소리가 들렸다.

먹구름이 흉황의 위에 생성되더니, 그대로 벼락을 내리쳤다.

우르릉!

콰광!

새하얀 뇌전이 머리 위로 떨어졌지만 역시 본체에는 닿지 못하고 소멸됐다. 계속 이런 패턴이었다. 각성자들의 공격은 보호막을 뚫지 못했다. 하지만 그래도 쉬지 않고, 계속해서 두들겼다. 때리고, 또 때리고, 계속 두들겼다. 그 결과 보호막이 깨지는 단계까지 끌고 올 수 있었다.

'아직, 아직이다.'

석영은 그래도 기다렸다.

한 방, 흉황의 목을 딸 딱 한 방을 먹이기 위해서 석영은 끈질기게 피하기만 했다.

화르르!

거대한 불길이 베르데의 검 끝에서 일어났다.

"합!"

명왕기사의 동료, 란스가 거대한 플랑베르쥬를 들고 내달렸다. 모든 각성자들이 자신의 주특기를 이용해 흉황에게 달렸다.

쩡!

쩌저적!

쩡!

쩍!

깨졌다가, 생성됐다가를 반복했다.

흉황도 당연히 맞고만 있진 않았다.

스윽.

손길 한 번에 달려가던 나창미의 앞이 깨끗하게 지워졌다.

“아 쫌……!”

짜증을 왈칵 낸 나창미가 옆으로 바로 몸을 굴렸다. 간발의 차로 겨우 피한 나창미는 다시 몸을 뒤로 뺐다. 그녀가 서 있던 자리가 다시 움푹 파였다. 한지원이 그녀에게 달려갔다.

“이익!”

저 공격을 못 피하면, 아무리 각성자의 육체라 하더라도 그냥 처음부터 없었던 것처럼 소멸해 버린다. 석영의 옆구리도 그렇게 다쳤고, 차샤의 손목도 그렇게 날아갔다. 다른 각성자들도 마찬가지였다.

본신의 힘을 완전히 회복하지 못해 다른 권능은 몇 개 못 쓰고 있지만 그 정도로도 흉황은 무시무시했다.

지잉.

흉황이 다시금 손을 휘두르자 한지원이 나창미의 목덜미를 잡아챘다. 나창미의 발 앞이 다시 사라졌다. 석영은 그 상황을 보면서, 무심결에 흉황을 바라봤다가 그의 얼굴에 짜증이 서려 있는 게 보였다.

전투가 시작되고 처음 보는 감정의 변화였다. 석영은 타이밍이 왔다는 걸 깨달았다. 저런 표정의 변화가 왔으면, 심적으로 부담을 가지고 있다는 뜻이었기 때문이었다. 그리고 그 심적 부담은 아마 본인의 체력, 혹은 정신력에 슬슬 문제가 생기고 있다는 뜻으로 해석할 수도 있었다.

두드드드.

석영은 지체 없이 시위를 당겼다. 그러자 어둠이 석영의 의지를 받아 압축, 압축, 압축하는 과정을 거치며 단조로운 화살의 형태로 맺히기 시작했다. 그리고 그런 석영의 준비를 본 각성자들이 알아서 움직이기 시작했다.

사방, 팔방.

마치 정신 줄을 놓은 강아지나 고양이처럼 움직이며 흉황의 시선을 뺏기 시작했다. 다들 본능적으로 석영의 공격이 지금 이 순간에는 가장 강력함을 알고 있었다. 갑자기 각성자들이 움직이기 시작하자 흉황의 표정이 더욱 찌푸려졌다. 약, 5분간 모든 각성자가 흉황의 시선을 최대한 어지럽혔고, 드디어 기회가 왔다.

쩡……!

쩌저적!

쨍강!

명왕기사의 동료인 은발의 여기사가 펼쳐낸 발도가 흉황의 보호막을 깨뜨리는 소리가 들린 직후, 집중하고 있던 석영은 의식을 활짝 개방한 상태에서 시위를 놨다.

투웅······!

쇄애애액!

새까만 화살이 흉황을 향해 날아갔다. 속도는 정말 눈 깜빡할 사이라는 표현이 어울렸다. 예리하게 날아든 화살이 정확히 흉황의 보호막을 두들겼고, 이내 깨부쉈다.

파창!

유리가 깨지는 소리가 들리고, 화살은 그대로 흉황의 어깨에 직격했다.

퍽!

하지만 보호막을 깨는 걸로 효력이 다했는지 곧 부스스… 소멸했다. 그걸 확인한 석영은 인상을 찡그렸다. 제대로 작정하고 갈겼는데도 겨우 보호막을 뚫는 걸로 그쳤다는 사실도 믿기지가 않았다.

"괴물이네, 괴물이야, 진짜."

허탈한 목소리로 그렇게 중얼거렸지만 그래도 나름의 소득은 있었다. 전투가 시작된 이후 처음으로 흉황의 몸에다가 화살을 박아 넣었다. 비록 흉황에게 큰 타격을 주진 못했지만 그래도 보호막을 뚫었다는 사실만으로도 충분히 소득은 있었다.

"오… 뚫렸네? 옛날에도 저 친구가 네 심장에 칼을 박았는데, 오랜만에 맞으니까 그때 처맞은 기억이 또 새록새록 떠오르지?"

광견의 이죽거림에도 흉황은 미동도 없이 석영을 노려봤다. 눈빛은 엄청나게 살벌했다. 그렇다고 치켜뜨거나 막 석영을 죽일 듯이 바라보는 것도 아니었다.

무감정.

완벽한 무심.

화가 난 것도, 분노한 것도 아니고, 짜증이 난 표정도 아니었다. 그냥 바라볼 뿐이었는데도 석영은 서늘함을 느꼈다. 등골이 쭈뼛 서는… 그런 느낌이었다. 뱀 앞에 선 개구리의 심정 같아서 기분이 별로였다.

"철갑 기마대주여. 그때나 지금이나, 이 몸의 육체에 도달하는 건 항상 그대구나."

"……"

익숙하지 않은 호칭 정도가 아니라 거의 처음 듣는 호칭이었다. 석영은 무시했다. 대신 다시 시위에 손가락을 걸고, 천천히 당겼다. 다시 좀 전에 보호막을 뚫었던 화살이 천천히 형성되기 시작했다.

한 번은 성공했다.

그러니 두 번 못 할 것도 없었다.

석영이 움직이니 다른 팀들도 전부 움직이기 시작했다. 움직임 자체도 변했다. 수비에 치중하던 전과는 달리 이번엔 굉장히 적극적으로 움직이기 시작했다. 다들 석영의 공격이 명중하는 걸 보고 깨달은 것이다.

흉황의 힘이 상당히 소진됐다는 사실을 말이다.

여태 계속 방어만 하며 기다린 보람을 슬슬 느낄 시간이었다. 모두의 움직임이 적극적으로 변했지만 석영은 시위를 놓지 않았다. 여유롭게 공격을 막는 것도 막는 거지만, 입가에 매달고 있는 웃음이 너무 꺼림칙했다.

조롱.

흉황은 명백하게 각성자들을 비웃고 있었다. 그게 석영이 시위를 놓지 못하는 이유였다.

쩡!

콰앙!

전쟁상인 동료의 마법으로 흉황이 떠 있는 아래서 불기둥이 치솟았다. 하지만 벽에 가로막힌 것처럼 흉황의 발 아래서 두 갈래로 갈라져 흩어졌다.

"이상한데……."

게다가 공격도 하지 않고 방어만 하는 흉황의 모습은 확실히 이질감이 느껴졌다. 불과 얼음, 그리고 각종 무기들이 계속해서 흉황을 두들겼지만 석영처럼 저 방어막을 뚫고 흉황의 본체에 도달하는 공격은 없었다.

'소모전?'

아니, 아니지.

석영은 고개를 저었다.

첫 번째 공격은 보호막을 뚫지 못했다. 하지만 두 번째는 뚫었다. 그렇다는 건 힘은 확실히 떨어져 있는 게 맞았다. 그런데 다른 각성자들의 공격은 여전히 막을 뚫지 못하고 있었고, 흉황도 처음처럼 권능을 뿌리는 상태가 아니었다.

'뭘 노리는 거지.'

신경이 너무 쓰였다.

적의 의도를 모르는 채로 무작정 공격하는 건 아무리 생각해 봐도 바보짓에 가까웠다. 석영이 생각하던 걸 각성자들도 느꼈는지 공격을 멈추고 뒤로 물러나기 시작했다.

"너 뭐 하냐? 염불이라도 외냐?"

광견이 이번에도 이죽거렸지만 흉황은 여전히 웃고만 있었다. 하지만 이번 미소는 좀 달랐다. 섬뜩함, 불길함, 이 두 가지가 전부 들어가 있어 소름이 돋을 정도로 무서웠다.

'뭔가… 온다!'

지잉.

육감이 다시금 날뛰기 시작했다.

석영은 이 육감을 무시하지 않았다.

석영이 바로 몸을 빼자마자 공간이 천천히 얼어붙기 시작했다.

"개새끼! 또 시작이네!"

광견이 소리치고는 급히 본인도 몸을 빼기 시작했다. 석영은 그 소리가 들렸을 때쯤은 이미 꽤나 멀리 도망친 뒤였다.

파사사삭!

갑자기 순간 이동을 해 시베리아라도 간 것처럼 온 세상이 하얗게 얼어붙었다. 너무나 갑작스러운 변화라 미처 몸을 빼지 못한 각성자가 있었다. 가장 근접해서 붙어 있던 명왕기사의 동생이라는 각성자였다.

그녀는 다리가 지면에 붙은 것처럼 갑작스럽게 움직이지 못

했다. 실제로 하체에 하얗게 서리가 끼기 시작했다.

"마법사! 불 좀 질러!"

그걸 본 광견이 급히 소리쳤고, 전쟁상인의 동료인 마법사가 바로 불길을 지면으로 쏴서 언 바닥을 녹였다. 하지만 특수한 권능인지 불길에도 얼음은 녹지 않았다.

"비켜!"

석영은 급히 소리치고, 시위를 그대로 놨다.

투웅!

쇄애애액!

둔중한 소리와 날카로운 소리를 동시에 품은 채 날아간 화살이 여기사의 발 아래를 파고든 다음, 그대로 흙을 뒤집어엎었다. 발에 흙이 여전히 뭉쳐 있었지만 그래도 움직일 정도는 됐다.

휙!

가장 근처에 있던 광견이 경로를 틀어 여기사의 허리를 낚아챈 다음 그대로 몸을 다시 날렸다.

20초도 지나지 않아 흉황을 중심으로 세상이 하얗게 얼어붙었다. 그 반경도 거의 300미터 정도 되는 것 같았다. 얼어붙은 세상이 흉황이 손짓을 하자 잘게 부서졌다.

파사삭!

하얀 얼음 결정이 흩날리는 건 장관이었다.

하지만… 석영은 그 광경에 취하지 못했다.

조금만 늦게 반응했으면?

‘저렇게 잘게 쪼개져 흩날렸겠지.’

그 정도로 매우 위험한 순간이었다.

석영은 느슨하게 풀려 있던 감각을 다시 최고조로 끌어올렸다. 풀벌레 소리조차 들리지 않는 공간이 주는 기괴함이 감각을 타고 석영에게 스산한 감정을 선사했지만, 다행히 그 정도에는 흔들리지 않았다.

“저걸 어떻게 죽여야 될까?”

근처로 다가온 한지원의 물음에 석영은 잠깐 생각하다가, 고개를 저었다. 글쎄다. 이런 마음이 가장 먼저 들었다. 솔직히 저 보호막을 지금까지 두들긴 횟수를 세어보면 거의 천 번 가까이는 된다.

전투가 시작된 지 못해도 반나절이 훌쩍 지났고, 그 동안 각성자들이 움직이면서 수도 없이 때려댔다. 그런데도 석영의 공격 한 번을 제외하면 단 한 번도 보호막을 넘지 못했다. 게임처럼 최종 보스의 피통이나 정신력이 보이는 것도 아닌 상황이라 답답함만 계속 쌓여갔다.

“지쳤어?”

“아니, 그 정도는 아닌데. 슬슬 귀찮네.”

한지원이 전에 없이 짜증스러운 음색으로 석영의 말에 대답했고, 그에 공감한다는 듯이 그 말을 들은 전원이 고개를 끄덕였다.

슬슬 짜증이 올라왔다. 그래도 명색이 각성자다. 단신으로 군대를 상대해도 짓밟아 버릴 수 있는 능력을 개개인이 갖추고 있었다. 그런데 저 불길한 황제에게는 여태껏 톡 건드린 수준 정도의 대미지밖에 주지 못하고 있었다. 그것도 본인이 아니라, 한 번도 흉황과 싸워본 적이 없는 석영이 준 대미지였다.

"아… 슬슬 빡치네, 진짜."

두득, 두득!

목을 거칠게 푼 광견이 저벅저벅 걸어 나갔다.

"휘안!"

"아 몰라, 맘대로 싸워. 포메이션이고 지랄이고 그냥 알아서 두들기고, 알아서들 피해. 난 끝장을 본다, 썅."

"휘안! 돌아와요!"

그의 동료가 급히 그를 불렀지만, 그는 그대로 방패와 검을 꼬나 쥐고 앞으로 걸어 나갔다. 그런데 그와 똑같이 움직이는 이가 있었다. 명왕의 별명을 가진 잿빛 머리 기사였다. 그도 쌍검을 축 늘어뜨린 채 천천히 걸어 나가기 시작했다.

"루!"

그의 누나라는 여자가 부르자, 그는 고개도 돌리지 않은 채 대답했다.

"언제까지 이렇게 싸울 거야? 저 새끼가 먼저 지칠지, 우리가 먼저 지칠지 확실치도 않은데. 이럴 땐 그냥 들이대고 보는 거야."

"너 안 돌아올래!"

"이번만큼은 누나 말 못 듣겠네. 나도 이제부터는… 내 방식대로 간다."

탁, 탁탁.

파바박!

지면을 박차고 달리는 속도가 엄청났다.

두꺼운 중갑을 입은 것 같은데도 빛살처럼 빠르게 움직였다. 그리고 빛이 번쩍였다. 문자 그대로 빛이었다. 십자의 빛이 번쩍이는 순간 쩡! 하고 보호막에 뭔가가 부딪치는 소리가 들렸다.

지금까지와는 전혀 다른 공격 방법이었다.

"아따… 봤어?"

"아니."

빛이 번쩍이는 순간 이미 보호막에 타격이 들어갔다. 육안으로는 아예 확인도 불가능할 정도로 엄청난 공격 속도였다. 게다가 지금까지 보호막에 공격이 부딪치는 소리와는 미묘하게 달랐다.

좀 더 격렬한 느낌?

"본신의 힘을 다들 끌어낼 생각인 것 같은데?"

"그럼 우리도 슬슬 움직이자고."

나창미와 한지원이 슬슬 시동을 걸려는지, 몸을 다시 풀기 시작했다. 실제로 몸이 안 풀려서 푼 건 아니고, 일종의 의식이었다. 이제 본격적으로 움직여 보겠다는 그런 의식 말이다. 확실히 두 사람은 석영을 지키느라 전투에 많이 참여하지 않았던 터라 체력적으로 다른 각성자들보다 여유가 있었고, 그래서 움직임이 확실히 다르긴 했다.

쇄액.

바람이 쭉 갈라지더니 어느새 나창미의 신형이 흉황의 지척에 도달해 있었다.

쾅!

공기가 마치 폭탄처럼 터졌다. 그리고 동시에 풍압이 사방을 휩쓸기 시작했다. 하지만 그게 끝이 아니었다. 특별한 권능을 사용한 건지 단순히 점프했을 뿐인 나창미의 몸이 그 자리서 한 바퀴 빙글 돌더니 다시금 검을 휘둘렀다. 김선아가 만들어 준 특수 합금이 강렬한 기운을 머금고 흉황의 방어막을 다시 때렸다.

쾅!

두 번째 울리는 폭음.

그 뒤에야 나창미는 바닥으로 내려왔다.

대신, 그 자리를 한지원이 메웠다.

쾅!

쩌저적!

단 일격! 이번 일격에 보호막이 깨지는 소리가 들렸다. 하지만 흉황은 여전히 여유로운 표정이었다.

한지원이 몸을 비틀어 재차 공격을 넣었지만 이번엔 다시 쩡! 하는 소리와 함께 또 다른 보호막에 막혀 공격이 무산됐다.

노엘, 아리스는 석영의 근처에서 한지원과 나창미가 맡았던 임무를 수행했고, 오랜만에 노엘이 나섰다. 마치 히어로 영화에 나오는 영웅처럼 손목을 감싸 쥐고, 몇 개의 버튼을 조작했다.

투캉!

그러자 거친 굉음과 함께 그녀의 몸이 뒤로 쭉 밀렸고, 반대로 기계 팔에서 발사된 탄환이 엄청난 운동에너지를 머금고 흉황에게 쏘아졌다.

매서운 소리와 함께 탄환이 날아들자 처음으로 흉황은 신형을 비틀어 그녀의 공격을 피했다. 하지만 워낙에 빠른 속도라 전부 피하지 못했고, 어깨 바로 위 옷자락이 그대로 뜯겨 나갔다. 제대로 된, 두 번째 히트였다.

"크크! 이제 좀 먹혀들어 가는구만!"

광견이 진득한 살소와 함께 달려들었다.

동시에 다른 각성자들의 공격도 마구 날아들었다. 석영도 시위를 당기고, 집중했다. 거대한 화살이 다시금 시위에 맺히기 시작했다. 이전보다 더 크고, 이전보다 더 강렬한 의지가 담긴 화살이었다.

하지만 석영은 그 화살이 흉황에게 날아가게 하진 못했다.

순간 이동.

갑자기 사라진 흉황이 석영의 앞에 나타났고, 진득한 미소와 함께 손을 쭉 뻗어왔다. 석영은 그 손을 확실히 보고 있었으면서도 피하지 못했다. 자세가 완벽하게 역동작에 걸려 있는 상태였기도 했지만, 워낙에 빨랐다.

"큭."

흉황의 손이 목에 닿았다.

지독하게 불쾌한 느낌이 피부를 타고 느껴졌다. 하지만 석영은 이걸 뿌리칠 수가 없었다. 무슨 짓을 했는지 모르겠지만 갑자기 몸에 힘이 일시에 쭉 빠져나갔다.

"그대는 좀 위험하군. 아주 위험한 기운이 느껴져. 다른 이들과는 다른 방향으로 각성을 해서 그런가……? 후후."

"크윽."

호흡까지 압박하기 시작하자 석영은 갑자기 의식이 흐릿해지는 걸 느꼈다. 위험하다, 위험해! 벗어나, 얼른 벗어나라고! 본능이 악을 썼지만 이성은 도리어 욕했다. 안다고! 나도 안다고! 근데 못 움직이겠다고! 힘이 안 들어간다고! 이성과 본능이 싸움질을 하는 걸 느끼며 석영은 저도 모르게 피식 웃었다.

"웃어?"

씨익.

그러자 흉황도 똑같이 웃었다.

석영이 웃는 이유는 있었다.

느껴졌다.

아주 익숙한… 자신이 사랑하는 사람의 기운이.

귓속으로 명료하게 들려오기도 했다.

[오빠, 참아! 무조건 버텨! 지금 가고 있어!]

잘못 들었나 싶었지만 그건 확실히 아니었다. 분명히 느껴졌다. 그리고 잠시 뒤, 허공에서 갑자기 폭탄처럼 우렁찬 외침이 터져 나왔다.

"너 이 쌍! 그 손 안 놓냐! 개나리 십장생 같은 새끼야!"

아주… 익숙한 욕설을 듣자 석영은 이 상황이 해결이 된 것도 아닌데 저도 모르게 안도의 한숨을 내쉬었다.

휘이이익!

쾅!

위에서 떨어져 내린 아영이 흉황의 손을 잘라 버릴 작정으로 내려쳤다. 하지만 이미 흉황은 석영의 목을 놓고 다시 순간 이동으로 저 멀리 이동해 버린 뒤였다. 그 바람에 땅바닥만 아예 폭탄을 맞은 것처럼 뒤집혀 버렸다.

우수수 떨어지는 흙먼지를 맞으며 석영이 물었다.

"어떻게 왔어?"

"잘?"

"농담하지 말고."

"출산 직후 바로 각성이 시작되더라고. 아… 나 진짜 죽는 줄 알았어, 오빠! 오빠 그거 어떻게 견뎠데?"

"……."

"근데 각성이 좋긴 좋던데? 임신 전 몸으로 단방에 보내주고! 후후, 살도 많이 터서 그거 진짜 신경 쓰였는데 잘됐지, 뭐. 오호호!"

"……."

밝게 웃지만 아마 죽을 맛이었을 것이다.

출산 직후 각성이라.

가뜩이나 아이를 낳으면서 정말 힘들었을 텐데, 시스템 이 새끼도 참 매너도 없는 새끼였다. 고생했을 아영이에게 미안한 감정이 확 올라왔지만 석영은 내색하지 않았다.

안타깝게도 지금은 샤적인 얘기를 나눌 상황이 절대 아니었다.

"부탁할게."

"맡겨두셈!"

예전의 활기찬 아영이로 돌아와 석영은 마음이 놓였다. 아영이 석영의 앞을 단단히 막아서자, 차샤와 아리스가 상대적으로 편해지기 시작했다. 일단 석영에 대한 방어를 아영이 전적으로 책임지기 때문이었다. 그러자 전투는 좀 더 적극적으로 변했다. 잠시간 멈추었던 공세가 다시 시작됐다. 사방에서 공격이 빗발쳤고, 흉황이 두른 보호막을 사정없이 두들겼다. 물론 흉황도 가만있지만은 않았다.

우르릉!

쾅!

마른하늘에 갑자기 날벼락이 떨어졌다.

목표는 당연히 석영이었다.

"으차!"

하지만 석영에게는 자신을 지켜주는 든든한 가디언이 있었다. 아영이 기합 소리와 함께 몸을 날려, 방패로 벼락을 그대로 튕겨냈다. 내리꽂히던 벼락은 방향을 잃고 그대로 땅바닥에 처박혔고, 그대로 대지에 흡수되어 사라졌다. 쉴 새 없이 주고받는 공방은 점점 치열해졌다. 부상자도 속출했다.

"큭!"

막 보호막을 두들기고 내려서던 나창미가 갑자기 신음을 흘렸다. 지면이 내려서기 무섭게 갑자기 땅이 푹 꺼졌기 때문이었다. 놀란 나창미가 급히 손을 몸을 틀어 다시 신체를 튕겨냈다. 하지만 그 공간으로 다시 우르릉! 쾅! 벼락이 쳤다. 절체절명의 순간, 나창미에겐 동료가 있었다.

휘리릭!

노엘의 기계 손에서 날아간 줄이 나창미의 허리를 감았고, 그대로 잡아 당겼다.

"땡큐!"

"……."

바닥에 내려선 나창미가 뒤에 있을 노엘에게 엄지를 척 들어 감사함을 표했고, 노엘은 묵묵히 고개만 끄덕였다. 솔직히 말해 끝이 안 나는 공방전이었다. 하지만 각성자들은 최선을 다해 흉황을 공격했다.

근데 사실 할 수 있는 게 이것밖에 없었다.

보호막을 깨지 않고서는 흉황의 본체에 타격을 주는 방법은 사실상 전무, 그러니 그 보호막을 유지하는 흉황의 정신력을 소비시키기 위해서라도 부지런히 공격해야만 했다. 다행히 체력적으로 다들 부담을 느끼는 것 같진 않았다.

탁탁탁, 청룡왕 요한이 장대를 던지는 것처럼 자세를 잡았다가, 그대로 자신의 철창을 내던졌다.

쇄애애액!

검은색 철창이 빛살처럼 쏘아졌다.

쩡!

파창!

그리곤 흉황의 보호막을 뚫고, 어깨에 그대로 박혔다. 담긴 힘이 어마어마했는지 흉황은 그대로 창의 힘에 끌려 100미터쯤 날아가다 다시 신형을 바로 세웠다.

"……."

"……."

힐끔, 자신의 어깨를 뚫은 창을 바라보는 흉황의 무미건조한 행동, 눈빛으로 인해 정적이 새벽안개처럼 퍼졌다. 통증을 느끼지 못하는 걸까? 아니면 아무런 타격도 없는 걸까? 석영은 순간 그게 궁금해졌다.

흉황의 손짓에 창이 쏙 뽑히더니, 바닥으로 뚝 떨어졌다.

쨍.

창이 떨어지는 소리가 정적 속에서 요란스럽게 피어올랐다. 바닥으로 떨어졌던 창이 신기하게도 마치 의지를 가진 것처럼 떠오르더니 청룡왕의 손으로 다시금 빨려 들어갔다. 흉황의 시선이 이번엔 청룡왕에게 향했다.

그리곤 진한 미소를 입에 베어 물었다.

슥.

퍼격!

그가 손을 휘두르자 청룡왕의 신형이 갑자기 눈살이 찌푸려
지는 소리와 함께 휘청거렸다. 다들 반사적으로 청룡왕을 바라
보자, 그의 어깨엔 구멍이 휑하니 뚫려 있었다.

"뭐야, 저건 또."

그의 동료인 누렌나할의 말에 다들 눈살을 찌푸렸다. 반응
이고 자시고, 그냥 갑자기 구멍이 뚫렸다.

'아무것도 안 느껴졌어.'

만약 타격점을 머리로 했다면?

청룡왕은 지금 머리를 잃고 바닥으로 쓰러졌을 것이다. 그만
큼 이번 공격은 정말 위험했다. 하지만 그런 공격을 받은 청룡
왕의 표정은 지극히 덤덤했다. 어깨에 구멍이 뚫리는 순간 눈
살을 잠깐 찌푸렸을 뿐, 그게 다였다. 마치 감각이 느껴지지 않
는 사람 같았다.

"너 이 새끼."

광견이 으르렁거렸다.

이번 공격으로 흉황이 지금 자신들을 상대로 '놀고' 있다는
것을 확인했기 때문이다. 잘못 맞춘 걸까? 석영도 그건 아니라
고 봤다. 저자에게 지금 이 전투는 한낱 유희에 불과했다. 자신
이 져도, 이겨도 상관없는. 어차피 또 다른 차원에서 지금 현재
의 의식을 가진 또 다른 흉황으로 강림할 게 정해져 있는… 그
런 상태였기 때문이다.

"후후, 최선을 다한 공격이었건만, 마음에 들지 않았나?"

"지랄 마, 새꺄. 내가 너랑 한두 번 싸워보는지 아냐."

"그럼 그걸 알면서, 왜 힘을 빼고 있지, 광견? 어차피 너나, 나나, 그리고 여기 나에게 대적하고 있는 전원은 죽어도 죽은 게 아닌 운명을 타고났는데?"

"시발… 그건 우리만 그런 거고!"

"호오, 언제부터 광견이 일반인을 챙겼지?"

흉황이 오랜만에 감정을 담고 이죽거리자 광견이 씩 웃었다.

"이번부터? 어차피 기왕 영원히 피 터지게 싸울 거, 이길 거면 확실하게 이겨주는 게 좋지 않겠냐? 내가 지고 사는 걸 매우 싫어하거든. 겸사겸사 챙기는 거지."

"변했어, 광견. 그 예전에 미친개가 그리운 걸."

"걱정 마. 어차피 나랑은 지겹도록 볼 거니까. 다음엔 내가 제대로 미친개처럼 굴어줄게. 사설은 그만하고, 너 이번 공격으로 힘 바닥났지?"

"후후."

광견의 말에 흉황은 웃기만 했다.

그리고 그 웃음을 여태껏 조용히 있던 청룡왕이 받았다.

"그때는 웬만한 상처는 순간 복구 했지. 하지만 지금은 못하는 걸 보니… 그 권능을 쓸 여력조차 남아 있지 않은 것 같군."

묵직한 목소리였다.

하지만 신기하게도 목소리에서 시원한 청량감이 느껴졌다. 굉장히 이중적인 매력이 담긴 청룡왕의 말에 흉황이 고개를 끄덕였다.

"그대들이 며칠만 늦게 왔어도 아마, 지금쯤 재가 되어 흩날렸을 텐데. 그게 조금은 아쉽구나."

황도의 모든 생명체를 흡수했다.

생명력을 에너지로 쓴다는 흉황이 백만 단위의 생명 에너지를 전부 정제했으면, 정말 저 말처럼 됐을 수도 있었다.

"자, 이번 세계에서의 끝을 보자."

"큭큭. 내가 할 말이다, 시발 놈아!"

거칠게 땅을 박찬 광견을 시작으로, 다시금 전투가 재개됐다.

＊　　　　＊　　　　＊

해가 중천에 걸렸다가, 다시 서산마루에 걸렸다.

한나절, 12시간을 훌쩍 넘기는 전투. 다들 너무나 지쳤다. 제아무리 각성자라도 체력에는 한계가 있었다. 다들 무릎을 꿇거나, 아니면 바닥에 대자로 뻗어버렸다. 목숨을 잃은… 각성자도 있었다.

청룡왕을 지키기 위해 투귀, 누렌나할의 심장이 터져 버렸고, 어둠에 몸을 숨기고 석영처럼 틈틈이 저격을 했던 광견의 동료 암살자가 허리가 두 동강이 난 채 죽었다. 그 밖에도 다들 중상을 입었다.

끝을 보잔 말이 떨어진 이후, 흉황은 지닌 모든 힘을 쏟아부으며 각성자들을 공격했다. 반대로 각성자들도 죽기 살기로 흉황에게 달려들었다. 흉황은 이때부터 전투 스타일을 바꿨다.

방어막이 아닌, 순간 가속과 비슷하게 움직이며 각성자들을 상대했다. 물론 속도는… 가히 눈이 뒤집힐 만큼 빨랐다. 가속이 아니라, 순간 이동이라고 해도 될 정도였다. 흉황의 제1표적은 석영이었고. 덕분에 아영이 아주 개고생을 했다.

"헉헉, 개새끼… 겁나 안 뒤지네!"

아영이 반 토막 난 방패를 던지며 짜증스럽게 외쳤다. 그녀는 이미 머리가 광인처럼 산발이 된 지 오래였고, 손목, 허벅지, 옆구리, 등까지 안 다친 곳이 없었다. 하지만 가장 늦게 전투에 참여한 만큼 체력적으로는 가장 여유가 있어서 눈빛만큼은 가장 형형했다. 각성자들의 상태가 이 정도인만큼, 흉황도 무사하진 못했다.

그의 몸에는 두 개의 검과 하나의 도가 꽂혀 있었다.

하난 한지원이 꽂은 검, 하난 전쟁상인의 동료 베르데의 검, 하난 광견의 동료 테일러가 꽂은 도였다.

세 개의 검이 몸에 꽂혀 있고, 여기저기 쩍쩍 갈라져 있는데도 흉황은 고고한 자세로 서 있었다.

"저건 시발… 죽지도 않나?"

나창미가 짜증스럽게 외쳤다.

그리고 그 짜증은 아마 모두의 심정을 대변하는 말이었을 것이다.

보통 인간이라면 저렇게 날붙이를 세 개나 몸에 꽂은 채로 절대 몇 시간이나 싸우지 못한다. 아니, 애초에 가장 마지막에 한지원이 꽂은 검은 보통 심장이 있을 거라 예상되는 부위에 꽂혀 있었다. 그런데 저 불길한 황제는 여전히 살아서, 그것도 안색 하나 변하지 않은 채로 너무나 태연하게 움직였다.

게다가 석영의 저격을 몇 방이나 맞았는데도, 버티고 있었다. 자신이 인간이 아니라는 것을, 저것만으로도 흉황은 증명하고 있었다.

"아 쫌. 끝을 보자고, 쫌!"

타다닥!

광견이 내달려 다시금 흉황을 공격했다. 하지만 흉황은 다시 멀찍이 떨어졌다. 속도 자체가 흉황이 훨씬 우위에 있는지라, 웬만한 근접 공격은 죄다 피해 버리고 있었다. 저런 회피는 한지원의 검이 꽂힌 이후부터였다.

'심장에 슬슬 무리가 오고 있는 건가? 근데 심장이 있기나 한지 모르겠네.'

인간이 아닌 존재라 심장이 있는지도 솔직히 의문이었다. 인간처럼, 두근! 두근! 박동하는 심장이 있었다면… 사실 한지원의 검이 꽂혔을 때 끝났어야 했다.

우르릉!

쾅!

파지지직!

광견을 향해 흉황이 손짓하자, 그 자리로 벼락이 떨어졌다. 다행히 그는 여전히 은은한 빛을 발하고 있는 방패를 들어 올려 번개를 막아냈다. 후우. 석영은 번개가 사방으로 튀는 순간 흉황이 길게 한숨을 내쉬는 걸 목격했다.

그걸 봤으니, 행동은 거침없었다.

두드드득!

퉁!

쐐애애액!

새까만 무형 화살이, 타락천사의 기운을 듬뿍 담은 화살이 빛살처럼 공간을 갈랐고, 퍼걱! 한지원의 검이 있던 좌측 가슴을 그대로 뚫었다. 엄청난 힘이 담겨 있는 만큼 가슴이 뚫리는 순간 흉황의 신형이 거칠게 휘청거렸다. 그게 끝이 아니었다. 주춤, 주춤 뒤로 몇 걸음이나 물러났다.

"나이스."

광견이 석영을 향해 고개를 돌리곤 씩 웃은 뒤, 엄지를 척 들어 올렸다.

"후우."

골이 지끈거렸다.

아주 순간적으로 정신을 극한으로 집중했기 때문에 뒷골이 깨지는 것 같았다. 눈앞이 핑 돌기까지 했다. 하지만 흉황을 뒤로 물러나게 하는 치명타를 먹였다. 이 정도면 충분히 남는 장사였다.

"이제 끝이 보인다."

"어휴, 언니. 여태 저런 새끼랑 용케도 싸웠네요!"

한지원이 지친 목소리와는 전혀 다른, 아직도 활기찬 아영이의 대답에 석영은 저도 모르게 웃었다. 그녀 덕분에 위기를 몇 번이나 넘겼다. 특히 목이 잡혔을 때… 그땐 정말 죽는 줄 알았었다.

그녀가 아니었다면, 지금까지 흉황과 싸우고 있지도 못했을 것이다. 그런 석영의 생각을 끊는 광견의 목소리가 들려왔다.

"끝내자, 이 씹새야."

파바박!

푹!

그가 들고 있던 검이 목에 사정없이 꽂혔다. 그리고 그가 물러나자, 검과 도를 든 각성자들이 차례대로 자신의 무기를 흉황의 몸에 꽂아 넣었다. 그런데도 그는 여전히 눈을 뜬 채, 웃고 있었다. 하지만 석영은 직감적으로 알아차렸다.

'이제…….'

끝이 보였다.

하지만, 이놈은 마지막까지 정말 방심할 수가 없는 놈이었다. 자신들의 무기를 놈에게 꽂고 물러난 각성자들은 흠칫, 몸을 떨었다가 각자 급하게 산개했다.

촤라라락!

서걱!

서걱!

흉황의 마지막 권능인지, 사방으로 칼바람이 몰아치기 시작했다. 닿는 모든 것을 두부 가르듯이 갈라 버리는 무지막지한 칼바람은 각성자들을 미쳐 날뛰게 만들었다.

"오빠!"

"큭."

좀 전에 흉황에게 일격을 먹이며 정신력을 상당히 소진한 석영은 아영의 도움으로 겨우 그 권역을 벗어났다. 하지만 최후의 발악인지, 칼바람이 갑자기 공간 안에서만 떠돌다 말고 사방으로 퍼지기 시작했다.

사악, 사각!

땅이며, 조형물이며, 건물이며 상관없이 그대로 모든 것을 잘라 버렸다.

"아, 거 개새끼, 진짜!"

나창미가 거친 욕설을 내뱉으며 몸을 이리 틀고, 저리 틀었다. 아주 다행이라면 통합 감각에 그나마 공격들이 잡힌다는 부분이었다. 레이더를 켰으면 아예 새빨갛게! 온통! 온 사방에 붉은 점이 박혀 있었을 것이다. 그만큼 수가 셀 수도 없이 많았다. 지속 시간이 그리고 꽤 길었다. 한참을 날뛰고 있는데도 칼바람은 조금도 기운을 잃지 않고 여전히 주변을 쓸고 있었다.

약 10분… 10분 만에 각성자들을 너덜너덜하게 만든 칼바람 폭풍이 그쳤다.

"아… 썅!"

하지만 그게 끝이 아니었다.

병장기를 온몸에 꽂고 있던 흉황이 갑자기 천천히 하늘로 떠올랐다.

"아 설마."

그런 흉황의 모습과, 흘러나오는 기세에 석영도 저도 모르게 혼잣말을 중얼거렸다. 이 장면, 굉장히 익숙했다. 전투 초기에 터졌던 그 공격과 말이다.

"오빠, 왜?"

"아영아, 준비해라. 메테오 온다."

"메테오? 라니아에서 법사들이 쓰는 그 메테오?"

"……."

석영은 말없이 고개를 끄덕였다.

"워… 그런 것도 갈겨?"

"좀 전에 못 봤어? 더한 것도 갈긴다."

그동안 각성자들이 겪은 흉황의 권능은 굉장히 많았다.

운석을 소환하는 메테오 스트라이크.

대상의 앞으로 이동하는 텔레포트.

공간을 급속도로 얼려 버리는 얼음 계열 권능.

사방을 불바다로 만드는 권능.

대지에 지진을 일으키는 권능.

공간에 칼바람을 치는 권능까지.

어느 것 하나 만만한 게 없었다.

그리고 그중에서 가장 까다로웠던 게 운석 소환이었다. 집계 조차 불가능할 정도의 엄청난 에너지를 품은 운석이, 불규칙적으로 천지를 강타했고, 그때 일어나는 폭발로 사방을 휩쓸었다.

처음에야 각성자들도 쌩쌩해서 그나마 어렵지 않게 막았지만 지금은 모두 탈진 직전까지 몰린 상태였다. 그런 상태에 처음과 급이 같은 운석이 떨어진다면?

“아 젠장. 답도 안 나온다, 진짜.”

후우.

지금까지 여유를 잃지 않았던 한지원마저 한숨을 내쉬었다.

고오오.

공기가 변했다.

처음과 아주 흡사한, 아니, 똑같은 분위기로 변해 버렸다. 다른 게 있다면 처음 운석 소환은 칠흑처럼 어두운 밤이어서 붉은 점이 아주 또렷하게 보였다는 것 정도밖에 없었다.

흉황이 구름 너머로 사라진 지 몇 분이 흘렀다.

사아아.

바람이 몰아치기 시작했다.

이것도 처음과 아주 똑같았다.

우웅……!

공기가 요동치는 소리가 들렸고, 구름 한 점 없는 하늘에 붉은 빛이 언뜻 언뜻 보이기 시작했다. 각성자들은 그제야 다시 파티끼리 뭉쳐 기운을 개방하기 시작했다. 색색의 기운이 구체의 형태를 갖추었고, 각자 포지션에 맞게 배치되어 겹겹이 쌓이기 시작했다.

“오빠! 나만 믿어! 내가 다 지켜준다!”

아영이 호기롭게 외치고는 진한 적색의 기운을 최대한 배치하고, 정면에 섰다.

구름을 뚫고, 운석이 등장했다.

등장한 운석은 컸다.

"쌍."

누군가가 흘린 욕설이, 모두의 심정을 대변하는 한마디였다.

휘유유.

붉은 꼬리를 물고 떨어진 운석이 대지를 강타했다.

콰응……!

귀가 먹먹할 정도의 굉음이 울린 직후, 붉은 빛이 세상을 잠식해 갔다.

"으아……!"

아영이 펼친 붉은 기운에 운석이 머금고 있던 운동에너지가 직격했다. 하지만 아직 힘이 넘치는 아영은 기합과 함께 더욱 더 진한 기운을 내뿜었고, 결국은 이겨냈다. 첫 번째 에너지가 사방을 휩쓸었다.

마치 핵이 터진 것처럼 거대한 크레이터(Crater)가 생겨났다. 하지만 이게 끝이 아니었다. 첫 번째 운석 충돌을 견딘 각성자들이 고개를 들었을 때 본 건, 셀 수 없이 많은 붉은 점이었다. 그리고 그 붉은 점들은 거의 동시에… 대지에 꽂히기 시작했다.

천지가 진동하고 개벽하기 시작했다.

*　　　　*　　　　*

사아아.

“으음.”

석영은 귓가를 스치는 바람 소리에 눈을 떴다. 깜빡, 깜빡. 그리고 눈을 몇 번 깜빡이곤 곧바로 상체를 세웠다. 중간부터 석영은 기억이 거의 없었다. 마치 술을 진탕 마시고 기억이 블랙아웃된 것처럼 완전히 잘려 나가 있었다.

벌떡 상체를 세운 석영에게 가장 먼저 보인 건 자신의 앞을 단단히 막아서고 있는 가녀린 등이었다.

“일어났어?”

“응, 얼마나 기절해 있었지?”

“얼마 안 돼. 충돌 다 끝나고 사오 분 정도?”

“후……”

그리 긴 시간이 지난 게 아니라 다행이었다.

무릎을 짚고 일어난 석영은 주변을 둘러봤다. 자신처럼 기절해 있는 각성자들이 꽤 있었다. 그들 대부분이 원거리 공격에 능한 각성자들이었다. 아영이나 한지원, 광견 같은 이들은 전부 각자 팀을 보호하고 있었다.

“놈은?”

“저기, 슬슬 기어 내려오네.”

아영이 손가락을 따라 시선을 올려보니 과연 흉황이 천천히 대지로 내려서고 있었다. 느릿하게 대지에 착지한 놈을 보면서 석영은 저도 모르게 피식 웃었다.

이겼다.

바닥에 내려선 놈의 표정은 처음과 비교해 크게 달라진 건 없었다. 하지만! 몸이 달라져 있었다. 놈의 몸에 꽂혀 있던 각 성자들의 병장기. 그 상처에서 피가 흘러 나와 의복을 진득하게 적셔놓고 있었다.

그걸 본 석영이 피식 웃은 것이다.

"이제까지 힘으로 부상을 막아 놓고 있던 거구나."

"응응, 그런 듯?"

석영의 말에 아영이 웃으며 대답했고, 그 대답에 석영은 다시 피식 웃었다.

괜히 실소가 나왔다. 힘이 다 빠져 기진맥진한 상태지만 저 상태의 흉황은 잡을 수 있을 것 같았다. 그래서 석영의 웃음은 이제야 끝이 보인다는 안도감에 나온 실소였다.

"야… 이번에도 힘들었다."

크크.

광견이 비릿한 웃음과 함께 비척비척 흉황에게 걸어갔다. 흉황은 그런 광견을 보곤 그와 똑같이 비릿한 미소를 걸었다.

"그러게. 이 세상에서는 또 짐의 패배구나."

"짐? 짐은 개뿔이 짐이냐. 너 폐위된 지가 언젠데 뭔 짐이야, 짐은. 아, 짐덩이의 짐은 인정. 그건 너한테 딱이다. 세상 쓸모없는 짐덩이 새끼야. 안 그래?"

피식.

광견의 조롱에 감정 기복이 별로 없는 노엘마저 실소를 흘렸다.

"아, 말 섞는 것도 이제 귀찮다. 슬슬 끝……. 으잉?"

갑자기 흉황의 머리 위로, 오색의 영롱한 빛이 생겨나기 시작했다. 석영의 시선에도 아주 잘 보였다. 그리고 아주 신비롭고, 신성했다. 그 어떤 것도 정화시킬 수 있는 것만 같은 빛이었다. 흉황도 그 빛을 느꼈는지 씩 웃고는 다시 고개를 내려 각 성자들을 돌아봤다.

"세계수가 나선 걸 보니 이 세상에서 그대들과 노는 것도 이게 마지막인가 보군."

그 말에 석영은 인상을 찌푸렸다.

놀아?

"놀긴 뭘 놀아."

진짜 죽을 뻔한 게 한두 번이 아니구만. 그리고 거의 꼬박 하루를 싸우고 있었다. 이미 슬슬 해가 지고 있는 중이니 조금만 더 지나면 완전히 해가 질 것이다. 그러니 하루를 꼬박 싸웠다.

"아 세계수 이 새끼는 꼭 막타 스틸하더라. 짱 나게 진짜."

"후후, 그게 그 존재의 존재 의미 아니겠나. 나를 멸하는 것. 혹은, 나를 자신의 세계에서 추방하는 것."

"어느 곳으로 날아가더라도 여기 있는 인간들 만나겠지만, 나는 만나지마. 그땐 사지를 잡아 뜯어 버릴라니까."

"그거야… 눈 떠보면 알 일."

"됐고, 그만 꺼져."

그냥 보내긴 아쉬워서 석영은 마지막 남은 힘을 끌어모아, 화살을 만들었다. 석영은 자신의 활이 가진 힘을 믿었다. 타락

천사 루시퍼. 동서고금, 그 어느 신화와 비교해도 절대 꿀리지 않는 정점에 선 존재.

이 존재는 절대적인 악이자, 그 권위로 모든 것을 찍어 누르는 존재였다. 신에게는 재앙이고, 같은 악마에게도 재앙적인 존재이면서, 스스로 신이 되려고 했던 존재가 바로 타락천사 루시퍼다.

투웅!

퍽!

"……."

석영은 화살이 놈의 심장이 있을 공간을 뚫자 미간이 아주 잠깐이지만 찌푸려지는 걸 확인했다. 그래서 씩 웃었다.

"새겨줬다. 언제고… 나를 만나면 그 어둠의 공포를 느끼도록."

으… 오글거려!

옆에서 아영이 난리법석을 부렸지만 석영은 깔끔하게 무시했다. 저놈을 다시 만난다? 그야 말로 최악이다. 석영의 생각을 읽은 건지, 그는 석영을 보며 씩 웃었다.

"가장 먼저… 찾아가 주지."

콰웅……!

그 말이 끝나는 순간 그의 머리 위에 머물고 있던 빛이 원형의 빛기둥을 그대로 지면으로 쐈다.

고오오……!

찬란하고도, 신성한 빛에 닿은 흉황의 얼굴이 처음으로 악귀처럼 일그러지기 시작했다. 흉신 악살. 왜 불길한 황제란 이름이 붙었는지 알 수 있을 것 같은 지독히도 소름 돋는 얼굴이었다. 눈동자가 재가 되었고, 머리카락이 재가 되었다. 마치 악귀를 신성한 사도가 정화시키는 것 같았다. 의복이 불타고, 손, 발을 태웠다. 칠공을 통해 흉황의 몸 내부를 태운 빛이 빠져나왔다.

악신이, 죽는다.

하지만 이놈은 끈질기게도 버텼다.

도대체 어느 정도의 잠재력을 가지고 있는 건지 10분을 넘게 몸통만 목으로만 버텼다. 악을 쓰고 있는 것 같지만 그 소리는 들려오지 않았다. 고통에 찬 울부짖음을 듣고 싶은데 그러지 못해 아쉽다는 생각을 석영이 떠올릴 때쯤, 찬란한 심판이 더욱 더 힘을 키웠고, 버티고 버티던 흉황이 완전히 재가 되어 흩날렸다.

하지만 그게 끝이 아니었다.

그 재마저 한데 모아지더니, 뿅! 하고 마술처럼 소멸했다.

완벽한 처리였다.

“하, 시마이… 끝났다.”

털썩.

나창미가 자리에 앉자마자 그렇게 중얼거리자 너도 나도 바닥에 털썩 주저앉았다. 하루… 무려 하루간 싸워서 겨우 놈을 죽였다. 그 사이 시간이 꽤나 지났는지 사방에 어둠에 잠겨 있었다. 석영은 그 장면을 보느라 인지하지 못했지만, 그 신성한 빛에서 흉황이 버틴 시간만 2시간이 넘었다.

"자."

어떻게 지금까지 보관한 건지 한지원이 석영의 옆에 앉아 담배를 건넸다.

치익.

후우.

뭉게뭉게 올라가는 연기에 긴장감도 같이 섞여 빠져나갔다.

"고생……."

띠링.

멸망 퀘스트 클리어.

현실 세계로 복귀 가능합니다.

축하합니다.

피식.

축하?

"지랄하고 자빠졌네."

그 메시지를 같이 들은 한지원이 피식 웃으며 욕설을 내뱉자, 뒤이어 다시 시스템 메시지가 들려왔다.

감사합니다.

그래, 그 정도 인사는 해야지.

“니가 양아치도 아닌데.”

담배를 다 피운 석영은 자리에서 천천히 일어났다.

퀘스트도 끝났고, 그로써 생존에 대한 걱정도 끝났다.

“가자.”

“응! 헤헤.”

어느새 헤픈 콘셉트로 들어가 자신의 손을 잡은 아영을 일으킨 석영은 주변을 천천히 돌아봤다. 힘들었지만 결국은 이겨냈다. 세계, 차원을 파멸시키는 흉황을 소멸시켰으니… 이제는 돌아가야 할 때였다.

두 사람의 보금자리이자, 그리운 공간인, 지구의 집으로.

에필로그

5년 후.

그날, 흉황을 잡고 5년이 흘렀다.

흉황이 죽자 시스템(세계수)은 최소한의 유저 시스템만 남겨 두고 모든 것을 회수했다. 당연히 몬스터를 쏘아대던 천공 요새도 같이 사라졌고, 지구상에서 위협은 많이 사라졌다.

유저는 이제 예전처럼 초인이 될 수 없었다.

그 힘에 엄격하고, 강력한 금제가 걸렸고, 그 힘은 그 어떤 방법으로도 풀 수 없었다.

소소한 권능은 사용이 가능했지만 그래도 예전처럼 천지를 녹이는 벼락을 때리고, 100미터를 3—4초 안에 주파하는 건 불가능했다.

그렇게 되자 사회는 다시금 이전의 모습을 되찾아갔다. 물론 그 과정이 쉽지는 않았다. 워낙에 지독하게 당해 경각심이 엄청나게 올라 있던 탓이었다. 하지만 사람은 적응의 동물이었다. 위협이 없다는 사실이 정설화되고, 피부로도 느껴지자 각 국가들은 다시금 국가적 차원으로 사회 시스템을 활성화시키기 위한 작업에 착수했다.

시간은 좀 걸렸지만, 이전의 레벨까지 활성화되는 과정은 빨랐다. 이미 충분하게 노하우와 데이터가 쌓여 있었기 때문이었다. 그것들은 인터넷이란 가상공간 속에 숨어 있다가 자신을 필요로 하는 이의 손짓에 얼른 세상으로 나와, 아주 빠르게 전 세계를 복원시켜 갔다. 물론 일본은… 가망이 없었다.

원전이 터지고, 민간인 밀집 구역에 지대공 미사일을 갈기는 등의 짓을 정부에서 해버려서 신용도가 바닥을 쳤고, 방사능이 열도의 반 이상을 덮어버려 거의 무정부 상태로 들어섰다. 강대국들은 이번만큼은 이례적으로 다른 국가들에게 손을 내밀었다. 그들은 뼈저리게 깨달았다. 다시금 환란이 왔을 때, 그때 주변국, 동맹국의 도움이 얼마나 절실한지. 특히 가장 큰 도움을 받은 러시아와 미국이 가장 열정적으로 주변국을 도와 나갔다.

3년이 지나자 시스템의 대부분이 정상화됐고, 언제 지구에 위협이 닥쳤었는지 모를 정도로 활기차게 변했다.

일상(日常).

이 심플한 단어가 주는 소중함을 세계 사람들이 느끼는 데 필요한 시간은 딱 5년이었다. 역사에 대격변, 대환란에 대한 것들이 들어가며 일상에 대한 소중을 가르쳤고, 그로 인해 사회 분위기 또한 이전과는 말도 안 될 정도로 변했다. 그래서 일상을 영위하려 사람들은 정말 최선을 다했다.

그리고 그중엔 각성으로 인해 인간의 영역을 벗어나 금제조차 걸리지 않은 석영도 있었다. 그런 석영의 일상은 평화롭고 행복했다.

"엄마! 엄마!"

"응? 우리 딸 왜?"

"엄마 어디 가?"

"엄마 일하러 가지. 우리 은성이 왜?"

"나도! 나도 같이 가!"

"같이 가고 싶어?"

"으응!"

석영은 주방에서 아침을 하다가 안방에서 들려오는 소리에 저도 모르게 웃었다. 딸아이의 목소리는 듣기만 해도 입을 찢어지게 만드는 마력이 있었다. 석영은 그렇게 싱글싱글 웃으며 아침을 준비해 차례대로 식탁으로 날랐다. 딱 뜨끈한 국을 퍼서 식탁에 올리고 나니 아영이와 딸, 은성이가 밖으로 나왔다.

"벌써 다 차렸네? 도와주려고 했는데."

"당신 일 가는데 뭘. 얼른 앉아. 은성이도."

"네!"

세 사람이 나란히 식탁에 앉았다.

아직 어려서 미지근하게 식힌 국을 한 숟가락 떠 마신 은성이가 석영을 휙 돌아보며 말했다.

"아빠! 나 엄마 따라갔다 오면 안 돼?"

"엄마를? 엄마 오늘 일하러 가시잖니."

"왜왜. 나도 가서 구경하고 싶단 말이야. 응? 이잉. 응?"

은성이의 애교에 석영은 난감한 미소를 지었다.

아영이는 다시 본업으로 돌아갔다.

배우.

사회가 정상화되었으니 당연히 엔터테인먼트 산업도 부흥을 시작했다. 영화, 음악, 뮤지컬, 드라마 등등이 폭발적으로 쏟아져 나왔고, 당연히 각성으로 20대의 미모를 유지 중인 아영이도 자연스럽게 현장에 발을 들였다.

그런데 요즘엔 자꾸 은성이가 거길 따라가겠다고 고집을 부려 석영도, 아영도 좀 난감한 상황이었다.

게다가 오늘은 일요일.

마침 어린이집도 안 여는 날이라 다른 명분이 없었다.

"괜찮겠어?"

"매니저 언니한테 맡기면 되니까 걱정은 없긴 한데, 당신 혼자 심심할까 봐."

"내 걱정은 무슨. 어차피 이따가 또 쳐들어와 술판을 벌일 게 뻔한데."

그렇게 말하며 석영은 힐끔, 옆집을 바라봤다. 이 집은 석영이 예전부터 살던 충주의 집이었다. 그곳을 개조해서 두 채를 더 만들어 넉넉하게 사용 중인데, 이 근처로 무시무시한 인간들이 살고 있었다.

일단… 한지원.

석영조차 자신이 없는 끝판왕이 일 년에 한 작품만 하고, 거의 매일 여기에 틀어박혀 있었다. 그리고 그녀의 하루 일과 중 하나가 바로 낮술이었고, 낮술 파트너는 거의 매일 석영이었다. 그런 그녀가 끝이 아니었다.

산을 깎아 집을 몇 채나 지어놨는데, 그건 발키리 용병단 전용 집이었다.

멸망 퀘스트를 클리어한 보상으로 시스템은 오직 석영에게만 양 대륙 간 이동이 자유로운 반지를 줬고, 그 결과 매년 육 개월씩 나눠 발키리 용병단 인원들이 반반씩 이곳으로 넘어와 지내고 있었다.

지금은 문명에 충분히 적응했고, 지구를 대상으로 여행 중이었다.

'지금은 스페인이랬나?'

어제까진 거기 있었다는 것 같았다.

"그럼 은성이 내가 데리고 갈게. 은성이는 지원 언니 무서워하잖아. 창미 언니도."

"그래, 그럼."

생각을 끝낸 석영은 고개를 끄덕였다.

누가 두 사람 핏줄 아니랄까 봐 감이 워낙에 좋은 은성이는

아무리 한지원과 나창미가 살갑게 굴어도 둘에게 다가가지 못
했다. 석영과 아영도 둘과 비교하면 그리 꿀리지 않는 넘사벽
들이지만 가족이어서 그리 문제가 되진 않는 것 같았다.

"아싸! 감사합니다!"

"그래, 아침 든든하게 먹고. 옷 따뜻하게 입고 가고."

"네!"

씩씩하게 대답한 은성이는 이후 열심히 아침을 먹었다. 석영
은 그런 모습을 흐뭇하게 보다가 식사를 마저 했다. 설거지를
끝내자 출발 준비를 끝낸 아영이 은성이의 손을 잡고 다시 방
을 나왔다.

"다녀올게. 저녁 열시쯤 도착? 아마 그럴 거야."

"그래, 뭐 해놓을까?"

"음… 제육?"

"알았어."

"히히, 자, 뽀뽀."

아영이 입술을 쭉 내밀자 은성이는 앗! 하면서 얼른 앙증맞
은 손으로 눈을 가렸다. 그 모습에 석영은 또 피식 웃고는 은성
이의 머리를 쓰다듬어 주면서 아영이의 입에 입술을 댔다.

쪽.

"히히, 그럼 이따 봐용!"

"응, 수고해. 조심하고."

"예썰!"

거창하게 경례까지 붙이고 나간 아영이는 미리 도착해 기다

리고 있던 매니저와 함께 집을 벗어났다. 그녀가 벗어날 때까지 밖에 있던 석영은 차가 멀어져 점으로도 보이지 않게 되자 흔들의자에 앉아 담배를 꺼내 물었다.

치익.

"후우."

뿌연 담배 연기를 내뱉은 석영은 다시금 신기한 감각에 사로잡혔다.

이곳에서 이렇게 아영이를 배웅할 때면, 정말 몇 년 전의 일들이 너무나 꿈처럼 느껴졌다.

세상이 멸망할 줄 알았고, 근데 그게 아니라 다른 세상이 펼쳐졌고, 그 세상 속에서 살아남으려고 아등바등 거렸다. 그러다 각성을 했고, 그 과정에 최종 보스의 존재를 알게 됐다. 보스와 결전은 매우… 힘들었지만, 결국엔 살아남았다.

그렇게, 지금의 일상을 쟁취했다.

너무나, 하루하루가 너무나 행복한 시간의 연속이었다.

사랑하는 아내가 있고, 사랑하는 딸이 있었다.

"절대……."

놓칠 수 없지.

두 사람을 생각할 때마다, 항상 다짐하는 게 있었다.

지금의 이 일상을 깨려는 그 어떤 위협이 오더라도 목숨을 걸고 지켜내겠다는 다짐이었다.

그리고 그 다짐을 지켜내기 위해선 예전의 감각을 유지할 필요가 있었다.

치익.

"자 그럼."

담배를 비벼 끈 뒤에 자리에서 일어난 석영의 신형이, 연기처럼 그 자리에서 사라졌다.

저격수.

세계의 멸망을 막은 전장의 저격수는 여전히 건재했다.

『전장의 저격수』 완결

안녕하세요, 요람입니다.

전장의 저격수는 10권, 29화로 완결이 났습니다.

본래 저는 작가 후기를 잘 남기지 않지만 이번만큼은 후기를 남깁니다.

먼저 독자님들께 너무나 죄송하다는 말씀을 드립니다.

제국의 군인이란 작품으로 장르문학계에 데뷔해 지금까지 다섯 작품을 완결 지었지만 이번 작품만큼 신경을 못 써준 작품은 처음입니다.

작품 초기부터 설정이 흔들렸음은 말할 것도 없습니다. 중반에 제가 다른 작품에 신경을 쓰면서 상대적으로 전장의 저격수를 소홀히 하기도 했습니다.

그래서 이 작품은, 이 아이에게는 개인적으로 너무나 미안합니다.

글을 완결하고 나서 처음으로 떠올린 게 아픈 손가락이었습니다.

이 작품은, 딱 저에게 그런 느낌으로 평생 남을 것 같습니다. 그럼에도 이 글을 끝까지 읽어주신 독자님께 감사하면서도, 너무나 죄송합니다.

하나의 작품이 또 끝났고, 이제 여섯 작품을 완결 내었습니다. 장르 문학계에서 평생을 남을 각오로 사는 저는 다음엔 좀 더 단단하고, 여러분들이 즐겁게 읽을 수 있는 글을 가지고 다시 찾아뵙겠습니다.

후기는 여기까지 하겠습니다.

그동안 전장의 저격수를 구독해 주신 독자 여러분, 감사합니다.

요람 올림.

초대형 24시 만화방

신간 100%, 샤워실, 흡연실, 수면실(침대석), 커플석, 세탁기 완비

■ 광명 광명사거리역점 ■

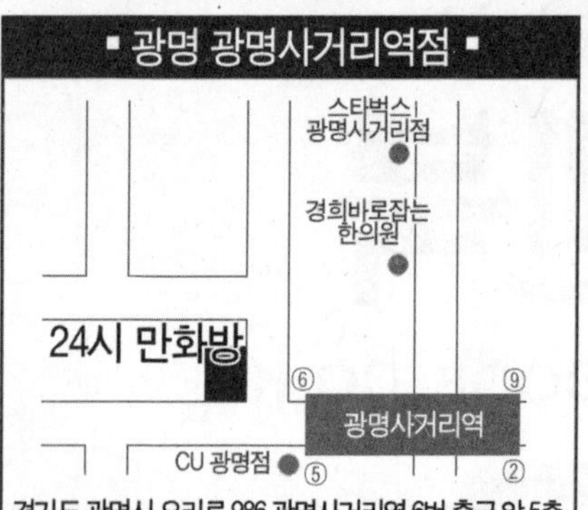

경기도 광명시 오리로 986 광명사거리역 6번 출구 앞 5층
02) 2625-9940 (솔목타워 5층)

■ 강북 노원역점 ■

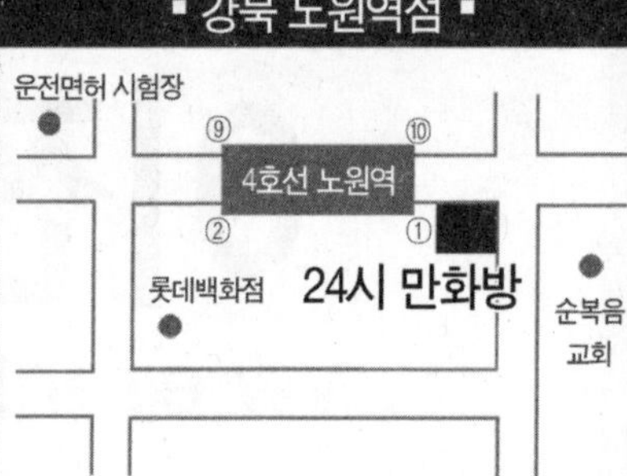

서울 노원구 상계동 340-6 노원역 1번 출구 앞 3층
02) 951-8324 (화용빌딩 3층)

■ 일산 정발산역점 ■

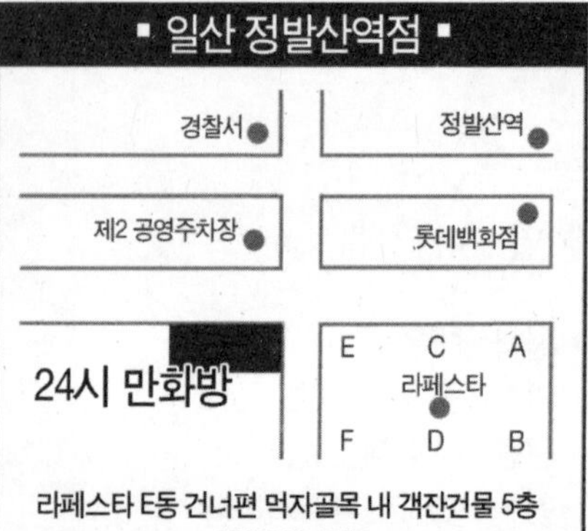

라페스타 E동 건너편 먹자골목 내 객잔건물 5층
031) 914-1957

■ 일산 화정역점 ■

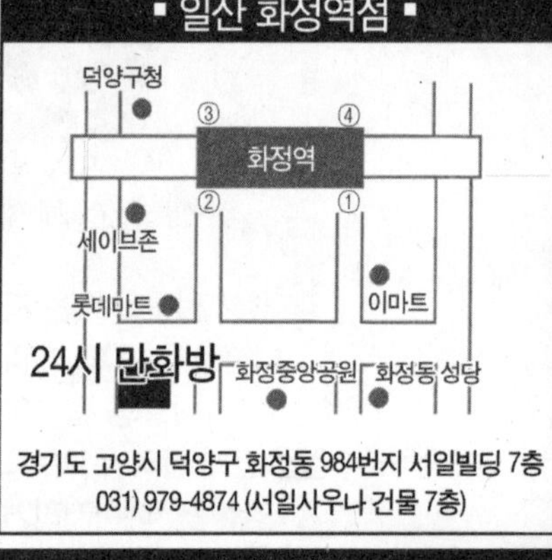

경기도 고양시 덕양구 화정동 984번지 서일빌딩 7층
031) 979-4874 (서일사우나 건물 7층)

■ 부천 역곡역점 ■

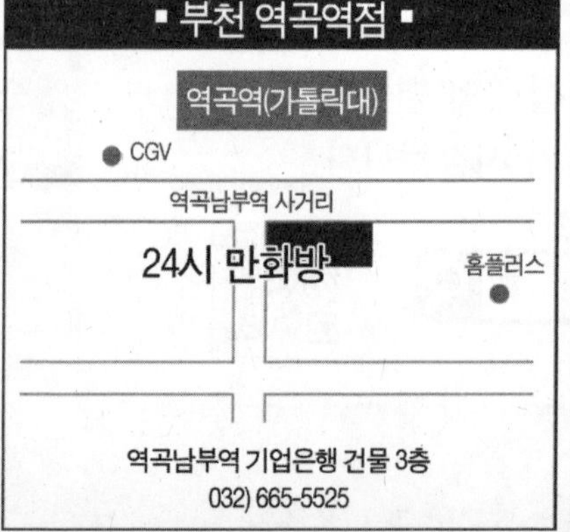

역곡남부역 기업은행 건물 3층
032) 665-5525

■ 부평역점 ■

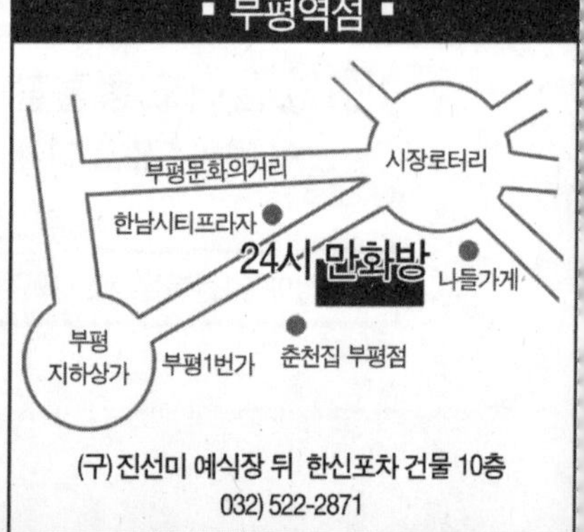

(구) 진선미 예식장 뒤 한신포차 건물 10층
032) 522-2871